Nancy Atherton

Tante Dimity und das verzauberte Cottage

Liebe Leserin, lieber Leser,

vielen Dank, dass du dich für ein Buch von beTHRILLED entschieden hast. Damit du mit jedem unserer Krimis und Thriller spannende Lesestunden genießen kannst, haben wir die Bücher in unserem Programm sorgfältig ausgewählt und lektoriert.

Wir freuen uns, wenn du Teil der beTHRILLED-Community werden und dich mit uns und anderen Krimi-Fans austauschen möchtest. Du findest uns unter be-thrilled.de oder auf Instagram und Facebook.

Du möchtest nie wieder neue Bücher aus unserem Programm, Gewinnspiele und Preis-Aktionen verpassen? Dann melde dich auf be-thrilled.de/newsletter für unseren kostenlosen Newsletter an.

Spannende Lesestunden und viel Spaß beim Miträtseln!

Dein beTHRILLED-Team

Weitere Titel der Autorin:

Tante Dimity und der verhängnisvolle Brief
Tante Dimity und die unheilvolle Insel
Tante Dimity und der Wilde Westen
Tante Dimity und die Jagd nach dem Vampir
Tante Dimity und der gefährliche Drache
Tante Dimity und die Geister am Ende der Welt
Tante Dimity und das verhexte Haus
Tante Dimity und die Dorfhexe
Tante Dimity und der verschwundene Prinz
Tante Dimity und der Wunschbrunnen
Tante Dimity und das Geheimnis des Sommerkönigs
Tante Dimity und der verlorene Schatz
Tante Dimity und der Fluch der Witwe
Tante Dimity und das wunderliche Wirtshaus
Tante Dimity und das Herz aus Gold

Über die Autorin

Nancy Atherton ist die Autorin der beliebten »Tante Dimity« Reihe, die inzwischen über 20 Bände umfasst. Geboren und aufgewachsen in Chicago, reiste sie nach der Schule lange durch Europa, wo sie ihre Liebe zu England entdeckte. Nach langjährigem Nomadendasein lebt Nancy Atherton heute mit ihrer Familie in Colorado Springs.

Nancy Atherton

TANTE DIMITY
und das verzauberte Cottage

Aus dem Amerikanischen von Barbara Röhl

be THRILLED

beTHRILLED

MIX
Papier aus verantwortungsvollen Quellen
FSC® C014496

Die Bastei Lübbe AG verfolgt eine nachhaltige Buchproduktion. Wir verwenden Papiere aus nachhaltiger Forstwirtschaft und verzichten darauf, Bücher einzeln in Folie zu verpacken. Wir stellen unsere Bücher in Deutschland und Europa (EU) her und arbeiten mit den Druckereien kontinuierlich an einer positiven Ökobilanz.

Vollständige ePub-to-Print-Ausgabe des in der Bastei Lübbe AG erschienenen eBooks
»Tante Dimity und das verzauberte Cottage« von Nancy Atherton
beTHRILLED in der Bastei Lübbe AG

Titel der amerikanischen Originalausgabe: »Aunt Dimity and the enchanted cottage«
Originalverlag: Viking, Penguin Books, New York.

Dieses Werk wurde im Auftrag der Jane Rotrosen Agency LLC vermittelt durch die Literarische Agentur Thomas Schlück GmbH, Garbsen.

Textredaktion: Dorothee Cabras
Lektorat/Projektmanagement: Kathrin Kummer
Covergestaltung: Covergestaltung: Thomas Krämer unter Verwend ung einer Illustration von (c) Ommo Wille
Satz: 3w+p GmbH, Rimpar
Druck: GGP Media GmbH, Pößneck
ISBN 978-3-947610-11-2

be-ebooks.de
lesejury.de

Für Michael Atherton und Cindy Walter,
das verzauberte Paar

Kapitel 1

Niemand hätte den Little Deeping mit dem mächtigen Mississippi oder dem Nil verwechselt. Als kleinerer Nebenfluss der Themse war sein Quellgebiet eine bescheidene Wiese mit Pfützen, die aus einer plätschernden Quelle stammten. Gespeist von der Schneeschmelze, von Regenfällen und einem glitzernden Netz schmaler, namenloser Wasserläufe, erreichte der Bach als reißender Strom die Cotswolds, eine ländliche Oase, die von zahllosen Reiseführern als eine der malerischsten Landschaften Englands beschrieben wird.

Obwohl nie jemand einen Schaufeldampfer über den Little Deeping gelenkt oder eine Pyramide neben ihm errichtet hatte, war der Fluss seit Jahrhunderten ein Dreh- und Angelpunkt menschlicher Aktivität. Römer hatten Villen an ihm erbaut, Angelsachsen hatten Opfergaben in seinen Tiefen versenkt, und Wikinger hatten ihn mit ihren Drachenbooten erkundet. Im Mittelalter hatte man an einem mit Weiden bestandenen Flussabschnitt, der an dem kleinen Cotswolds-Dorf Finch vorbeifloss, eine einbogige Packesel-Brücke errichtet.

Mit seiner Buckelbücke, der normannischen Kirche und den Gebäuden aus goldfarbenem Stein war Finch äußerst malerisch. Seine Cottages und kleinen Läden umstanden den Dorfanger, ein lang gestrecktes, von einer Kopfsteinstraße umgebenes Oval, auf dem buschiges Gras wuchs. Der Pub, der Gemüseladen und der Gemischtwarenladen hoben sich als Silhouette vor einer ansteigenden Landschaft aus dunklen Wäldern und einem

Flickenteppich aus Feldern ab, während hinter der Teestube, dem Pfarrhaus und der alten Dorfschule, die seit vielen Jahren als Gemeindesaal diente, die Auen begannen, die zum Flussufer hin sanft abfielen.

Finch lag in einer Biegung des Little Deeping, als schmiegte es sich in eine wässrige Armbeuge. Die Einwohner von Finch waren sich einig darüber, dass der Fluss nach einem nassen Winter lästig werden konnte, denn er pflegte die unhöfliche Gewohnheit, dann über die Ufer zu treten. Niemand hatte große Lust, überflutete Keller auszuschöpfen oder Treibgut aus nassen Gärten wegzuräumen, und die Farmer in der Gegend seufzten betrübt, wenn sie zusehen mussten, wie das strudelnde Wasser ihre gepflegten Felder überschwemmte.

Größtenteils jedoch betrachtete man den Little Deeping als Pluspunkt für die Gemeinde. Eine Vorschrift, nach der gefangene Fische sofort wieder freizulassen waren, hinderte die Angler von Finch daran, die Forellen, die sie an Land zogen, zum Abendessen zu verspeisen, kratzte aber nicht an ihrer Begeisterung für den Sport. Vogelkunde war so beliebt, dass fast jeder Dorfbewohner ein Fernglas zur Hand hatte, um die Reiher, Blesshühner und Stockenten, die am Little Deeping nisteten, sowie wie die gefiederten Freunde zu beobachten, die nur auf der Durchreise waren.

Der Fluss war zu kalt und seine Strömung zu stark, um Gelegenheitsschwimmer zu locken, doch ein paar abgehärtete Seelen wagten an heißen Sommertagen den Sprung.

So angenehm es war, eine müßige Stunde am Wasser zu verbringen, verloren die Dorfbewohner doch nie die Rolle aus dem Auge, die der Little Deeping bei der Förderung der hiesigen Wirtschaft spielte. Obwohl Opfergaben aus der Mode gekommen und die römischen Villen den Weg der Wikingerschiffe und Packpferd-Karawanen gegangen waren, hatte die zunehmende Beliebtheit von Wassersportarten eine kleine, aber stetige Flut von Kajak-, Kanu- und Paddelboot-Enthusiasten ins Dorf geführt. Der Zustrom der Freiluftfans war nicht überwältigend, reichte jedoch aus, um Finchs kleinen, zweizylindrischen Wirtschaftsmotor auf vollen Touren laufen zu lassen.

Eine bedeutende Anzahl feuchter und sonnenverbrannter Besucher kehrte nach einem langen Tag auf dem Fluss im Pub der Peacocks ein, um ein erfrischendes Bier zu trinken. Andere schwelgten in Sallys Teestube in ihrem köstlichen Gebäck. Mit ihren bunt zusammengewürfelten Tischen und Stühlen und den Teekannen und dem Geschirr, die ebenfalls nicht zusammenpassten, wirkte die Teestube ebenso unkompliziert wie entzückend.

Viele Besucher stockten ihr mitgebrachtes Picknick mit frischem Obst aus dem Gemüseladen auf, und noch mehr durchstreiften auf der Suche nach Sonnencreme, Insektenschutzmittel, Energieriegeln, Bungee-Schnur und allem, was sie sonst noch vergessen hatten, die Gänge von Taxman's Emporium, Finchs grandios benanntem Gemischtwarenladen. Wie die Dorfbewohner gern sagten, hielt der Fluss Finchs Geschäftsleben über Wasser.

Im Pub, der Teestube und im Emporium wurde auch eine äußerst begrenzte Palette von Produkten angeboten, die von lokalen Kleinunternehmern hergestellt wurden. Miranda Morrow, Finchs ortsansässige Hexe und renommierte Homöopathin, war auf eine Linie von Salben mit Kräuterauszügen spezialisiert, die sie aus den im eigenen Treibhaus gezogenen Heilpflanzen gewann. Felicity Hobson, eine pensionierte Lehrerin, verkaufte den

Honig aus den Bienenkörben in ihrem Garten in Gläsern mit handgeschriebenen Etiketten. Elspeth Binney, Opal Taylor, Millicent Scroggins und Selena Buxton, ein betriebsames Quartett von Rentnerinnen mit künstlerischen Neigungen, produzierten einen stetigen Strom von Miniatur-Gemälden, die Flussszenen und besondere Landmarken des Dorfes darstellten. Die Souvenirs brachten kein Vermögen ein, ergänzten aber manch schmales Einkommen durch ein willkommenes Taschengeld.

Auch andere Unternehmen im Umkreis von Finch sahen dank der Verlockung des Flusses steigende Kundenzahlen. Broschüren, die für den hiesigen Reitstall warben, verlockten hartgesottene Frischluftfreunde, einem Vormittag am Fluss einen Nachmittag im Sattel folgen zu lassen und die Reitwege rund um Anscombe Manor zu erkunden, wo die Reitschule lag.

Emma Harris, die das Herrenhaus zusammen mit ihrem Mann Derek und ihrem großen Familienkreis bewohnte, hatte sich inzwischen an den Anblick von Autos mit tropfenden Kanus, Kajaks oder Paddelbooten auf dem Gepäckträger gewöhnt, die die geschwungene Auffahrt zum Haus hochkamen.

Die Kirche St. George's war weder wirklich eine Firma, noch hätte man sie als »Kleinunternehmen« bezeichnen können, doch auch sie profitierte von der Beliebtheit des Flusses. Eine erfreuliche Anzahl Freiluft-Abenteurer kam in die Kirche geschlendert, um die mittelalterlichen Wandmalereien zu bewundern oder einfach an einem mit Aktivitäten vollgepackten Urlaubstag einen ruhigen, besinnlichen Moment zu genießen. Ein paar kehrten auch ein, um nach einem von etwas zu viel Action erfüllten Tag Dank für ihre sichere Rückkehr zu sagen. Und kaum jemand davon ging, ohne ein Pfund oder mehr in den Opferstock zu werfen, entweder als Bezahlung für einen der von Lilian Bunting, der gelehrten Pfarrersfrau, verfassten Reiseführer oder als freundlichen Beitrag zur Instandhaltung der Kirche.

Während sich die große Mehrheit der Besucher von Finch tadellos benahm, machten sich ein paar schwarze Schafe zum Narren, nachdem sie länger im Pub gesessen hatten, als gut für sie war. Finch war viel zu klein für einen eigenen Dorfpolizisten und erst recht für ein Polizeirevier, doch seine Bewohner verfügten über zwei Geheimwaffen, auf die sie sich verlassen konnten, um Widerspenstige zur Ordnung zu rufen.

Die erste Verteidigungslinie bildete Peggy Taxman, eine beherzte Dame, die nicht ganz im Scherz als ungekrönte Kaiserin von Finch bekannt war. Peggy Taxman herrschte unangefochten über das Emporium, den Gemüseladen, die Poststelle und jede Komitee-Sitzung, die je in der alten Dorfschule stattgefunden hatte. Nachdem alle Dorfbewohner schon bei zahlreichen Gelegenheiten Zielscheibe von Peggys Wortkanonaden gewesen waren, vertrauten sie darauf, dass ihre beeindruckende Körperfülle, die gebieterische Art und Donnerstimme alle bis auf die kampflustigsten Plagegeister einschüchtern und augenblicklich ernüchtern würden.

Doch wenn Peggys stechender Blick und ihr lautes Schimpfen die gewünschte Wirkung verfehlten, ließ der Anblick Tommy Prescotts, der auf sie zuhielt, selbst die rauflustigsten Missetäter kuschen. Tommy war ein dreißigjähriger Armee-Veteran, der kürzlich nach Finch zu seinem Onkel gezogen war, dem allseits geachteten Allround-Handwerker Mr. Barlow.

Tommy war so groß, dass er sich fast vor jeder Tür in Finch bücken musste, um sich nicht den Kopf zu stoßen, und an seiner breitschultrigen, muskulösen Gestalt saß kein Gramm Fett. Bei einem Kampfeinsatz in Übersee hatte er durch eine Straßenbombe den linken Unterschenkel verloren, doch eine geniale Prothese erlaubte ihm, ein Fitnessprogramm zu verfolgen, das ihn in beeindruckender Weise in Form hielt.

Wer Tommy kannte, wusste, dass er in seinem Leben schon zu viel Gewalt gesehen hatte, um selbst Gewalt anzuwenden. Doch wer zum ersten Mal vor ihm stand, tat sein Bestes, um sich nicht mit ihm anzulegen. Wenn Tommy Prescott streitlustige Betrunkene aufforderte, in der Teestube eine Kanne starken Kaffee mit ihm zu trinken, wurden sie plötzlich lammfromm.

Meine Familie und ich brauchten uns allerdings nicht darauf zu verlassen, dass Peggy Taxman oder Tommy Prescott Betrunkene von unserer Türschwelle vertrieben, denn besagte Schwelle lag in sicherer Entfernung zum Pub. Wir lebten zwei Meilen außerhalb von Finch an einer schmalen, kurvenreichen und mit hohen Hecken bestandenen Straße. Wir brauchten uns auch keine Sorgen zu machen, der Little Deeping könnte in unseren Keller eindringen, da zwischen dem Fluss und dem honigfarbenen Cottage, in dem wir zu Hause waren, mehrere Morgen Ackerland lagen.

Obwohl mein Mann Bill und ich Amerikaner waren, ebenso wie unsere Zwillingssöhne und unsere Tochter, lebten wir schon seit über zehn Jahren in England. Bill leitete in einem Hightech-Büro mit Aussicht auf den Dorfanger die europäische Niederlassung der angesehenen Bostoner Anwaltskanzlei seiner Familie. Will und Rob, die elf waren, besuchten im nahen Marktflecken Upper Deeping die Morningside School; und ich jonglierte meine anspruchsvollen Aufgaben als Ehefrau, Mutter, Freundin, Nachbarin, überragende Klatschbase und Ehrenamtlerin in der Gemeinde.

Unsere Tochter Bess navigierte gerade die gefährlichen Wasser des Trotzalters. Bill und ich waren entzückt, als sie lernte, einen Ball zu werfen, aber nicht ganz so erfreut, als sie ihr neu erworbenes Können anwandte, um bei den Mahlzeiten händeweise Essen über den Tisch zu schleudern. Wenn wir sie mit einer Schachtel Buntstifte allein ließen, erklärte sie die Wände im Wohnzimmer zu ihrem Malbuch. Wenn sie die Kindersicherungen, die wir im ganzen Cottage installiert hatten, nicht öffnen konnte, führte das zu gigantischen Wutausbrüchen, die unseren seidig glänzenden schwarzen Kater in die Flucht schlugen.

Wenn Bess nicht gerade einen Trotzanfall hatte oder ihre Umgebung verwüstete, war sie allerdings ein kleiner Sonnenschein. Ihr Lächeln konnte das Herz des mürrischsten Griesgrams erweichen, ihr rasch wachsender Wortschatz erfüllte uns mit Stolz, und ihr Staunen angesichts der Welt erweckte dieses Gefühl auch in uns wieder neu. Und das Beste – jedenfalls aus der Sicht eines erschöpften Elternteils – war, dass sie schlief wie eine Weltmeisterin. Solange wir nicht über Gebühr von ihrem normalen Ablauf abwichen, konnte man sich darauf verlassen, dass sie nachts elf Stunden schlummerte und über Tag ein zweistündiges Nickerchen einlegte. Unserer Meinung nach war das ein unbezahlbares Geschenk.

Obwohl der Little Deeping nicht gerade vor unserer Türschwelle lag, betrachteten wir ihn als »unseren« Fluss. Bei unseren Spaziergängen am Ufer quakte Bess energisch, sobald eine Entenfamilie in Sicht paddelte, und winkte jedem Menschen, der vorbeischipperte, freundlich zu. Bill und ich waren jedoch immer auf der Hut, wenn unsere Tochter dem Fluss nahe kam. Sich selbst überlassen, hätte unser furchtloses Mädchen versucht, die Stromschnellen ohne Kajak zu überwinden.

Unsere Söhne durchstreiften gern zu Fuß mit uns das Flussufer, doch lieber ritten sie auf ihren grauen Ponys Thunder und Storm an ihm entlang. Die Besucher von Finch waren so entzückt über den Anblick eineiiger Zwillinge auf passenden Ponys, dass Will und Rob daran gewöhnt waren, fotografiert zu werden. Wenn die Fotografen höflich waren, zügelten die Jungen an einem besonders malerischen Stück Flussufer ihre Ponys. Wenn sie allerdings aufdringlich wurden, kehrten die Jungs ihnen den Rücken zu – und die Kruppen ihrer Ponys.

Will und Rob waren in Finch sehr beliebt, aber Bess vergötterten die Dorfbewohner – eine verständliche Vorliebe angesichts der Knappheit an Kleinkindern in einem Dorf, das in erster Linie von Rentnern und Berufstätigen mittleren Alters bevölkert wurde. Hätten wir Bess erlaubt, alle Plätzchen zu essen, die die Dorfbewohner für sie backten, hätte sie doppelt so viel gewogen wie ihre Brüder; und sie konnte kaum zwei Schritte auf dem Dorfanger tun, ohne von einem ihrer Fans auf den Arm genommen zu werden. Ihr ergebenster Bewunderer war jedoch Bills Vater.

William Arthur Willis senior war ein vornehmer, altmodischer Gentleman, der unser Glück vollständig gemacht hatte, als er sich von seinem Posten an der Spitze der Familienkanzlei zurückgezogen hatte und nach England übergesiedelt war, um seine Rolle als einziger noch lebender Großelternteil seiner Enkel anzutreten. Willis seniors auf patrizische Art gutes Aussehen, seine makellosen Umgangsformen und sein ordentlich gefülltes Bankkonto hatten ihn zum begehrtesten Witwer in Finch gemacht, bis er sein eigenes Leben komplettiert hatte, indem er die bekannte botanische Künstlerin Amelia Thistle heiratete.

Willis senior und Amelia lebten ein Stück weiter an

unserer Straße in Fairworth House, einem eleganten georgianischen Herrenhaus, das von einem bescheidenen, zwanzig Morgen großen Anwesen umgeben war. Das schmiedeeiserne Tor, das den Eingang zu ihrer baumbestandenen Auffahrt bewachte, lag nur ein kurzes Stück von Finchs Buckelbrücke entfernt.

Amelia liebte es, am Fluss spazieren zu gehen und die Wildblumen zu zeichnen, die an seinen Ufern wuchsen. Willis senior, der es wiederum liebte, dort zu sein, wo Amelia war, begleitete sie oft und schleppte für sie galant Klappstuhl, Skizzenbuch und Farbkasten sowie ein Picknick, das sie im Schatten ihrer Lieblingsweide zu verzehren pflegten.

Der Little Deeping war stets eine wohlwollende Präsenz in meinem Leben und dem aller Menschen, die ich kannte, gewesen. Selbst der Unbeweglichste konnte sich an seiner Schönheit erfreuen und Trost in seinem beruhigenden Murmeln finden. Da schien ein gelegentliches Hochwasser ein kleiner Preis für die Freude zu sein, die er so vielen Menschen bereitete.

Bis ein Fremder aus einem verzauberten Cottage mir die Augen für eine Tragödie öffnete, die Finch bewusst vergessen hatte, hatte ich keine Ahnung, dass der Fluss ein so erschütterndes Geheimnis hütete.

Kapitel 2

Es war ein herrlicher Samstagmorgen Ende Mai. Die Sonne schien strahlend von einem makellos klaren blauen Himmel, Schlüsselblumen wippten in der milden Brise, und Vögel schossen geschäftig zwischen den Hecken umher und versorgten ihre Jungen, die lautstark nach Futter verlangten. Der Little Deeping hatte seinen Panzer aus Eisschollen abgelegt, und nach einem düsteren, von Krankheit und haarsträubendem Wetter verdorbenen Winter waren die guten Leute von Finch wieder gesund und munter und bereit, den herrlichen Frühling zu genießen.

Besonders dankbar waren die Dorfbewohner für das schöne Wetter, da sich vor ihren äußerst wachsamen Blicken bald ein bedeutsames Ereignis abspielen würde. Sturm und Gewitter hätten ihre Stimmung gedämpft, obwohl sie deswegen nicht zu Hause geblieben wären. Niemand, der hier etwas zu melden hatte, wäre auf die Idee gekommen, eine Gelegenheit zu versäumen, die für die nächsten Wochen, wenn nicht Monate, Wasser auf die Klatschmühlen sein würde.

Bill und ich nannten dieses Phänomen die »Möbelwagen-Wache«, und soweit wir wussten, existierte es ausschließlich in Finch. Das Prozedere war einfach: Immer, wenn jemand in unser Dorf zog, gingen unsere Nachbarn an sorgfältig ausgewählten Aussichtspunkten in Stellung, um die Parade von Besitztümern zu mustern, die vom Möbelwagen zur Haustür des Neuankömmlings getragen wurden.

Um nicht übermäßig neugierig zu wirken, verbargen die Dorfbewohner ihre wahren, klammheimlichen Absichten hinter unschuldigen Tätigkeiten. Manche führten Hunde aus, andere besserten den Anstrich ihrer Haustüren aus, und wieder andere pflegten ihre Blumenkästen, inspizierten das Obst in den Kisten vor dem Gemüseladen und gingen ihren liebsten Freiluft-Hobbys nach. Sobald allerdings der Möbelwagen in Sicht rumpelte, würden sich aller Augen auf ihn richten.

Meine Nachbarn gehörten zweifellos zu den neugierigsten Menschen auf dem Planeten, doch wenn sie an der Möbelwagen-Wache teilnahmen, schnüffelten sie nicht einfach um des Spionierens willen. Die Erfahrung hatte sie gelehrt, dass eine einzige Person eine enorme Wirkung auf ein kleines Dorf ausüben konnte, ob zum Guten oder Schlechten. Sie argumentierten sehr vernünftig, dass sie umso besser auf den Einfluss vorbereitet wären, den er oder sie ausüben würde, je mehr sie im Voraus über den neuen Dorfbewohner wussten.

Würden die Neuen gute Nachbarn sein? Würden sie sich bei den Kuchenverkäufen, Blumenausstellungen, Schäferhund-Prüfungen, Gemeindefesten und den unzähligen anderen Veranstaltungen, die dem Dorf Leben einhauchten, nützlich machen? Oder würden sie sich als Parasiten erweisen, die ihr Cottage als Wochenendhaus nutzten und nichts zur Gemeinschaft beitrugen? Die Dorfbewohner waren fest davon überzeugt, dass die Besitztümer eines Neuankömmlings ihnen eine ziemlich gute Vorstellung von seinem Charakter vermitteln konnten.

Ihr neuestes Opfer würde ins Cottage Weidenkätzchen einziehen, das kleine Haus kurz vor der Buckelbrücke. Der Mann hieß Crispin Windle und war leider sehr geheimnisvoll.

Marigold Edwards, die wunderbar indiskrete Immobilienmaklerin, die alle Objekte in Finch betreute, hatte nicht viel über Mr. Windle zu sagen gewusst. Die Dorfbewohner waren wahre Meister darin, Marigold nützliche Informationen zu entlocken, doch nachdem sie ihr in der Teestube eine Kanne Earl Grey, im Pub einen halben Liter Cider und im Emporium zwei Tüten Chips spendiert hatten, mussten sogar sie ihre Niederlage eingestehen.

Trotzdem, oder vielleicht gerade wegen Marigolds Unvermögen, etwas über Mr. Windle auszuplaudern, hatte seine Ankunft ein außergewöhnlich hohes Aktivitätsniveau rund um den Dorfanger ausgelöst. Christine und Dick Peacock, die normalerweise in ihrem Pub Drinks und herzhafte Mahlzeiten servierten, saßen bequem in den Lehnstühlen, die sie zu beiden Seiten des Eingangs zum Pub aufgestellt hatten, und wandten die Gesichter der Sonne zu, als würden sie einfach die Wärme genießen.

Felicity Hobson strickte auf der Bank am Kriegerdenkmal fleißig, während ihr Mann James, unser ortsansässiger Sondengänger, seinen Metalldetektor in weiten Bögen über das büschlige Gras führte. Jasper Taxman, Peggys sanftmütiger Gefährte, baute langsam und methodisch eine Auswahl bunt verpackter Snacks im Schaufenster des Emporiums auf, und George Wetherhead, der schüchternste Mann von Finch, betrachtete das Anschlagbrett am alten Schulhaus.

Wie Jasper Taxman hatte Tilly Barlow sich entschieden, im Haus zu bleiben. Obwohl sie wirkte, als läse sie in einem Buch, hatte Tilly noch keine Seite umgeblättert, seit sie sich ans Erkerfenster des Hauses gesetzt hatte, das sie mit ihrem Mann und dessen Neffen bewohnte.

Mr. Barlow, der Schnüffeleien hasste, war nirgendwo zu sehen.

Elspeth Binney, Opal Taylor, Millicent Scroggins und Selena Buxton, die mein Mann »Vaters emsige Mägde« getauft hatte, weil sie Willis senior vor seiner Heirat mit Amelia so ergeben gewesen waren, standen an vier Staffeleien und betrieben Freilichtmalerei. Sie trugen weite Malerkittel und spähten unter ihren breiten Hutkrempen eifrig zum Cottage Weidenkätzchen hinüber, als wetteiferten sie darum, die vielen Facetten seines Charmes auf ihren Leinwänden einzufangen.

Homer, Elspeth Binneys struppiger kleiner Terrier, rannte kreuz und quer über den Anger, um seine Hundefreunde zu besuchen und vor ihren Besitzern mit seinem Stummelschwanz zu wedeln. Homer war kein besonderer Anblick – Bill fand, dass er einem Mopp ähnelte –, aber er war der geselligste Hund, dem ich je begegnet war.

Elspeth behauptete, bei einem ihrer Spaziergänge sei Homer aus einer Hecke gesprungen, habe den Schwarm schackernder Elstern vertrieben, der ihr den Weg versperrt hatte, und sie sicher bis zu ihrer Haustür begleitet. Homers galante Art hatte ihr Herz erobert. Sie hatte zwar ihr Bestes getan, um seinen Besitzer zu finden, war aber überglücklich gewesen, als niemand Anspruch auf ihn erhoben hatte. Sie hatte ihn Homer genannt, weil sie das Gefühl hatte, dass er großartige Geschichten erzählt hätte, wenn er denn sprechen könnte.

Während Elspeths zärtliche Blicke Homer folgten, ging der Rest der Dorfbewohner den üblichen Tätigkeiten an einem Möbelwagen-Tag nach – sie besserten die Holzteile an ihren Cottages aus, gingen mit ihren Hunden spazieren oder jäteten ihre Blumenkästen. Je länger sich der Vormittag hinzog, desto gemächlicher arbeiteten sie und legten häufiger Pausen ein, um miteinander oder mit jedem, der zufällig vorbeikam, zu plaudern. Sie sahen auch immer öfter auf die Uhr, denn Crispin Windle schien spät dran zu sein.

Ich war es zufrieden zu bleiben, wo ich war, denn ich saß in der Teestube mit meinen Freunden Charles Bellingham und Grant Tavistock an einem Tisch vor dem großen, nach vorn gehenden Fenster, von wo wir das Cottage Weidenkätzchen bestens im Blick hatten. Charles hatte rechts von mir Platz genommen und Grant links, doch der Stuhl gegenüber war unbesetzt. Kein Dorfbewohner, der richtig im Kopf war, würde freiwillig mit dem Rücken zum Fenster sitzen, wenn auf dem Dorfanger so viel zu sehen war.

Grant und Charles betrieben in ihrem Zuhause in Crabtree Cottage eine florierende Firma, die sich mit Restauration und Kunstschätzung beschäftigte, aber sie hatten nie zu viel Arbeit, um an einer Möbelwagen-Wache teilzunehmen. Der große, korpulente und kahlköpfige Charles war der extrovertiertere der beiden. Der kleinere Grant, der schlank und mit einem üppigen grau melierten Haarschopf gesegnet war, neigte stärker als Charles dazu nachzudenken, bevor er sprach.

Ich war praktisch frei, ihre Gesellschaft zu genießen. Bill arbeitete in seinem Büro, die Jungs waren in der Reitschule, und Bess spielte auf dem Anger Fangen mit Tommy Prescott. Der junge Riese musste seine langen Schritte zügeln, um Bess nicht allzu schnell zu fangen, aber er schien sich genauso gut zu amüsieren wie sie.

Zu meinem großen Entzücken und zur Freude aller anderen in Finch hatte sich Tommy kürzlich mit Bree Pym verlobt, der dreiundzwanzigjährigen Neuseeländerin, die ein Stück weiter an meiner Straße in einem Haus lebte, das sie von ihren Urgroßtanten geerbt hatte, den verstorbenen und schmerzlich vermissten Pym-Schwestern. Brees vorheriger Verlobter hatte sie ein paar Wochen vor Weihnachten verlassen, aber man war allgemein der Meinung, dass am Ende alles gut geworden war. Unserer – und auch ihrer – Ansicht nach ging es ihr mit Tommy an ihrer Seite tausend Mal besser.

Trotzdem hatte Bree ihren Verehrer nun im Stich gelassen, um am Nebentisch mit der alten Mrs. Craven und Miranda Morrow zusammenzusitzen. Annabelle Craven war eine ältliche Witwe, die den größten Teil ihrer wachen Stunden damit verbrachte, exquisite, handgenähte Quilts zu fertigen, doch sie hatte ihre Arbeit ruhen lassen, um an der Wache teilzunehmen. Sie trug ihr gewohntes Tweed-Kostüm und hatte sich das lange Haar im Nacken zu einem dünnen Knoten zusammengesteckt. Miranda Morrow hatte ihre rotblonden Haare zu einem schlichten französischen Dutt frisiert und zu diesem Anlass ein leichtes gelbes Kleid angezogen. Nichts an ihrem sommersprossigen Gesicht und ihrer properen Erscheinung ließ ahnen, dass sie praktizierende Hexe war.

Bree Pym war eine zierliche, aber robuste junge Frau mit einem herzförmigen Gesicht, strahlenden braunen Augen und kurzem Stachelhaar. Obwohl sie brünett geboren war, konnte ihre Haarfarbe je nach ihrer Stimmung zwischen Knallblau und Kirschrot schwanken.

Bree war in Finch eine aufsehenerregende Erscheinung; nicht nur wegen ihrer Jugend, ihres Kiwi-Akzents und ihres sich ständig verändernden Haares, sondern auch, weil sie einen Ring im linken Nasenflügel und eine große Menge Tattoos an den Armen hatte. Für das heutige Ereignis hatte sie sich in stabile Hiking-Sandalen, kakifarbene Shorts und ein tiefviolettes Tanktop gekleidet, das die gleiche Farbe hatte wie die Spitzen ihres braunen Stachelhaars.

Auch ich trug kakifarbene Shorts, aber meine besaßen nicht annähernd so viele Taschen wie ihre; meine Sneakers waren weniger stabil als Brees Sandalen, und meine Baumwollbluse war weniger auffällig als ihr Tanktop. Mein braunes, lockiges Haar hatte zwar inzwischen ein paar graue Strähnen, doch die waren das Werk von Mutter Natur und kamen nicht aus der Flasche.

Wir sechs nippten selbstzufrieden an unseren jeweiligen Teetassen, denn wir wussten, dass wir uns die besten Plätze gesichert hatten. Da die Teestube schräg gegenüber dem Cottage Weidenkätzchen lag, würde das Fenster uns eine einmalige Aussicht auf Crispin Windles Besitztümer bieten. Falls Mr. Windles Handschrift nicht mikroskopisch klein war, würden wir sogar in der Lage sein, die Aufschriften auf seinen Umzugskartons zu lesen.

»Das Cottage Weidenkätzchen wirkt ein wenig einsam«, merkte Grant an, »als wartete es sehnsüchtig auf Mr. Windle.«

Ich nickte zustimmend. Das Cottage war nicht heruntergekommen, aber ihm fehlten die kleinen Details, die ein Haus zu einem Heim machten. In den Fenstern hingen keine Vorhänge, die Blumenkästen waren leer, und aus dem Kamin stieg kein Rauch auf. Der Türklopfer aus Messing hatte seinen Glanz verloren, und dürres Unkraut hatte sich auf der ungefegten, unbenutzten Türschwelle breitgemacht.

»Es ist wie Dornröschen, das auf ihren Prinzen wartet«, meinte Charles.

»Dornröschen hat nicht auf ihren Prinzen gewartet«, wandte Grant ein. »Sie hat geschlafen.«

»Wenn du unbedingt alles wörtlich nehmen willst«,

gab Charles zurück, »muss ich darauf hinweisen, dass ein Cottage nicht in der Lage ist, sehnsüchtig zu warten. Sicher, es kann verlassen aussehen, doch es kann keine Sehnsucht empfinden.«

»Ich nehme vielleicht alles wörtlich«, entgegnete Grant, »aber niemand kann mir vorwerfen, pedantisch zu sein.«

»Beruhigt euch, Jungs«, schimpfte ich. »Wenn ihr nicht brav zusammen spielt, schicke ich euch nach Hause.«

»Ja, Mama«, murmelte Charles.

Ich ignorierte ihn. »Das Cottage Weidenkätzchen erinnert mich an etwas, was Mr. Barlow einmal zu mir gesagt hat«, fuhr ich fort. »Er hat mir erklärt, dass Häuser gern bewohnt sind. Wenn man sie zu lange sich selbst überlässt, erklärte er mir, gehen sie zugrunde.«

»Das Cottage Weidenkätzchen steht nicht lange genug leer, um zugrunde zu gehen«, meinte Grant. »Tilly Trout hat noch vor einem Monat dort gewohnt, bis sie Mr. Barlow geheiratet hat und in sein Haus gezogen ist. Trotzdem könnte es ein wenig auf Vordermann gebracht werden.«

»Könnten wir das nicht alle gebrauchen?«, fragte Charles und warf einen betonten Blick auf das zerknitterte Revers an Grants weißem Leinenjackett.

Grant strich es glatt und sprach mich an. »Was weißt du über unseren neuen Nachbarn, Lori? Charles und ich waren in London, als Marigold Edwards gestern in Finch ihre Runde gemacht hat. Wir haben unsere Chance verpasst, die schwatzhafteste Immobilienmaklerin der Welt ins Verhör zu nehmen, aber du musst doch eine oder zwei Informationen über Mr. Windle haben.«

»Ein wenig habe ich gehört«, räumte ich ein, »allerdings nicht so viel, wie man meinen sollte.«

»Zum Beispiel?«, fragte Grant.

»Millicent Scroggins hat Marigold dazu gebracht, ihr Mr. Windles Namen und seine geschätzte Ankunftszeit zu verraten«, erklärte ich.

»Seine schlecht geschätzte Ankunftszeit«, warf Charles ein und tippte ungeduldig auf seine Armbanduhr. »Wir haben schon nach halb elf. Er sollte doch um neun hier sein, oder?«

»Du kannst Marigold nicht die Schuld an Mr. Windles Unpünktlichkeit geben«, meinte Grant. »Der arme Mann steckt wahrscheinlich im Verkehr fest.«

»Ich hoffe, er hatte keinen Unfall«, sagte ich.

»Ich auch«, stimmte Charles mir zu. »Natürlich. Ich würde niemandem einen Unfall wünschen, aber ihr müsst zugeben, dass eine Massenkarambolage eine akzeptable Ausrede dafür wäre, zu spät zu kommen.«

»Irgendwie bezweifle ich, dass er das Bedürfnis haben wird, uns eine Erklärung zu geben«, erwiderte Grant.

»Das lernt er schon noch«, sagte Charles unbekümmert.

»Was hast du sonst noch über Mr. Windle herausgefunden?«, wollte Grant von mir wissen.

»Marigold hat Sally Cook erzählt, dass Mr. Windle alleinstehend ist«, erklärte ich. »Opal Taylor hat sie verraten, dass er Professor im Ruhestand ist. Und Elspeth Binney gegenüber erwähnte sie, dass er aus Derbyshire stammt.« Ich zuckte mit den Schultern. »Das ist alles.«

»Das ist alles?«, rief Charles aus. »Nichts über sein Alter, sein Aussehen, sein Einkommen, seine Hobbys oder sein Fachgebiet?«

»Nichts«, bekräftigte ich.

»Vielleicht hat Marigold ja den Wert der Diskretion erkannt«, meinte Grant.

»Keine Chance«, entgegnete ich. »Wie sich herausgestellt hat, ist Marigold Crispin Windle nie persönlich begegnet. Sie hat nicht einmal mit ihm telefoniert. Sie hat Dick Peacock erklärt, sie hätte die ganze Transaktion über Mittelsleute abgewickelt. Sie konnte nicht allzu viel über ihren Klienten ausplaudern, weil sie nicht viel zu erzählen hatte.«

»Das hättest du uns von Anfang an sagen sollen«, meinte Charles vorwurfsvoll.

»Ich war ja dabei«, erwiderte ich.

»Mr. Windle klingt vielversprechend«, fand Grant. »Ein pensionierter, unverheirateter Professor aus Derbyshire wird wahrscheinlich keine wilden Partys feiern und Bierflaschen auf den Dorfanger werfen.«

Charles nickte. »Stimmt. Vielleicht ist er ja sogar bereit, uns mit einer Reihe von Vorträgen über sein Fachgebiet zu erfreuen. Er müsste sich im alten Schulhaus zu Hause fühlen.«

»Ich bezweifle, dass das alte Schulhaus die geringste Ähnlichkeit mit seinem ehemaligen Arbeitsplatz hat«, wandte Grant ein.

»Dann ist es eben eine nette Abwechslung für ihn«, schoss Charles zurück.

»Wäre es nicht wunderbar, wenn er Astronomie unterrichten würde?«, schaltete ich mich ein. »Ich wollte schon immer mehr über den Nachthimmel erfahren.«

»Oder Geologie«, meinte Grant. »Ich habe neulich am Flussufer einen wunderschönen Stein entdeckt und würde gern wissen, worum es sich handelt.«

»Katzengold«, sagte Charles halblaut.

»Ich hätte nichts gegen Literatur einzuwenden«, versetzte ich schnell, um weiteren Streit zu verhindern. »Oder Architektur. Oder Ingenieurswesen.«

»Ingenieurswesen?«, fragte Grant erstaunt.

»Ich weiß gern, wie etwas funktioniert«, gab ich zurück. »Du nicht?«

»Doch, schon«, räumte er ein. »Aber Literatur wäre mir lieber, besonders wenn Mr. Windle eine angenehme Stimme besitzt. Ich höre gern zu, wenn Gedichte rezitiert werden, doch nur, wenn der Vortragende eine angenehme Stimme hat.«

Sally Cook tauchte an unserem Tisch auf und brachte eine Platte, die hoch mit den Frucht-Scones beladen war, die wir bestellt hatten. Die Besitzerin der Teestube war klein und rundlich und sprudelte vor Energie über, was sie im Morgengrauen aus dem Bett trieb, um mit dem täglichen Backen zu beginnen. Sie hatte strahlende blaue Augen und trug das weiße Haar in einem gestuften Kurzhaarschnitt, der ihr rosiges Gesicht vorteilhaft zur Geltung brachte.

Sally hatte sich eine traditionelle Bäckerschürze umgebunden, um die geblümte Bluse und die weite blaue Hose vor Spritzern zu schützen, aber ich entdeckte nur einen kleinen Mehlfleck darauf. Bei dem Gedanken daran, wie meine eigene Schürze aussah, nachdem ich einen Tag lang zu Hause gebacken hatte, hätte ich am liebsten vor Scham den Kopf eingezogen.

»Von wem redet ihr, Grant?«, erkundigte sie sich. »Wer hat eine angenehme Stimme?«

»Unser neuer Nachbar, hoffentlich«, gab er zurück.

»Warum?«, fragte Sally.

»Weil ich gern höre, wie ein ehemaliger Akademiker mit einer schönen Stimme Gedichte vorträgt«, erklärte Grant.

»Wir hatten diskutiert, was Mr. Windles Fachgebiet sein könnte«, erklärte ich. »Literatur ist eben eine der Möglichkeiten.«

»Ihr könnt raten, wenn ihr wollt«, sagte Sally, »aber eins kann ich euch mit Sicherheit vorhersagen.«

»Und was?«, hakte Charles eifrig nach.

»Crispin Windle wird sich innerhalb der nächsten sechs Monate verlieben«, verkündete Sally.

Mir klappte die Kinnlade herunter, Grant zog die Augenbrauen hoch, und Charles kicherte.

»Warum sind Sie sich so sicher, dass Mr. Windle sich verlieben wird?«, erkundigte sich Grant.

»Weil das Cottage Weidenkätzchen verzaubert ist«, antwortete Sally wichtig.

Kapitel 3

»Das Cottage Weidenkätzchen? Verzaubert?« Charles lachte schallend. »Sie machen wohl Witze!«

Sallys rosiges Gesicht lief zu einer Rotschattierung an, die eher tiefste Beleidigung als Verlegenheit ausdrückte.

»Sie müssen Charles verzeihen«, warf Grant hastig ein und versetzte seinem Partner unter dem Tisch einen Tritt. »Er meinte eigentlich, woher Sie wissen, dass das Cottage verzaubert ist.«

»Das ist doch sonnenklar.« Sally drehte Charles, der sich das Schienbein rieb, den Rücken zu. »Amelia Thistle zieht ins Cottage Weidenkätzchen, und ehe man sich's versieht, tritt sie mit deinem Schwiegervater vor den Traualtar, Lori. Dann zieht Tilly Trout ein, und zack, heiratet sie Mr. Barlow. Ein Cottage, zwei Bewohnerinnen, zwei Hochzeiten? Kommt mir wie Zauberei vor.«

»Ich habe kein Problem damit, an romantische Magie zu glauben«, meinte Miranda Morrow vom Nebentisch aus. Sie, Bree Pym und die alte Mrs. Craven hatten ihr Gespräch unterbrochen, um unseres mitzuhören, etwas, was in der Teestube und so ziemlich überall in Finch häufig vorkam.

»Ja, aber du bist auch eine Hexe, Miranda«, entgegnete Charles und warf Grant einen nachtragenden Blick zu. »Von dir erwartet man, dass du an … ähm, *ungewöhnliche* Phänomene glaubst.«

»Doch ganz undenkbar ist das nicht, oder?«, meinte Mrs. Craven nachdenklich. »Man braucht keine Hexe zu sein, um zu glauben, dass manche Gebäude eine besondere Atmosphäre besitzen. Ich spüre das jedes Mal, wenn ich eine Kathedrale betrete. Die Römer nannten das ›*genius loci*‹ – den Geist eines Ortes. Vielleicht wird das Cottage Weidenkätzchen ja von einem romantischen Geist bewohnt.«

»Ich sehe schon, dass ich heute Vormittag die Stimme der Vernunft spielen muss.« Charles seufzte leidgeprüft.

Grant verdrehte die Augen.

Charles nahm einen besonders fruchtigen Frucht-Scone von der Platte, legte ihn auf seinen Teller und sprach dann weiter. »Selbst wenn ich an magische Cottages glauben würde, was ich nicht tue, wie ich euch versichern kann, ist Ihre Stichprobe zu wenig repräsentativ, um etwas zu beweisen. Können Sie abgesehen von Amelia und Tilly irgendwelche anderen ehemaligen Bewohner des Cottages anführen, die in Finch die wahre Liebe gefunden haben? Natürlich nicht, denn die existieren nicht.«

»Außerdem«, meinte ich und nahm die Beine zur Seite, um einem tadelnden Tritt von Grant auszuweichen, »hat Tilly die wahre Liebe nicht gefunden, als sie hier lebte. Sie wohnte noch in Oxford, als sie sich in Mr. Barlow verliebt hat.«

»Stimmt nicht«, meldete sich Bree Pym zu Wort.

»Huch?«, murmelte ich überrumpelt.

Bree warf einen Blick über die Schulter, als wollte sie sich vergewissern, dass niemand sonst in der Teestube lauschte – eine bestenfalls schwache Hoffnung –, und fuhr dann fort. »Tilly hielt große Stücke auf Mr. Barlow, bevor sie nach Finch zog«, erklärte sie dann gewichtig, »aber sie war nicht verliebt in ihn.«

»Nicht?«, fragte ich ausdruckslos.

»Natürlich nicht«, warf Sally ein. »Wenn sie verliebt in ihn gewesen wäre, hätte sie sich nicht mit dem Cottage Weidenkätzchen abgegeben, oder? Dann hätte sie ihn gleich geheiratet und wäre zu ihm gezogen.«

»Da hat Sally nicht unrecht«, meinte Grant.

»Schon möglich«, räumte Charles ein und musterte Bree nachdenklich, »aber unsere junge Freundin hier scheint mehr zu wissen, als sie zugibt. Heraus damit, mein Mädchen! Erzählen Sie uns alles!«

Bree senkte die Stimme und fuhr in vertraulichem Flüsterton fort. »Ich weiß ganz genau, dass Mr. Barlow Tilly zwei Anträge gemacht hat, als sie noch in Oxford lebte, und sie zweimal abgelehnt hat. Erst *nachdem* sie nach Finch gezogen war, hat sie Ja gesagt.«

»Und Ihre Quelle ist?«, verlangte Charles zu wissen, während er dicke Sahne auf seinem Scone verteilte.

»Tommy«, erklärte Bree. Sie sprach von ihrem Verlobten. »Tilly hat es ihm anvertraut und er es mir.«

»Klingt einleuchtend.« Grant nahm sich ebenfalls einen Scone von der Platte. »Da Tommy Mr. Barlows Neffe ist, ist er Tillys angeheirateter Neffe. Ich vermute, Tanten führen manchmal vertrauliche Gespräche mit ihren Neffen.«

»Aber verraten Verlobte einander Geheimnisse?«, fragte Charles.

»Meiner schon«, gab Bree fröhlich zurück.

»Das ist das Erste, was ich über Mr. Barlows wiederholte Heiratsanträge höre«, sagte ich. Ich war ein wenig pikiert, weil Bree dieses pikante Stück Tratsch nicht mit mir geteilt hatte, sobald es ihr zu Ohren gekommen war.

»Tut mir leid, Lori«, meinte Bree. »Tilly hat Tommy gebeten, die Sache für sich zu behalten, um Mr. Barlow nicht aufzuregen. Du weißt ja, was er von Klatsch hält.«

»Gar nichts«, warf Grant ein, »womit er in Finch allein steht.«

»Das erklärt auch, warum er jetzt in St. George's ist

und die Angel an der Tür zur Sakristei repariert«, bemerkte Charles, »während wir alle auf Mr. Windle warten.«

Bree nickte. »Genau. Tommy hat mir von den abgelehnten Anträgen erzählt, weil er weiß, dass er mir vertrauen kann.«

Tiefes Schweigen senkte sich über die beiden Tische. Charles ließ den Blick langsam über die anderen Gäste der Teestube schweifen. Die meisten saßen, die Teetassen auf halbem Weg zum Mund, wie erstarrt da. Sie hatten die Ohren in unsere Richtung gespitzt, und ihre Mienen wirkten andächtig konzentriert.

»Meine liebe Bree«, erwiderte er behutsam, »es versteht sich von selbst, dass *wir* niemals etwas verraten würden, was uns anvertraut wird, doch Sie haben vergessen, die bescheidene Größe und exzellente Akustik der Teestube zu berücksichtigen.« Er wandte sich um und legte ihr tröstend eine Hand auf die Schulter. »Tut mir leid, Ihnen das sagen zu müssen, aber Sie haben die Katze so weit aus dem Sack gelassen, dass sie das Dorf wahrscheinlich schon halb umrundet hat.«

»Oh.« Bree wirkte beinahe komisch verdutzt. »Ja, wahrscheinlich. Ich war so gefesselt von dem, was Sally über das Cottage Weidenkätzchen gesagt hat, dass ich nicht überlegt …« Sie verstummte und sah durch das Fenster zu ihrem Verlobten, der mit den Peacocks plauderte, während Bess mit Christine Peacocks Schnürsenkeln spielte. »Ich glaube nicht, dass es Tommy *allzu viel* ausmachen wird. Was meinen Sie?«

»Wenn sich Tommy Prescott mit dir in Finch niederlassen will«, erklärte ich, »wird er sich daran gewöhnen müssen, dass jeder, der hier wohnt, alles über alle anderen weiß, die hier leben.«

»An Ihrer Stelle würde ich mir mehr Gedanken über

Mr. Barlow als über Tommy machen«, riet Charles ihr wenig hilfreich. »Ihr Sie liebender Verlobter wird Ihnen alles verzeihen, meine Teuerste, aber Mr. Barlow hat vielleicht etwas dagegen, im Dorf als der Mann bekannt zu werden, der von seiner Zukünftigen zweimal abgewiesen worden ist.«

»Ich hoffe, er ist Tilly nicht böse«, meinte Bree nervös. »Ich würde es hassen, an ihrem ersten Ehestreit schuld zu sein.«

Bree hatte mehr Gründe als die meisten, Wert auf Mr. Barlows gute Meinung zu legen. Als sie damals nach Finch gekommen war, hatte er sie unter seine Fittiche genommen, sie alle Kniffe gelehrt, die er als Allround-Handwerker auf Lager hatte, und ein bis dahin verborgenes Talent als Ehestifter gezeigt, als er seinen Lieblingsneffen eingeladen hatte, zu ihm zu ziehen. Mr. Barlow hatte nämlich gefunden, dass Tommy Prescott der Richtige für Bree war.

»Mr. Barlow kommt schon darüber hinweg«, erwiderte ich beruhigend. »Er mag ja etwas gegen Klatsch haben, doch er kennt schließlich Finch und kann keine Wunder erwarten. Wahrscheinlich wird es ihn verblüffen, dass ihr drei es geschafft habt, die Geschichte so lange für euch zu behalten.«

»Ich bin jedenfalls erstaunt«, gab Charles zu.

Bree seufzte. »Ich hoffe, du behältst recht, Lori.«

»Ich jedenfalls bin Ihnen dankbar, Bree«, erklärte Grant. »Dank Ihres Insiderwissens können wir jetzt bestätigen, dass Amelia *und* Tilly sich verliebt haben, als sie im Cottage Weidenkätzchen lebten.«

»Seht ihr?«, fragte Sally triumphierend. »Die Magie des Hauses wirkt vielleicht nicht bei jedem, doch wenn Crispin Windle auch nur einen Funken Romantik in sich hat, wird das Cottage dafür sorgen, dass er in Finch die wahre Liebe findet.« Sie hielt zwei mollige Finger hoch. »Einmal ist eine glückliche Fügung, zweimal ist Zufall, aber dreimal ...« Sie hob einen dritten Finger und nickte wissend. »Wenn es dreimal passiert, muss Magie dahinterstecken.«

»Wenn Sie es sagen«, erklärte Charles und klang zutiefst unüberzeugt.

»Das sage ich allerdings«, gab Sally zurück. »Und wenn Sie einen Funken Romantik in sich hätten, würden Sie das auch glauben, Charles.« Sie warf ihm einen vernichtenden Blick zu und kehrte in die Küche zurück.

»Abergläubischer Unsinn«, meinte er wegwerfend. »Verzauberte Cottages? Ha! Was denn noch? Magische Teekannen?«

»Sie klingen schon wie Mr. Barlow«, bemerkte Miranda Morrow.

»Ein hohes Lob«, gab Charles zurück. »Mr. Barlow ist ein intelligenter und vernünftiger Mann. Er würde nie auf ein Märchen von einem verzauberten Cottage hereinfallen.«

»Hast du Lust, auf das Märchen zu wetten?« Grant streckte die Hand aus. »Zehn Pence darauf, dass unser neuer Nachbar innerhalb der nächsten sechs Monate die wahre Liebe findet.«

»Angenommen.« Charles streckte den Arm über den Tisch aus, ergriff Grants Hand und warf dann einen Blick auf seine Armbanduhr. »Wo bleibt der elende Kerl? Er müsste schon ewig hier sein.«

Grant spähte an ihm vorbei. »Kommt Zeit, kommt Möbelwagen«, antwortete er. »Schaut nicht hin, Freunde, aber ich glaube, die Hauptattraktion geht gleich los.«

Ich reckte den Hals und sah, dass sich ein Meer von Köpfen zum gegenüberliegenden Ende des Angers wandte, wo auf dem Kopfsteinpflaster eine rötlich braune Limousine vor einem kastenförmigen Laster herfuhr.

Crispin Windle war endlich da.

Kapitel 4

Nach einer kurzen Pause, in der sich bis auf die braune Limousine, den Laster und ein paar wedelnde Hundeschwänze nichts rührte, gingen die Hundespaziergänger weiter, die Blumenkästen-Gärtner griffen nach ihren Schaufeln, die Mägde beugten sich über ihre Staffeleien, und wie auf ein Stichwort hin nahmen alle die Tätigkeiten wieder auf, denen sie vor Crispin Windles sehnsüchtig erwartetem Eintreffen nachgegangen waren.

Um die Fiktion aufrechtzuerhalten, dass ich nur in der Teestube saß, um einen angenehmen Vormittag mit meinen Freunden zu verplaudern, griff ich nach einem Scone, schnitt ihn mit meinem Buttermesser durch und begann, beide Seiten großzügig mit dicker Sahne zu bestreichen. Doch genau wie Charles und Grant behielt ich die beiden Fahrzeuge, die jetzt über die Kopfsteinpflaster-Straße zum Cottage Weidenkätzchen heraufkamen, genau im Auge.

»Mr. Windles Renault ist zwanzig Jahre alt«, bemerkte Grant.

Da er nicht als Autofan bekannt war, wandte ich mich meinem Freund verblüfft zu. »Woran siehst du das?«

»Eine unserer Freundinnen in London hat das gleiche Modell«, antwortete er. »Wir ziehen sie immer mit ihrem uralten Renault auf, aber sie weigert sich, sich ein neueres Auto anzuschaffen.«

»Sie fährt es aus sentimentalen Gründen«, fügte

Charles hinzu. »Doch ich frage mich, warum Mr. Windle so einen alten Wagen hat.«

»Ich hoffe, auch aus sentimentalen Gründen«, sagte ich und steckte den Daumen, den ich versehentlich mit Sahne bestrichen hatte, in den Mund. »Ich möchte mir gern vorstellen, dass der Wagen ihn an lange Ausfahrten aufs Land mit jemandem erinnert, den er geliebt hat.«

»Das ganze Gerede über verzauberte Cottages ist dir zu Kopf gestiegen, Lori«, bemerkte Charles spöttisch. »Der offensichtlichste Grund dafür, ein altes Auto zu fahren, ist es, sich kein neues leisten zu können.«

»Nicht die Erklärung, die mir am liebsten wäre«, meinte ich resigniert, »aber du könntest recht haben.«

Während Mr. Windle seinen alten Renault im Schuppen auf der anderen Seite des Hauses parkte, vollführte der Fahrer des Möbelwagens ein kompliziertes Manöver, durch das die hintere Stoßstange des Lasters nur wenige Meter vor der Haustür des Cottages landete. Sobald der Motor verstummte, stiegen der Fahrer und zwei muskulöse Helfer aus der Kabine und traten zielbewusst auf das Haus zu. Kurz darauf öffnete sich die Tür, und eine Hand erschien, die die drei Männer hereinwinkte. Die Hand wurde zurückgezogen, die Umzugshelfer trabten über die Schwelle, und dann schloss sich mit einem dumpfen Geräusch die Tür hinter ihnen.

»Mr. Windle muss sich durch die Küchentür ins Cottage geschlichen haben.« Missbilligend schnalzte ich mit der Zunge. »Spielverderber. Jetzt weiß ich immer noch nicht, wie er aussieht. Als er in den Schuppen fuhr, konnte ich sein Gesicht nicht richtig erkennen – die Sonne hat sich zu stark in den Autofenstern gespiegelt.«

»Ich konnte auch nichts sehen«, brummelte Grant. »Ich konnte jedoch erkennen, dass er allein war. Niemand saß neben ihm oder auf der Rückbank.«

»Du hattest aber nicht damit gerechnet, eine Frau oder Kinder zu entdecken, oder?«, hakte ich nach. »Marigold Edwards hat ihn als alleinstehenden Herrn beschrieben.« Ich wies mit dem Buttermesser auf die vier Künstlerinnen auf dem Anger. »Deswegen tragen die Mägde auch ihre hübschesten Malerkittel. Ich weiß nicht, ob euch das aufgefallen ist, doch das sind die Kittel, die sie nur zu besonderen Anlässen wie der Kunstausstellung anziehen.«

»Und an Tagen, an denen alleinstehende Herren ins Dorf ziehen«, meinte Charles glucksend.

»Den Versuch kann ich ihnen nicht verübeln«, sagte Grant großmütig. »Mr. Windle ist der erste Junggeselle seit George Wetherhead, der nach Finch zieht, und George ist zu introvertiert, um überhaupt an eine Ehe zu denken.«

»Vor allem mit einer der Mägde«, murmelte Charles.

»Seid nett«, mahnte ich streng, obwohl ich innerlich lächelte. Die Vorstellung, dass der schüchterne George einer der vier lebhaftesten Damen des Dorfes einen Heiratsantrag machte, war ebenso unwahrscheinlich wie die, dass eine von ihnen annehmen könnte.

Als die Minuten verstrichen und wir unseren neuen Nachbarn nicht wieder zu sehen bekamen, begann Charles, mit den Fingern auf den Tisch zu trommeln.

»Ich finde es ein wenig rücksichtslos von Mr. Windle, dass er uns warten lässt, nachdem wir uns schon so lange geduldet haben«, erklärte er mürrisch. »Was macht er bloß? Man sollte meinen, dass er den Umzug so schnell wie möglich hinter sich bringen will.«

»Wahrscheinlich zeigt er den Männern, wo sie seine Möbel hinstellen sollen«, vermutete ich. »Auf lange Sicht spart das Zeit.« Mit geübtem Blick musterte ich den Möbelwagen. »Der Laster ist nicht groß. Vielleicht der kleinste, den ich je in Finch gesehen habe.«

»Gehen wir also davon aus, dass Mr. Windle ein Mann mit wenig Besitz ist?« Charles seufzte melodramatisch. »Wenn ja, ist er Minimalist? Oder ist er so arm, dass ihm nur wenig gehört? Oder ist er ein Freund von Kleinmöbeln?«

»Psst«, sagte ich lachend. »Der Vorhang hebt sich.«

Die Haustür des Cottages hatte sich geöffnet, und die drei Umzugshelfer waren herausgekommen, gefolgt vom Mann der Stunde. Mir fiel fast das Messer aus der Hand, als ich mich vorbeugte, um, ungehindert vom grellen Sonnenschein, einen guten Blick auf ihn zu bekommen.

Crispin Windle war groß, blass und furchtbar dünn. Er hatte graue Augen und ein von tiefen Falten durchzogenes Gesicht sowie Geheimratsecken, die darauf hinwiesen, dass er das mittlere Alter überschritten hatte. Seine Kleidung wirkte etwas schäbig und saß bemerkenswert schlecht. Der blaue Pullover hing schlaff um seine schmale Gestalt, und seine beige Twillhose schien ihm mindestens zwei Nummern zu groß zu sein.

Ich bemerkte mehrere kleine Löcher in seinem Pulli, ausgefranste Aufschläge an seiner Hose und schiefe Absätze an seinen braunen Brogue-Schuhen und spürte einen Anflug von Mitleid für unseren neuen Nachbarn, aber mir ging durch den Kopf, dass seine vornehm-schäbige Ausstrahlung den Mägden Hoffnungen machen würde. Crispin Windle sah aus, als bräuchte er jemanden, der sich um ihn kümmerte.

Während Mr. Windle ein paar Worte mit den Umzugshelfern wechselte, tauschten Charles, Grant und ich ziemlich viele über ihn aus.

»Er muss abgenommen haben, seit er diese Hose gekauft hat«, überlegte ich laut.

»Ganz meine Meinung«, sagte Charles. »Aber hat er absichtlich abgenommen? Oder war er krank?«

»So oder so«, erwiderte ich, »die Mägde werden tun, was sie können, um ihn zu mästen. Sie werden ihn mit so vielen ›Willkommen-in-Finch-Aufläufen‹ bombardieren, dass er in der Küche keinen Quadratzentimeter Arbeitsfläche mehr frei haben wird.«

»Er muss auch Platz für die Gaben aller anderen schaffen«, fügte Grant hinzu, »aber wenigstens hat der arme Mann jetzt erst einmal drei Tage Ruhe und Frieden, bevor das ganze Dorf über ihn herfällt.«

»Ja, allerdings.« Charles nickte. »Die Drei-Tage-Regel wird uns alle bis Mittwoch von ihm fernhalten.«

Die Drei-Tage-Regel gehörte zu Finchs heiligsten Traditionen. Meine Nachbarn betrachteten es als normale Höflichkeit, einem Neuankömmling drei Tage Zeit zu lassen, um sich in seinem neuen Heim einzuleben, bevor sie ihn mit Aufläufen, Plätzchen und Kuchen sowie Einladungen zu bevorstehenden Veranstaltungen und Freiwilligen-Listen für eine ganze Reihe ehrenamtlicher Tätigkeiten überfielen. Wenn sie Mr. Windle außerhalb seines Hauses trafen, solange die Regel galt, würden sie ihm selbstverständlich das Ohr abkauen, doch in seinem Zuhause würden sie ihm erst auf den Pelz rücken, sobald die erforderliche Frist verstrichen war.

»Er ist nicht gerade gut angezogen«, bemerkte Charles, »aber man kann ja nicht verlangen, dass er am Umzugstag seinen Sonntagsanzug trägt. Was meinst du, wie alt er ist?«

»Schwer zu sagen«, gab ich zurück. »Mitte siebzig?«

»Zu alt für die Mägde?«, fragte Grant.

»Unmöglich«, erklärte Charles bestimmt. »Solange er einen Puls hat, ist er ein Kandidat.«

»Er könnte es schlimmer treffen«, erwiderte Grant. »Viele Männer würden alles dafür geben, von vier Frauen gleichzeitig umworben zu werden.«

»Und mehr noch«, sagte ich loyal, »die Mägde sind interessante Frauen – sie malen, sie kochen, sie besuchen in Upper Deeping alle möglichen Kurse und spielen im Dorfleben eine aktive Rolle. Sie haben viel zu bieten.«

»Wenn also Mr. Windle sein Herz an eine von ihnen verliert«, konstatierte Charles und warf Miranda Morrow einen listigen Blick zu, »dann, weil sie viel zu bieten hat, und nicht, weil das Cottage verzaubert wäre.«

»Beides könnte zusammenspielen«, gab sie unbeeindruckt zurück.

Schweigend spähte ich zu unserem neuen Nachbarn hinüber. »Er scheint nicht besonders neugierig auf seine Umgebung zu sein«, stellte ich dann fest. »Er hat noch niemandem außer den Umzugshelfern einen Blick gegönnt. Wenn ihr an seiner Stelle wärt, würdet ihr euch dann nicht wenigstens kurz James Hobsons Metalldetektor anschauen? Würdet ihr nicht irgendwie auf vier Staffeleien reagieren, die in eure Richtung ausgerichtet sind?«

»Ich an seiner Stelle«, sagte Grant, »wäre viel zu beschäftigt, um auf die Einheimischen zu achten.«

»Ich an seiner Stelle«, meinte Charles, »würde mir die Schuhe neu besohlen lassen.«

»Ich hoffe nur, er ist nicht ungesellig«, murmelte ich. »Sowohl um seinet- als auch um unseretwillen.«

Nachdem Mr. Windle mit dem Fahrer gesprochen hatte, zog er sich in sein Cottage zurück. Unter der Aufsicht des Fahrers öffneten die beiden kräftigen Männer die Hintertüren des Lasters, ließen eine Rampe herunter und begannen, eine Reihe Pappkartons auszuladen.

»Er hat seine Umzugskisten nicht beschriftet!«, rief Charles empört aus. »Was für ein Mensch zieht um, ohne seine Kartons zu kennzeichnen?«

»Ein unerfahrener?«, schlug ich vor. »Möglich, dass Mr. Windle schon lange nicht mehr umgezogen ist.«

»Wenn man sehr wenig Besitz hat«, spekulierte Grant, »hat man vielleicht nicht das Bedürfnis, seine Kartons zu beschriften.«

»Aber woher sollen wir dann wissen, was darin ist?«, fragte Charles. »Indem er es unterlassen hat, seine Kisten auszuzeichnen, hindert Mr. Windle uns praktisch daran, fundierte Vermutungen über seinen Lebenswandel anzustellen.«

»Versuch, es nicht persönlich zu nehmen«, riet Grant ihm trocken. »Ich bezweifle, dass Mr. Windle unsere Bedürfnisse im Sinn hatte, als er seine Kisten gepackt hat.«

»Ich hoffe, er sucht die nächsten drei Tage nach seinem Büchsenöffner«, brummte Charles. Dann hellte sich plötzlich seine Miene auf. »Endlich! Ein Sofa!«

Der den Möbeln gewidmete Teil des unterhaltsamen Vormittags hatte begonnen. Leider war Mr. Windles Mobiliar nicht unterhaltsam. Auf das schlichte beige Sofa folgte eine Reihe ebenso uninteressanter Möbelstücke, die älter als sein Auto zu sein schienen, wenngleich nicht alt genug, um als Antiquitäten durchzugehen. Alles wirkte zwar zweckdienlich, jedoch in keiner Weise denkwürdig, und es schienen nicht genug Möbel zu sein, um ein ganzes Cottage einzurichten.

»Ich halte Mr. Windle für einen praktisch denkenden Mann«, erklärte ich nachsichtig, während die zwei stämmigen Möbelpacker einen großen, aber vollkommen unauffälligen Schreibtisch die Rampe heruntertrugen. »Seine Möbel mögen ja langweilig sein, doch sie sind leicht zu reinigen, und es sind nicht zu viele, sodass seine Zimmer nicht vollgestopft sein werden.«

»Vollgestopft?«, wiederholte Charles ungläubig. »Die Hälfte der Zimmer werden *leer* sein. Er hat nicht einmal ein Bett fürs Gästezimmer. Hat jemand einen Esstisch oder Stühle gesehen?«

»Ich nicht«, räumte ich ein. »Ich habe allerdings etwas entdeckt, das ein Küchentisch sein könnte. Vielleicht isst Mr. Windle ja gern in der Küche.«

»Ein Mann ohne Esszimmermöbel rechnet nicht damit, Gäste zu bewirten«, erwiderte Charles düster. »Das ist ein schlechtes Vorzeichen.«

»Vielleicht hat er ja neue Esszimmermöbel für sein neues Heim bestellt«, vermutete ich, »und lässt sie liefern, sobald er eingezogen ist.«

Charles musterte mich skeptisch. »Weist irgendetwas, was du bisher gesehen hast, darauf hin, dass Mr. Windle häufig neue Möbel kauft?«

»Nicht wirklich«, räumte ich ein.

Die einzigen Objekte, die mein Interesse weckten, tauchten als Letzte aus dem Möbelwagen auf, und sie erregten meine Aufmerksamkeit nur, weil ich mir keinen Reim darauf machen konnte, was sie darstellten. Ich sah, dass es bearbeitete Holzstücke in unterschiedlichen Längen und Breiten waren, dass in einige Löcher gebohrt waren und dass sie zu Bündeln zusammengeschnürt waren, doch ihr Verwendungszweck erschloss sich mir nicht.

Meine Freunde waren ebenso perplex.

»Was glaubt ihr, was diese Holzbündel sein könnten?«, fragte Grant.

»Regale?«, gab ich vorsichtig zurück.

»Wofür?«, wollte Charles wissen. »Miniatur-Bücher?«

»Dann sag du es mir«, entgegnete ich.

»Esstisch?«, schlug er vor.

Wider Willen lachte ich, dann schnippte ich mit den Fingern, als mir eine andere Erklärung einfiel. »Annabelle«, wandte ich mich an die alte Mrs. Craven, »könnten diese Holzteile zu einem auseinandergebauten Quiltrahmen gehören?«

»Wenn«, antwortete sie, »dann unterscheidet sich Mr. Windles Quiltrahmen von allen anderen, die mir je unter die Augen gekommen sind, und ich habe schon viele gesehen.«

»Haben Sie noch eine Idee, was sie darstellen könnten?«, fragte ich sie.

Sie schüttelte den Kopf. »Keine.«

»Weitere Vorschläge?« Ich sah von Bree zu Miranda, aber die beiden hatten nichts Konstruktiveres beizutragen, als ratlos mit den Schultern zu zucken.

»Unbeschriftete Kisten und mysteriöse Holzstücke«, meinte Mrs. Craven lächelnd. »Hinter Mr. Windle steckt offensichtlich mehr, als man auf den ersten Blick glauben würde.«

»Das will ich hoffen«, brummte Charles. »Weniger könnte es kaum sein.«

»Die Show ist vorbei«, erklärte Grant.

Die Möbelpacker schoben die Rampe in den Laster und schlossen die Hintertüren, bevor sie wieder ins Cottage eingelassen wurden. Kurz darauf tauchten sie erneut auf, kletterten in die Fahrerkabine und verließen das Dorf auf dem Weg, auf dem sie gekommen waren.

»Eine weitere Möbelwagen-Wache geht zu Ende«, sagte ich feierlich.

»So, wie es aussieht, war sie schon länger zu Ende«, erklärte Grant. Mit einer weit ausholenden Geste wies er auf den fast menschenleeren Dorfanger.

Abgesehen von zwei Kajak-Fahrern, die gleich ins Emporium treten würden, waren die einzigen lebenden Seelen in Sichtweite Tommy Prescott und meine Tochter. Sogar die Mägde hatten ihre Farbtöpfe eingepackt und waren aufgebrochen. Noch nie hatte ich erlebt, dass eine Möbelwagen-Wache sich so schnell auflöste.

»Mr. Windle war spät dran«, rief ich meinen Freunden ins Gedächtnis. »Wäre er pünktlich gewesen, wären bestimmt alle geblieben, um Eindrücke auszutauschen. So, wie die Dinge stehen, kann ich mir vorstellen, dass sie entweder zu den samstäglichen Sonderangeboten nach Upper Deeping gefahren oder nach Hause gegangen sind, um die Hausarbeit aufzuholen, mit der sie vor zwei Stunden hätten anfangen sollen.«

»Ich kann mir vorstellen, dass sie von dem Ganzen zu unbeeindruckt waren, um Beobachtungen auszutauschen«, widersprach Charles. »Ich habe noch nie eine so langweilige Wache erlebt. Wenn Mr. Windles Mobiliar ein Spiegel seiner Persönlichkeit ist, können wir wahrscheinlich nicht damit rechnen, dass er das Dorfleben bereichert.«

»Ich behalte mir mein Urteil vor, bis ich weiß, was in seinen Kisten ist«, sagte Grant. »Seine farblosen Möbel könnten als neutraler Hintergrund für eine fabelhafte Sammlung von Ming-Porzellan oder venezianischem Glas dienen.«

»Oder er könnte ein gewöhnlicher Mensch mit normalen Besitztümern sein«, meinte ich. »Was ist verkehrt an normal? Ich bin nichts Besonderes, und ihr gebt euch trotzdem mit mir ab.«

»Du bist für uns etwas *ganz* Besonderes«, versicherte Charles mir. Er steckte sich einen letzten Bissen Scone in den Mund und sah auf die Uhr. »Wenn wir jetzt fahren, Grant, schaffen wir noch die Handarbeits-Ausstellung in

Tewkesbury *und* können uns ein Mittagessen bei *Abbey Tea Rooms* gönnen.« Erwartungsvoll blickte er sich um. »Hat jemand Lust, sich uns anzuschließen?«

»Ich«, sagte Mrs. Craven.

»Ausgezeichnet«, gab Charles zurück. »Dann können Sie unser Wissen über Überwendlingsstiche prüfen. Noch jemand?«

»Tut mir leid«, antwortete ich, »aber nachdem Bess den ganzen Vormittag mit Tommy herumgetobt hat, braucht sie dringend ein ordentliches Mittagessen und ein langes Schläfchen.«

»Ich muss mich auch entschuldigen«, erklärte Miranda. »Ich muss ein Horoskop für einen Kunden erstellen. Niemand aus Finch«, setzte sie hinzu, als unsere Augen aufleuchteten. »Einer meiner Online-Stammkunden – ein Stammkunde *von außerhalb.*«

Bree, die während der Wache ungewöhnlich kleinlaut gewesen war, stand auf. »Danke für die Einladung, Charles«, sagte sie, »aber ich habe etwas anders zu erledigen.«

»Gehst du nach St. George's?«, fragte ich.

Bree nickte. »Ich muss mit Mr. Barlow reden, bevor jemand anders es tut. Ich kann meinen idiotischen Schnitzer nicht rückgängig machen, doch ich kann die Verantwortung dafür übernehmen. Wenigstens weiß er dann, wer schuld daran ist, dass seine Heiratsanträge durch den Klatsch gezogen werden.«

»Er wird deine Ehrlichkeit zu schätzen wissen«, meinte ich.

»Das glaube ich eher nicht«, sagte Bree. Sie seufzte bedauernd, reckte die tätowierten Schultern und verließ die Teestube.

Meine Freunde und ich bezahlten unsere Rechnungen, und als wir unserer Wege gingen, fühlte ich mich ziemlich niedergedrückt. Wenn jemand da gewesen wäre, um mir zuzuhören, hätte ich nicht viel über Mr. Windle zu erzählen gehabt, aber etwas hätte ich schon geäußert. Der verlassene Anger bot nicht den geringsten Anlass zu Analyse oder Spekulation. Eine Möbelwagen-Wache ohne aufgeregte Gespräche danach war so enttäuschend wie ein Osterkorb ohne Schokoladenhasen, fand ich.

Meine betrübte Stimmung verflog, als ich Tommy Prescott entdeckte, der auf der Buckelbrücke stand und Bess, die Furchtlose, sicher auf den muskulösen Armen trug. Er war in ein Flanellhemd mit aufgekrempelten Ärmeln, eine alte Cargohose und Turnschuhe gekleidet, von denen einer den Fußteil seiner »Alltags«-Prothese bedeckte – beim Sport benutzte er eine dieser Federfuß-Prothesen. Bess redete angeregt auf ihn ein und zeigte über die niedrige Steinbrüstung der Brücke auf den Fluss. Ich fragte mich, ob sie ihm das Quaken beibrachte.

Als in Finch ausgebildete Schnüfflerin fehlte mir die moralische Kraft, auf dem Weg zur Brücke am Cottage Weidenkätzchen vorbeizugehen, ohne durch Mr. Windles vorhanglose Fenster zu sehen. Das Wohnzimmer barg keine Überraschungen, doch ich zog die Augenbrauen hoch, als ich die geheimnisvollen Holzbündel auf dem Boden des Esszimmers entdeckte. Ich fragte mich, was sie im Esszimmer zu suchen hatten. Hatte Charles doch richtig geraten? Besaß Mr. Windle ein Do-it-yourself-Set zum Bauen von Esszimmermöbeln? Unwahrscheinlich, doch mir fiel keine andere Erklärung ein.

Tommys Stimme unterbrach meinen Gedankengang. »Lori!«, rief er. »Bess bringt mir das Quaken bei!«

»Da kannst du noch was lernen!«, gab ich lachend zurück. »Sie ist Expertin!«

Sobald ich den höchsten Punkt der Brücke erreicht

hatte, nahm ich Tommy meine Tochter ab und drückte sie fest. »Wer ist mein kluges Mädchen?«, schäkerte ich.

»Guck!«, antwortete sie und zeigte auf eine Schar schwimmender Stockenten. »Ente!«

»Ich sehe die Enten«, sagte ich. »Sind sie nicht wunderschön?«

Bess quakte zustimmend und quakte dann so begeistert weiter, dass die Enten aufflogen und erschrocken kreischend in die Katzenmusik einfielen. Tommy setzte sich grinsend auf die Brüstung, womit er mir die Mühe ersparte, den Kopf in den Nacken zu legen und zu ihm aufzusehen.

»Danke, dass du mein kleines *Perpetuum Mobile* gehütet hast«, rief ich, um das Krakeelen der Enten zu übertönen.

»Keine Ursache«, meinte er. »Bess ist ein tolles Mädchen, und ich bin niemand, der lange stillsitzen kann. Davon hatte ich im Krankenhaus genug.«

»Darauf wette ich.« Da meine Tochter noch nicht ganz trocken war, schnüffelte ich vorsichtig an ihr. »Hast du ihr auch eine frische Windel gemacht?«

»Das war Bill«, antwortete er. »Aber ich habe aufgepasst. Eine der vielen nützlichen Fähigkeiten, die ich brauchen werde, wenn Bree und ich eine Familie gründen.«

»Wird das irgendwann in naher Zukunft passieren?«, erkundigte ich mich.

»Wenn es nach mir ginge, würden wir morgen heiraten«, gestand Tommy. »Aber das ist nicht meine Entscheidung, sondern Brees. Sie will nicht den gleichen Fehler wie bei diesem australischen Typen machen, also überlegt sie es sich genau, bevor sie den Schritt wagt.«

»Gebranntes Kind scheut das Feuer?«

»Allerdings.« Tommy sah an mir vorbei, als hoffte er,

einen Blick auf seine Verlobte zu erhaschen. »Wieso ist sie nach St. George's gerannt? Mein Onkel hat sie doch nicht breitgeschlagen, die Tür der Sakristei wieder einzuhängen, oder?«

»Nein«, antwortete ich. »Sie ist nach St. George's gegangen, weil sie mit deinem Onkel reden muss.«

»Reden *muss?*«, wiederholte er. »Scheint eine ernste Sache zu sein.«

»Bree ist überzeugt davon«, erklärte ich. »Deswegen überlasse ich es ihr, dir davon zu erzählen.«

»Na schön«, meinte Tommy liebenswürdig. Wieder blickte er an mir vorbei und runzelte die Stirn. »Was macht unser neuer Nachbar da? Er hat gerade das Cottage Weidenkätzchen verlassen.«

Ich fuhr herum und sah, dass Crispin Windle reglos vor seiner offenen Tür stand.

»Was hat er vor?«, fragte Tommy.

»Keine Ahnung«, sagte ich. »Vielleicht …« Ich verstummte, als Mr. Windle sich zu uns umdrehte.

Langsam schweifte sein Blick von dem Brückenbogen zu der leicht bewegten Oberfläche des Flusses und wieder zurück. Seine blassen Züge waren ausdruckslos und so leer wie ein Steinblock, bis ihm abrupt und nicht länger als einen Augenblick der Atem in der Kehle zu stocken schien und Tränen in seine grauen Augen traten. In diesem kurzen Moment wirkte er wie ein Mann, der jede Hoffnung verloren hat; ein Mann, der so gebrochen ist, dass er kaum das Gewicht seiner eigenen Gedanken tragen kann. Ich konnte beinahe sehen, wie sich Seelenqualen über ihn senkten wie eine dunkle Wolke. Dann wurde sein Gesicht wieder ausdruckslos, und er ging zurück in sein neues Heim und schloss die Tür.

Kapitel 5

Ich drehte mich um und starrte Tommy an, der von der Brüstung aufgestanden war, als hätte ihn die pure Macht von Mr. Windles Schmerz hochgezogen.

»Hast du gesehen …?«, flüsterte ich erschüttert.

»Ja.«

»Was hast du gesehen?«, hakte ich nach, weil ich meinen eigenen Augen nicht traute.

»Ich habe einen Mann in Not gesehen«, gab Tommy düster zurück. »Ich habe gesehen, wie ein Mann in Not zur Brücke geschaut hat.«

Eine dunkle Vorahnung überlief mich. »Du glaubst doch nicht, dass er …«

»… daran denkt, sich in den Fluss zu stürzen?« Tommy fuhr sich durch das kurze, dunkle Haar. »Komische Vorstellung, nachdem er sich die ganze Mühe gemacht hat herzuziehen. Er stammt aus Derbyshire, oder? Da oben gibt es jede Menge Flüsse. Warum ist er nicht in einen von denen gesprungen?«

»Ich weiß nicht«, sagte ich. »Vielleicht denkt er, er macht nicht so viel Aufhebens, wenn er sich an einem Ort umbringt, wo ihn niemand kennt.«

»Wenn er das glaubt«, meinte Tommy, »muss er noch viel über Finch lernen.«

Noch einmal drehte ich mich um, um Mr. Windles Tür zu betrachten. Ich hatte keine Ahnung, was hinter ihr vorging, doch mir stand plötzlich das grauenhafte Bild einer Schlinge, die von einem Deckenbalken baumelte, vor Augen. Ohne zu überlegen, reichte ich Bess an Tommy weiter. »Halt sie für mich, ja?«, bat ich und wollte die Brücke verlassen.

»Warum?«, rief er. »Wo willst du hin?«

»Zum Cottage Weidenkätzchen«, gab ich zurück. »Wenn ich ein Fenster einschlagen muss, um hineinzugelangen, muss ich beide Hände frei haben.«

Tommy holte mich ein und verlangsamte seine Schritte, um sie meinen anzupassen. »Wenn jemand ein Fenster einschlägt, dann ich«, erklärte er nachdrücklich.

»Bye, bye, Enten.« Bess sah über seine Schulter zum Fluss und winkte.

In ein paar Häusern bewegten sich Vorhänge, als ein paar scharfäugige Dorfbewohner ihre samstägliche Hausarbeit unterbrachen, um zuzusehen, wie Tommy und ich zum Cottage Weidenkätzchen liefen.

»Sie werden uns in der Luft zerreißen, weil wir gegen die Drei-Tage-Regel verstoßen«, sagte ich warnend.

Tommy musterte mich spöttisch. »Willst du bis Mittwoch warten, um herauszufinden, ob Mr. Windle Hilfe braucht?«

»Bist du verrückt?«, gab ich zurück. »Bis dahin könnte er am Grund des Little Deeping treiben!« Ich warf einen Blick auf die zuckenden Vorhänge meiner Nachbarn und ballte dann entschlossen die Fäuste. »Manchmal muss man sich über ehrwürdige Dorftraditionen hinwegsetzen, um grundlegenden menschlichen Anstand zu wahren.«

»Und das«, meinte Tommy, »ist eine solche Gelegenheit.«

Wir erreichten das Cottage, und in mir stieg eine Übelkeit erregende dunkle Vorahnung auf. »Wenn er die Tür nicht aufmacht«, murmelte ich, »brechen wir ein Fenster auf.«

»Bevor wir etwas zerschlagen, sollten wir es vielleicht

an der Hintertür versuchen«, überlegte Tommy laut. »Sollte er in der Küche sein, hört er vielleicht nicht, wenn an die Haustür geklopft wird.«

»Okay«, sagte ich knapp. »Aber wenn Mr. Windle weder an die Vorder- *noch* an die Hintertür kommt …«

»Schlage *ich* ein Fenster ein«, unterbrach er mich. »Doch vorher gebe ich dir Bess.«

Meine Tochter quakte.

Ich nickte. »Gute Idee. Aber warte, bis ich ein Stück zurückgetreten bin. Glasscherben fliegen überall hin. Hast du ein Taschentuch?«

»Immer dabei«, erklärte er und zog ein großes Stofftaschentuch aus der hinteren Hosentasche.

»Wickle es um deine Hand, damit du dich nicht schneidest.«

»Ich schlage kein Fenster mit der Hand ein«, erklärte Tommy und steckte das Tuch wieder in die Tasche. »Ich nehme den Ellbogen.«

»Hast du das schon mal gemacht?«

»Möchtest du alles über meine Einbrecher-Karriere hören?«, fragte Tommy leicht entnervt. »Oder willst du zuerst nach Mr. Windle sehen?«

»Tut mir leid«, antwortete ich zerknirscht. »Auf geht's.«

Ich hob den matten Messing-Türklopfer und schlug damit kräftig gegen die Tür. Als nichts passierte, hämmerte Tommy mit der Faust dagegen, doch seine Schläge schienen nicht mehr Wirkung zu haben als mein Klopfen. Ich stand kurz davor, zur Hintertür zu sprinten, als die Haustür nach innen aufschwang.

Mr. Windles Miene war wieder ausdrucklos, aber er wirkte unversehrt. Er hielt ein zerknülltes Stück Zeitungspapier in der linken Hand, als hätten wir ihn beim Auspacken unterbrochen. Doch er schimpfte weder über unser Eindringen, noch entschuldigte er sich dafür, so lange gebraucht zu haben, um an die Tür zu kommen. Er grüßte uns nicht einmal, sondern sah uns nur unbestimmt an und ließ zu, dass sich das Schweigen in die Länge zog.

»Hi«, begann ich. Ich hatte keine Sekunde darüber nachgedacht, was ich als Nächstes sagen wollte, sprudelte jedoch trotzdem los. »Ich bin Lori Shepherd, und ich war gerade auf der Brücke. Als Sie vor ein paar Minuten in meine Richtung gesehen haben, ist mir aufgefallen, dass Sie … bekümmert wirkten.«

»Ach ja?«, fragte Mr. Windle.

Ich hatte damit gerechnet, dass seine Stimme dünn und krächzend klingen würde, doch sie war klar, weich und äußerst angenehm. Flüchtig fragte ich mich, ob er manchmal Gedichte vortrug. »Allerdings«, gab ich zurück. »Sie haben ganz verzweifelt gewirkt. Geht's Ihnen gut?«

»Ja, danke«, antwortete er. »Mir geht es ziemlich gut.«

Ich hatte angenommen, dass er einen Derbyshire-Akzent haben würde, doch nichts in seiner Stimme wies darauf hin, dass er aus dem Norden stammte.

»Sind Sie sich sicher?«, vergewisserte ich mich. »Denn als Sie auf den Fluss gesehen haben, schien es Ihnen nicht gut zu gehen. Um ehrlich zu sein, haben Sie uns ein wenig Angst eingejagt. Wir haben befürchtet, dass Sie ein feuchtes … ähm …«

»Grab«, warf Tommy hilfsbereit ein.

»Und das möchten wir nicht«, erklärte ich ernst. »Dass Sie ein feuchtes Grab in Betracht ziehen, meine ich. Oder überhaupt eins. Nicht einmal ein trockenes.«

Wortlos blickte Mr. Windle mich einen Moment lang an. Er blinzelte. »Ich danke Ihnen für Ihre Sorge, Mrs.

Shepherd«, erwiderte er dann leise, »aber ich kann Ihnen versichern, dass ich nicht vorhabe, mich umzubringen.«

»Wunderbar.« Ich wünschte mir inbrünstig, ich hätte eine Rückzugsstrategie vorbereitet. »Freut mich, dass es Ihnen gut geht. Und … ähm, willkommen in Finch! Außerdem heiße ich nicht Mrs. Shepherd. Der Name meines Mannes ist Bill Willis, doch ich habe meinen nicht geändert, als wir geheiratet haben, deswegen bin ich immer noch Lori Shepherd, aber nennen Sie mich bitte Lori. Alle tun das.«

»Ich werde daran denken.« Mr. Windles Blick huschte zu Tommy. »Wie alt ist Ihre Tochter, Mr. Willis?«

»Ich bin nicht Mr. Willis«, gab Tommy erschrocken zurück. »Ich bin Tommy Prescott.«

»Und Bess ist nicht seine Tochter«, erklärte ich schnell.

Bess quakte wieder, und Mr. Windles langes, schmales Gesicht schien sich ein wenig aufzuhellen.

»Bess ist meine Tochter«, fuhr ich fort. »Na ja, meine und die meines Mannes. Er arbeitet ein paar Häuser weiter in Wysteria Lodge.« Ich zeigte auf das Auto vor dem mit Glyzinien bewachsenen Gebäude, das Bills Hightech-Büro beherbergte. »Der kanariengelbe Range Rover gehört mir. Mein Mann hat ihn ausgesucht, damit andere Fahrer mich besser sehen können«, plapperte ich drauflos. »Er ist Immobilienanwalt.«

»Papa Arbeit«, erklärte Bess.

»Richtig«, sagte Tommy zu ihr. »Bill ist dein Papa, nicht ich.« An Mr. Windle gerichtet, fuhr er fort: »Ich bin mit Bree Pym verlobt. Bree ist gerade in der Kirche und unterhält sich mit meinem Onkel.«

»Ist Ihr Onkel Geistlicher?«, erkundigte Mr. Windle sich höflich, obwohl er sein – geringes – Gewicht von einem Fuß auf den anderen verlagerte, als fände er es anstrengend, mit zwei redseligen Fremden auf seiner Türschwelle zu stehen.

»Nein«, antwortete Tommy. »Der Pfarrer von St. George's ist Theodore Bunting. Mein Onkel ist der Allround-Handwerker des Dorfes und Automechaniker. Wenn Sie Probleme mit dem Motor oder eine lose Bodendiele haben, ist mein Onkel der Mann, den Sie anrufen sollten.«

»Gut zu wissen«, erwiderte Mr. Windle. Als er Bess ansah, huschte der Anflug eines Lächelns über seine schmalen Lippen. »Wie alt ist Ihre Tochter, Lori?«

»Sie ist im Februar zwei geworden.«

»Zwei«, bekräftigte Bess und streckte zwei Finger aus.

»Dachte ich mir schon. Nett, dich kennenzulernen, Bess.« Immer noch schwach lächelnd sprach Mr. Windle Tommy und mich an. »Es war auch sehr schön, Sie kennenzulernen, aber ich fürchte, jetzt müssen Sie mich entschuldigen.« Er hielt das zerknüllte Stück Zeitungspapier in die Höhe. »Ich habe viel zu tun.«

»Natürlich«, sagte ich. »Tut uns leid, Sie gestört zu haben.«

»Keine Ursache«, entgegnete er und schloss die Tür.

In beschämtem Schweigen starrte ich die Tür an, packte dann Tommys Arm und zog ihn vom Cottage Weidenkätzchen weg; eine beachtliche Leistung dafür, dass ich dreißig Zentimeter kleiner und sehr viel weniger muskulös war als er. Als wir die Teestube passierten, spürte ich Sally Cooks scharfen Blick, doch ich sah fest zu Boden, bis wir den Range Rover erreichten.

»Das lief ja gut«, bemerkte Tommy trocken.

»Lieber Gott«, stöhnte ich und schlug die Hände vors Gesicht. »›Wollen Sie sich umbringen? Und übrigens, willkommen in Finch‹? Ich muss geklungen haben wie der Dorftrottel.«

»Und ich wie ein Vertreter«, meinte Tommy. »Probleme mit dem Auto? Rufen Sie Billy Barlow an!«

»Ich habe keine Ahnung, warum ich ihm erzählt habe, wo ich den Rover parke.« Ich zuckte hilflos mit den Schultern.

»Er glaubt jetzt bestimmt, dass Onkel Bill sein Geschäft in St. George's betreibt«, murmelte Tommy.

»Du hättest dein Gesicht sehen sollen, als er dich für meinen Mann gehalten hat«, sagte ich kichernd.

»Du hättest dein eigenes sehen sollen!«, schoss er zurück.

Mein Kichern wuchs sich zu einem Glucksen aus, was Tommy ein verlegenes Lachen entlockte.

»Bess runter!«, befahl meine Tochter.

Tommy gehorchte und setzte sie behutsam auf das Kopfsteinpflaster. Sobald ihre Füße den Boden berührten, hielt sie schnurgerade auf das Büro ihres Vaters zu. Ich beobachtete sie aus dem Augenwinkel, während sie am Türriegel zerrte, und hielt mich bereit, ihr nachzusetzen, falls sie es sich anders überlegte und auf den Anger rannte.

»Wir haben vielleicht nicht den besten ersten Eindruck bei Mr. Windle hinterlassen«, meinte ich zu Tommy, »aber wir sind auch nicht zu seinem Cottage gegangen, um uns bei ihm beliebt zu machen. Wir wollten ihm das Leben retten.«

»Unsere Beweggründe waren rein«, pflichtete Tommy mir bei. »Die Ausführung war allerdings ein wenig verunglückt.«

»Mehr als ein wenig«, gab ich betreten zu. »Trotzdem haben wir uns zu Recht um ihn gesorgt. Ich mache mir immer noch Gedanken. Er denkt vielleicht nicht an

Selbstmord, aber man brauchte ihn nur anzusehen, um zu erkennen, dass er traurig ist, zutiefst traurig; die Art Betrübnis, die man aus zwanzig Metern Entfernung spürt.«

»Wie seine Miene umgeschlagen ist, als er zur Brücke gesehen hat«, bemerkte Tommy nachdenklich. »Ich habe so etwas schon erlebt, Lori. Es ist nie ein gutes Zeichen.«

»Was meinst du?«

»Ich meine ...«, begann Tommy, unterbrach sich jedoch, als eine vertraute Stimme »*Thomas Prescott*« brüllte.

Ich fuhr herum und erblickte Mr. Barlow und Bree Pym, die, von St. George's kommend, auf uns zugingen. Der kräftige Handwerker hatte eine Gewittermiene, und Bree ließ den Kopf hängen.

»Thomas?«, murmelte Tommy und zog die Augenbrauen hoch. »Als Onkel Bill mich zuletzt Thomas genannt hat, hatte ich gut einen Liter Motoröl auf seiner Werkbank verschüttet. Da war ich zwölf.«

Ich seufzte. »Ich glaube, du wirst gleich herausfinden, warum Bree mit ihm reden musste.«

»Wenn er etwas gesagt hat, was sie bestürzt hat«, knurrte Tommy, »dann ...«

»Das verstehst du vollkommen falsch«, warf ich ein. »Sie hat ihn blamiert. Du auch. Tilly ebenfalls. Sinnlos, hier den edlen Ritter zu spielen, Tommy. Ich schlage vor, dass du deine Medizin nimmst wie ein großer Junge und dich entschuldigst. Untertänigst.«

Tommy sah verwirrt auf mich herunter. »Wofür entschuldigen?«

»Das wirst du herausfinden.«

Mr. Barlow und Bree blieben einen oder zwei Meter vor uns stehen. Bree schaute weiter zu Boden, doch Mr. Barlow bedachte Tommy mit einem aufgebrachten Blick.

»Morgen, Mr. Barlow«, sagte ich munter, als wäre mir nicht aufgefallen, dass seine Augen Funken sprühten.

»Morgen, Lori«, gab er in deutlich weniger unbekümmertem Ton zurück. »Tut mir leid, dass ich störe, aber mein Neffe wird zu Hause gebraucht.« Er nickte mir zu, bedeutete Bree, ihm zu folgen, und strebte quer über den Anger auf sein Haus zu. »*Sofort*, Thomas!«, schrie er über die Schulter.

»An deiner Stelle würde ich ihn nicht warten lassen«, riet ich.

»Stimmt.« Tommy eilte davon, um seinen wütenden Onkel und seine bekümmerte Verlobte einzuholen.

Ich beneidete ihn nicht. Mr. Barlow fuhr nicht oft aus der Haut, aber wenn, dann ordentlich. Ich hatte gedacht, er würde Bree wegen ihrer unglücklichen Enthüllung mit einem leichten Tadel davonkommen lassen, doch offensichtlich hatte ich die Lage falsch eingeschätzt. Charles Bellingham war der Sache näher gekommen, als er angemerkt hatte, dass Mr. Barlow etwas dagegen haben könnte, im ganzen Dorf als der Mann bekannt zu sein, den seine Zukünftige zweimal abgewiesen hatte. Offensichtlich hatte Mr. Barlow etwas dagegen. Und zwar sehr viel.

Der Vormittag war sogar nach den hohen Standards von Flint viel zu dramatisch verlaufen. Betrübt drehte ich mich um und half meiner Tochter bei ihren Bemühungen, die Kanzlei ihres Vaters zu entern.

Kapitel 6

Da Bill mitten in einer dreiseitigen Telefonkonferenz mit einem Klienten in Mailand und einem Kollegen in Köln steckte, war die Invasion kurzlebig. Ich blies meinem Mann einen Luftkuss zu, nahm Bess an der Hand und führte sie zurück zum Rover, bevor sie noch einen internationalen Zwischenfall anzettelte. Während ich sie in ihrem Autositz anschnallte, versicherte ich ihr, dass sie ihrem Papa von den Enten erzählen konnte, wenn er von der Arbeit nach Hause kam.

Als ich über das Kopfsteinpflaster langsam auf die Buckelbrücke zufuhr, fragte ich mich noch einmal, was Tommy wohl mit der Bemerkung gemeint hatte, er habe schon bei anderen erlebt, dass ihre Mienen auf so verstörende Weise umschlugen wie bei Mr. Windle. Ich hatte so etwas noch nie gesehen, doch Tommy hatte schon so viel menschliches Leid erlebt, wie ich mir kaum vorstellen konnte, sowohl im Krieg als auch im Krankenhaus, wo es Monate gedauert hatte, bis er von seinen Verletzungen genesen war. Ich wäre nie darauf gekommen, unseren neuen Nachbarn mit einem verwundeten Veteranen zu vergleichen, doch Tommy hätte auf die Idee kommen können.

Mit einem unguten Gefühl warf ich dem Cottage Weidenkätzchen einen Blick zu. Die tiefe Traurigkeit, die ich bei Mr. Windle gespürt hatte, erinnerte mich daran, dass manche Wunden unsichtbar sind. Er hatte zwar unmissverständlich klargemacht, dass er keinerlei Wunsch hege, sich umzubringen, doch die strudelnden Wasser des Little Deeping flossen näher an seinem neuen Heim vorbei, als mir lieb war.

Ich hatte gehofft, dass Bill mir in seiner rationalen Art etwas sagen würde, was mir den Seelenfrieden zurückgab, doch genau wie Bess würde ich noch auf das Gespräch mit ihm warten müssen. Glücklicherweise wusste ich jedoch, wo ich eine Freundin antreffen würde, die nie zu beschäftigt war, um mich mit rationalen Argumenten zu beruhigen.

Ich konnte meine Sorgen immer mit Tante Dimity teilen.

Tante Dimity war streng genommen nicht meine Tante. Und sie war, wenn man es ganz genau nahm, auch nicht am Leben. Ersteres war weit einfacher zu erklären als Letzteres.

Dimity Westwood war Engländerin und die beste Freundin meiner verstorbenen Mutter gewesen. Die beiden hatten sich in London kennengelernt, als sie während des Zweiten Weltkriegs ihrem jeweiligen Land dienten, und die Zuneigung, die sie in diesen dunklen, gefährlichen Jahren zueinander gefasst hatten, hatte ihr Leben lang Bestand gehabt.

Nachdem meine Mutter nach Kriegsende in die Staaten zurückgekehrt war, hatten Dimity und sie ihre Freundschaft vertieft, indem sie Hunderte von Briefen über den Atlantik hin- und herschickten. Als mein Vater kurz nach meiner Geburt starb, wurden diese Briefe für meine Mutter zu einer Zuflucht, einem ruhigen Ort, an den sie sich zurückziehen konnte, wenn der Alltagsdruck zu groß wurde, denn sie hatte nicht nur eine Vollzeitstelle als Lehrerin, sondern zog auch noch eine äußerst lebhafte Tochter allein groß.

Meine Mutter hütete diesen Zufluchtsort eifersüchtig.

Sie erzählte niemandem davon, auch mir nicht. Als Kind kannte ich Dimity Westwood nur als »Tante Dimity«, die Respekt einflößende Heldin einer Reihe von Gutenachtgeschichten, die meine Mutter sich für mich ausdachte. Wer sie wirklich war, erfuhr ich erst, nachdem sowohl sie als auch meine Mutter verstorben waren.

Und da wurde die erfundene Heldin meiner Lieblingsgeschichten sehr real für mich. An einem Tiefpunkt meines Lebens, als ich mittellos und allein war und noch um meine Mutter trauerte, hinterließ Dimity Westwood mir ein beträchtliches Vermögen, das honigfarbene Cottage, in dem sie aufgewachsen war, die kostbare Korrespondenz mit meiner Mutter und ein scheinbar leeres, in blaues Leder gebundenes Tagebuch.

Durch das blaue Journal lernte ich meine Wohltäterin schließlich persönlich kennen. Immer, wenn ich die leeren Seiten betrachtete, pflegte Tante Dimitys Handschrift aufzutauchen: eine altmodische, gestochene Schrift, wie sie an der Dorfschule zu einer Zeit unterrichtet wurde, als die Ernte noch vom Wetzen der Sensen begleitet wurde. Als es zum ersten Mal passierte, fiel ich fast vom Stuhl, doch bald wurde mir klar, dass Tante Dimity eine weise und freundliche Seele war, die nur mein Bestes wollte.

Wie Tante Dimity den Graben zwischen den Lebenden und nicht wirklich Lebenden überbrückte, konnte ich nicht erklären, und sie selbst hielt sich in diesem Punkt bedeckt, doch mir kam es nicht auf das *Wie* an. Das Einzige, was ich mit Gewissheit wusste, das Einzige, was ich zu wissen brauchte, war, dass Dimity Westwood mir eine ebenso gute Freundin war wie einst meiner Mutter.

Wenn jemand mir meinen Seelenfrieden zurückgeben konnte, dann Tante Dimity.

Auf der Heimfahrt quakte und sang Bess abwechselnd, obwohl sie auch »Opa!« rief, als wir das Tor zur baumbestandenen Einfahrt von Willis senior passierten, »Bree!«, als wir an Bree Pyms rotem Backsteinhaus vorbeifuhren, und »Toby! Toby! Toby!«, als wir an der geschwungenen Auffahrt zu den Stallungen von Anscombe Manor vorbeikamen. Da Toby Bess' Lieblingspony war, zollte sie ihm länger und lauter Tribut als ihrem Großvater oder Bree.

Bis wir wieder in unserem honigfarbenen Cottage waren, sehnte ich mich nach Ohrstöpseln, und wir waren beide reif fürs Mittagessen. Ich parkte den Rover auf der kiesbestreuten Einfahrt, befreite Bess aus ihrem Autositz und ging mit ihr den mit Steinplatten belegten Weg hinauf. Durch die Haustür trat ich in die Diele. Nachdem wir unseren Kater Stanley begrüßt hatten, der sich auf dem gepolsterten Fenstersitz im Wohnzimmer zu einer schläfrigen, glänzenden Fellkugel zusammengerollt hatte, tappten wir über den Gang in die Küche, wo ich eine schnelle Mahlzeit aus Käse-Sandwiches, gedämpftem Gemüse und Bananenscheiben zusammenstellte.

Bess war vom Fangenspielen mit Tommy Prescott so erledigt, dass sie sich nach dem Essen von mir nach oben in ihr Kinderzimmer tragen ließ. Sobald ich mein müdes Mädchen ins Bettchen gelegt hatte, schnappte ich mir das Babyfon und eilte nach unten, um mich im Arbeitszimmer niederzulassen.

In dem Zimmer war es ruhig und still und, wie ich annahm, viel friedlicher, als es in näherer Zukunft in Mr. Barlows Haus sein würde.

Strahlender Sonnenschein fiel durch die Efeuzweige, die kreuz und quer vor den Sprossenfenstern über dem alten Eichenschreibtisch wuchsen, und ließen die biegsamen Blätter wie Buntglas wirken. Weniger, um es warm zu haben, als wegen der Gemütlichkeit zündete ich ein Feuer im Kamin an und hielt dann inne, um mit meinem ältesten Freund auf der Welt zu reden.

»Hi, Reginald«, sagte ich. »Ich hoffe, dein Vormittag war weniger aufregend als meiner. Monotonie hat auch viel für sich.«

Reginald war ein rosa Flanellhase. Er hatte schwarze Knopfaugen, handgestickte Schnurrhaare und auf der hübschen Schnauze einen verwaschenen lila Fleck; eine Erinnerung an den Tag, an dem ich meinen Traubensaft mit ihm geteilt hatte. Reginald war kurz nach meiner Geburt in mein Leben getreten und hatte mich seitdem bei all meinen Abenteuern begleitet. Er hatte mehr Tränen aufgesogen als alle Kissen, die ich je besessen hatte, und wahrte jedes Geheimnis, das ich ihm jemals anvertraut hatte. Eine erwachsene, reife Frau hätte ihn zusammen mit anderen Kindheitsrelikten weggeräumt, doch ich war keine erwachsene, reife Frau. Ich wollte Reginald stets zur Hand haben, weil ich nie wusste, wann ich neue Tränen oder Geheimnisse mit ihm teilen wollte.

»Heute Morgen habe ich bei unserem neuen Nachbarn geklopft«, erklärte ich. »Wahrscheinlich werde ich bei den Dorfbewohnern ordentlich unter Beschuss kommen, weil ich gegen die Drei-Tage-Regel verstoßen habe, aber ich hatte Angst, Mr. Windle könnte sich etwas antun, wenn ich nicht eingeschritten wäre.«

Reginalds schwarze Knopfaugen schimmerten unterstützend, als er mich jetzt aus seiner speziellen Nische in den bis zur Decke reichenden Bücherregalen ansah. Ich knuffte ihm zärtlich die rosa Ohren, zog das blaue Journal aus dem Regal und setzte mich damit in einen der beiden hohen, lederbezogenen Sessel, die vor dem Kamin standen.

»Dimity?«, fragte ich und schlug das Buch auf. »Ich habe dir so viel zu erzählen, dass ich vielleicht gar nicht fertig werde, bevor Bess ihr Schläfchen beendet.«

Ich stieß einen Seufzer der Erleichterung aus, als die vertrauten Linien aus königsblauer Tinte begannen, in Schleifen und Rundungen über die Seite zu laufen.

Einen schönen Nachmittag, Lori. Hat unser unverheirateter, pensionierter Professor aus Derbyshire das Cottage Weidenkätzchen in Besitz genommen?

»Crispin Windle ist eingetroffen«, bestätigte ich.

Dann erstaunt es mich nicht, dass du mir viel zu erzählen hast. Das hast du immer nach einer Möbelwagen-Wache.

»Das war aber keine normale Wache, Dimity«, sagte ich. »Ich meine, ich habe wie immer in der Teestube mit Grant und Charles an einem Tisch gesessen, und auf dem Anger wimmelte es von Dorfbewohnern, doch die Wache selbst war weniger aufschlussreich als sonst, und der gesamte Vormittag verlief … kompliziert.«

Wenn das so ist, schlage ich vor, dass du am Anfang beginnst und dann bis zum Ende weiter berichtest. Die Geschichte von hinten nach vorn zu erzählen, würde die Sache noch weiter komplizieren.

»Der Anfang?«, fragte ich und kratzte mir den Kopf. Seit ich dicke Sahne auf meinen Scone gestrichen hatte, war gefühlt ein halbes Leben vergangen. »Tja, die Geschichte wurde merkwürdig, als Sally Cook verkündet hat, das Cottage Weidenkätzchen sei verzaubert.«

Wie bitte?

»Du hast mich schon richtig verstanden«, erklärte ich. »Sally ist überzeugt davon, dass das Cottage eine magische Startrampe für Turteltäubchen ist.«

Eine magische was?

»Eine magische Startrampe für Turteltäubchen«, wiederholte ich. »Meine Worte, nicht die von Sally.«

Ich bin geblendet von deinem Geschick mit Worten. Was bedeuten sie?

»Laut Sally ist es jedem Bewohner dieses Cottages bestimmt, die wahre Liebe zu finden.«

Unsinn. Ich könnte Dutzende von Menschen aufzählen, die dort gelebt haben, ohne die wahre Liebe zu finden.

»Bei Amelia und Tilly war das aber so«, hob ich hervor. »Das macht zwei gestartete Turteltäubchen. Und da es Magie sein muss, wenn es dreimal passiert, muss der Zauber zwangsläufig auch auf Mr. Windle wirken – Sallys Meinung nach.«

Ich hatte den Eindruck, Tilly hätte sich in Mr. Barlow verliebt, bevor sie ins Cottage Weidenkätzchen gezogen ist.

»Ich auch«, sagte ich, »aber Tilly hat Tommy anvertraut – der es Bree erzählt hat, die es uns berichtet hat –, dass sie sich erst in Mr. Barlow verliebt hat, nachdem sie nach Finch gezogen war. Mr. Barlow hat Tilly in Oxford, wo sie vorher lebte, zweimal einen Heiratsantrag gemacht. Sie hat ihn jedoch erst angenommen, als er sie im Cottage Weidenkätzchen noch einmal gebeten hat, seine Frau zu werden.«

Ich hatte mich immer gefragt, warum Tilly in das Cottage gezogen ist, bevor sie Mr. Barlow geheiratet hat. Das kam mir wie eine Zeit- und Kraftverschwendung vor, aber wenn sie bis dahin nicht verliebt in ihn war, macht ihre Entscheidung Sinn. Warum in aller Welt hat Bree bis heute Morgen damit gewartet, dich in ein so faszinierendes Stück Klatsch einzuweihen?

»Sie sollte es eigentlich niemandem verraten«, erklärte ich. »Es war ein Familiengeheimnis und wurde ihr unter dem strikten Mantel des Schweigens anvertraut, doch als Sally anfing, von dem verzauberten Cottage zu reden, fühlte sich Bree gezwungen, das Missverständnis über Tilly aufzuklären. Das hieß, dass sie uns von Mr. Barlows romantischen Rückschlägen erzählen musste.«

Bree hat in der Teestube ein streng gehütetes Familiengeheimnis ausgeplaudert? Du meine Güte. Da hätte sie es ebenso gut mit einem Megafon auf dem Dorfanger verkünden können.

»Das ist ihr erst klar geworden, nachdem es passiert war«, sagte ich, »doch da war es schon zu spät. Alle in der Teestube hatten es gehört.«

Sie konnten ja schlecht weghören, und obwohl es theoretisch möglich wäre, dass sie es für sich behalten, werden sie es nicht tun.

»Bis zur Teezeit wird Mr. Barlows Privatleben das Dorfgespräch sein«, pflichtete ich ihr bei. »Als die Wache zu Ende war, hat Bree das Richtige getan. Sie ist davongerannt, um Mr. Barlow von ihrem Schnitzer zu erzählen, bevor er es von jemand anders hören konnte.«

Sie ist impulsiv, aber es fehlt ihr nicht an Mut. Ich vermute, Mr. Barlow hat die Neuigkeit nicht mit reiner Freude aufgenommen.

»Ich habe die beiden zusammen gesehen, bevor ich das Dorf verlassen habe«, erklärte ich. »Bree wirkte wie eine verurteilte Gefangene, und Mr. Barlow hat Feuer gespuckt. Wenn ich mich nicht sehr irre, was jedoch nicht der Fall ist, erteilt er ihr *und* Tommy *und* Tilly in diesem Moment eine strenge Lektion darüber, gewisse Familiengeheimnisse in der Familie zu belassen.« Ich lehnte mich auf meinem Stuhl zurück und legte die Füße auf die gepolsterte Ottomane. »Ehrlich, Dimity, ich verstehe nicht, warum er so ein Theater macht. An seiner Stelle wäre es mir egal, ob die Frau, die ich liebe, mich ein Dutzend Mal abweist, solange sie mich am Ende heiratet.«

Tillys Zurückweisung muss nicht nur sein Herz, sondern

auch seinen Stolz gekränkt haben, der Arme. Natürlich hat er etwas dagegen, wenn seine Nachbarn ein so sensibles Thema breittreten.

»Jeder hätte das«, räumte ich ein, »doch er lebt seit Jahrzehnten im Dorf, Dimity. Man sollte meinen, dass er inzwischen wüsste, dass man in Finch nur ein Geheimnis hüten kann, wenn man keins hat.«

Wohl wahr, aber die Hoffnung stirbt zuletzt. Sobald Mr. Barlow sich beruhigt, wird ihm sicher klar werden, dass seine Lage, so peinlich sie auch ist, schlimmer sein könnte.

»Wie denn das?«, fragte ich.

Seine romantischen Rückschläge könnten auch das EINZIGE Thema für den Dorfklatsch in Finch sein. Doch so, wie die Sache liegt, haben die Dorfbewohner Crispin Windle, um sich abzulenken. Wenn die Mägde wirklich glauben, dass das Cottage Weidenkätzchen eine … magische Startrampe für Turteltäubchen ist, um deine wunderbare Formulierung zu gebrauchen, werden sie keine Zeit mit Mr. Barlow vergeuden. Ihre einzige Sorge wird es sein, unseren neuen unverheirateten Nachbarn mit Aufmerksamkeiten zu überschütten.

»Darauf verlasse ich mich«, meinte ich. »Mr. Windle könnte ein wenig liebevolle Zuwendung dringend gebrauchen.«

Ziehst du etwa voreilige Schlüsse über ihn, meine Liebe? Wenn nicht, muss die Wache so aufschlussreich gewesen sein wie Brees Bemerkungen über Mr. Barlows Liebesleben.

»Bei der Wache sind wir fast eingeschlafen«, erklärte ich. »Mr. Windle hat seine Umzugskisten nicht beschriftet, und er hat kaum genug Möbel, um ein einziges Zimmer einzurichten, geschweige denn ein ganzes Cottage. Er besitzt nicht einmal einen Esstisch, Dimity, und die wenigen Teile, die er hat, sind vollkommen unspektakulär. Einige Minuten lang waren wir von ein paar Bündeln bearbeiteten Holzes gefesselt, aber niemand hatte eine Ahnung, was sie darstellen sollten. Daher haben wir auch daran das Interesse verloren.«

Wie alt ist Mr. Windle?

»Vielleicht Mitte siebzig?«, meinte ich. »Groß, blass, hager. Schmales Gesicht, graue Augen, schütteres graues Haar. Abgetragene alte Kleidung, in der er wie eine Vogelscheuche aussieht. Er fährt auch ein altes Auto, doch kein schickes Sammlerstück. Es ist einfach nur alt.«

Und sein Auftreten?

»Distanziert«, antwortete ich. »Bis auf die Umzugshelfer hat er niemanden angesehen und mit niemandem gesprochen. Er hat getan, als wären wir alle unsichtbar, aber alles an ihm war so langweilig, dass die Dorfbewohner schon gegangen sind, bevor der Umzugswagen leer war.«

Niemand ist geblieben, um über den distanzierten Mr. Windle zu reden? Höchst ungewöhnlich. Hast du mit deinen Freunden die Teestube auch vorzeitig verlassen?

»Wir sind bis zum bitteren Ende geblieben«, gab ich zurück, »doch da wir uns schon alles erzählt hatten, was wir über Mr. Windle zu sagen hatten, ging unsere Gruppe auseinander, sobald der Laster gefahren war. Ich wollte anschließend gleich herkommen. Tommy war jedoch mit Bess auf die Brücke gegangen, um den Enten etwas vorzuquaken, also habe ich ein Weilchen mit ihm geplaudert.« Ich seufzte. »Ich wünschte beinahe, ich hätte es nicht getan.«

Du hast Tommy aber nicht von Brees indiskreten Bemerkungen erzählt, oder?

»Natürlich nicht«, sagte ich empört. »Ich denke vielleicht nicht so oft gründlich nach, wie ich sollte, Dimity, doch sogar ich bin klug genug, um einem jungen Mann nicht zu erzählen, dass seine Verlobte ein Plappermaul ist.«

Ich bin erleichtert, das zu hören. So vertraut er auch mit den Marotten seiner Verlobten ist, wird er nicht den Wunsch hegen, von dir davon zu hören. Aber ich schweife ab. Du und Bess und Tommy wart auf der Brücke und habt geplaudert und gequakt, und dann …?

»Dann passierte etwas ganz Merkwürdiges«, erklärte ich. »Mr. Windle trat aus seinem Haus. Zuerst war seine Miene vollkommen ausdruckslos, als hätte er jedes Gefühl daraus verbannt. Dann schaute er zum Fluss, und es war, als …« – ich kämpfte darum, die richtigen Worte zu finden – »als würde ein tiefer Schmerz in ihm aufsteigen, als wäre seine Seelenqual für alle sichtbar, nur dass Tommy und ich die Einzigen waren, die es gesehen haben. Seine Miene schlug vielleicht zwei Sekunden lang um, und dann war sein Gesicht wieder ausdruckslos. Er ging zurück ins Cottage und schloss die Tür.« Frustriert runzelte ich die Stirn. »Ich wünschte, ich könnte diesen Moment besser beschreiben, Dimity, aber …« Ich unterbrach mich, als ihre elegante Handschrift über die Seite floss.

Du hast das sehr gut geschildert, Lori, wirklich sehr gut. Ihr habt einen Blick auf Mr. Windles inneren Aufruhr erhascht, Tommy und du, den er rasch unterdrückt hat. Es muss sehr verstörend gewesen sein, einen so unvermittelten, öffentlichen Ausbruch persönlichen Schmerzes zu erleben.

»Es hat Tommy und mir eine Höllenangst eingejagt«, sagte ich, »vor allem, da dieser Ausbruch stattfand, als Mr. Windle den Fluss ansah. Wir dachten, er wolle sich ertränken, Dimity, also sind wir …« – ich wappnete mich für einen Tadel –, »also sind wir direkt zu seinem Cottage marschiert und haben an seine Tür geklopft.«

Nichts anderes hätte ich von dir erwartet, meine Liebe.

»Wirklich?«, fragte ich erfreut und verblüfft zugleich.

»Du schimpfst mich nicht aus, weil ich gegen die Drei-Tage-Regel verstoßen habe?«

Sei nicht albern, Lori. Ihr konntet ja wohl nicht bis Mittwoch warten, um einem Mann zu helfen, der in unmittelbarer Gefahr schwebte, sich etwas anzutun. Habt ihr mit ihm gesprochen?

»Ja«, sagte ich. »Als er an die Tür kam, habe ich ihm erzählt, was wir gesehen hatten. Er schien sich nicht an seinen Ausbruch zu erinnern, und als ich ihn gefragt habe, ob er sich umbringen wolle, hat er Nein gesagt.«

Hm. Du weißt also, dass man einem jungen Mann gegenüber besser nicht erzählt, dass seine Verlobte ein Plappermaul ist, doch du fragst einen vollkommen Fremden, ob er selbstmordgefährdet ist. Ich verstehe, was du damit meinst, dass du manchmal nicht so gründlich nachdenkst, wie du solltest.

»Ich hatte keine Zeit, um den heißen Brei herumzureden«, protestierte ich. »Ich hatte Angst, Mr. Windle könnte sich etwas antun, sobald wir ihm den Rücken zudrehen.«

Selbstverständlich. Verzeih mir die spitze Bemerkung. Manchmal ist eine direkte Vorgehensweise die beste. Hat Mr. Windles Antwort dich denn beruhigt?

»Nein«, gab ich zu. »Und Tommy auch nicht. Er hat mir erklärt, er habe schon bei anderen gesehen, wie ihre Miene so umgeschlagen sei, und das sei nie ein gutes Zeichen. Aber bevor er das weiter ausführen konnte, kam Mr. Barlow vorbei und hat unser Gespräch ziemlich plötzlich unterbrochen.«

Ihr könnt es ja morgen nach der Kirche fortsetzen.

»Tatsächlich?«, fragte ich. »Etwas sagt mir, dass die Dorfbewohner weniger nachsichtig als du auf unseren Verstoß gegen die Drei-Tage-Regel reagieren werden. Einige – oder mehr als ein paar – werden uns wahrscheinlich nach der Kirche beiseitenehmen, um uns zu erklären, wie das in Finch gehandhabt wird. Als wüssten wir das nicht ...«

Ich ließ mich tiefer in den Stuhl sinken und starrte verdrossen ins Feuer. »Haben Tommy und ich überreagiert, Dimity?«, fragte ich dann. »Haben wir zu viel in eine flüchtige Miene hineininterpretiert? Mr. Windle hat beinahe gelächelt, als er Bess ansah, und er hat Tommy und mir geduldig zugehört, obwohl wir uns wie plappernde Clowns aufgeführt haben. Wäre es möglich, dass ihn einfach nur sein anstrengender Tag eingeholt hat, als er zum Fluss sah?«

Ein anstrengender Tag kann einen starken Wunsch nach einem langen, heißen Bad auslösen, aber ich bezweifle, dass er zu einem kurzen Aufflammen von tiefem Schmerz führen würde. Mir scheint, dass es Mr. Windle gar nicht gut geht. Statt dich zu fragen, ob du überreagiert hast, solltest du vielleicht überlegen, wie du unseren neuen Nachbarn vor seinen Dämonen retten kannst.

»Was könnte ich schon tun?«, fragte ich. »Ihm gratis Therapiestunden anbieten? Er hält mich jetzt schon für übergeschnappt. Stell dir vor, wie er es finden würde, wenn ich wieder auftauche und ihn auffordere, mir seine tiefsten, dunkelsten Geheimnisse anzuvertrauen.« Ich warf den Kopf zurück. »Er würde die Tür verriegeln und hinter dem Sofa in Deckung gehen.«

Das würde ich auch. Eine direkte Herangehensweise ist nicht immer die beste, Lori. Ich würde vorschlagen, es unauffälliger zu versuchen.

Ich musterte das Journal zweifelnd. »Soll ich ihn etwa ausspionieren?«

Auf keinen Fall. Mein Vorschlag wäre, dass du dich verhältst wie immer, wenn jemand Neues ins Dorf zieht: Sei eine gute Nachbarin. Werde eine gute Freundin. Wenn du ein aktives, ehrliches und offenes Interesse an Crispin Windle zeigst, wird er bald erkennen, dass er nicht mehr allein gegen seine Dämonen zu kämpfen braucht, weil er nicht mehr allein ist – sondern ein geschätztes Mitglied unserer kleinen Gemeinde.

Ungläubig starrte ich das Tagebuch an. »Tue ich das, wenn jemand Neues nach Finch kommt?«

Muss ich dich daran erinnern, was für eine entscheidende Rolle du dabei gespielt hast, Amelia, Tilly und Bree im Dorf aufzunehmen? Hättest du ihnen nicht die Hand der Freundschaft gereicht, wer weiß, wie lange sie gebraucht hätten, um sich von den Schicksalsschlägen zu erholen, die sie erlebt hatten, bevor sie nach Finch gezogen sind.

»Amelia, Tilly und Bree waren verglichen mit Mr. Windle die reinsten Frohnaturen«, meinte ich. »Ich glaube nicht, dass ich dazu geschaffen bin, mich mit einem so schwer geschädigten Menschen auseinanderzusetzen, wie er es zu sein scheint.«

Ich habe noch nie erlebt, dass du angesichts einer Herausforderung klein beigibst, Lori.

»Bei Bess gebe ich zehnmal täglich klein bei«, murmelte ich.

Mr. Windle ist kein Kleinkind, das einen Tobsuchtsanfall hat, Lori. Er ist ein erwachsener Mann, der dringend Zuneigung und Ansprache braucht. Die Mägde meinen es gut, und der Rest der Dorfbewohner auch, doch sie haben nicht gesehen, was ihr gesehen habt, oder?

»Nein«, räumte ich zögerlich ein. »Bei Mr. Windles Gefühlsausbruch waren sie lange fort. Alle waren weg.«

Nicht alle. Tommy war auch auf der Brücke. Er war genauso beunruhigt wie du.

»Tommy weiß viel mehr über verletzte Menschen als ich«, erklärte ich. Der Gedanke munterte mich auf. Ich nahm die Füße von der Ottomane und setzte mich aufrecht hin. »Okay, Dimity. Ich werde mein Bestes geben. Ich schließe mich mit Tommy zusammen, und wir werden tun, was nötig ist, um Mr. Windle über Wasser zu halten.«

Aus dem Babyfon drang leises Quaken.

Klingt, als wäre Bess aufgewacht.

»Entweder das oder sie hat einen ihrer geflügelten Freunde ins Kinderzimmer geschmuggelt«, meinte ich.

Zutrauen würde ich ihr das. Sie ist ihrer Mutter sehr ähnlich.

»Ich nehme das mal als Kompliment«, sagte ich lächelnd. »Danke, Dimity. Ich halte dich auf dem Laufenden.«

Ich verlasse mich darauf! Gib Bess einen Extra-Knuddler von mir.

»Das mache ich immer.«

Als die geschwungenen königsblauen Tintenspuren auf der Seite verblasst waren, klappte ich das blaue Journal zu und stellte es wieder in sein Regal. Kurz stand ich da und sah ins Feuer, dann strich ich mit einer Fingerspitze über Reginalds Schnauze.

»Ich bete zum Himmel, dass das Cottage Weidenkätzchen wirklich verzaubert ist«, meinte ich zu meinem rosa Hasen. »Wenn Tommy und ich gegen Dämonen kämpfen sollen, brauchen wir alle Hilfe, die wir kriegen können.«

Kapitel 7

Stunden später, als die Kinder im Bett lagen und das Feuer im Wohnzimmer heruntergebrannt war, zog ich Bill neben mich auf das gepolsterte Chintz-Sofa und erzählte ihm von meiner Begegnung mit Crispin Windle. Als ich fertig war, schlang er die Arme um mich, zog mich an sich und riet mir behutsam, vorsichtig vorzugehen.

»Mr. Windle ist vielleicht nicht wie du und ich, Lori«, meinte er. »Möglich, dass er die Einsamkeit nachbarlicher Sorge vorzieht. Versuch ruhig, dich mit ihm anzufreunden, aber gib dir nicht die Schuld, wenn er dein Angebot ablehnt. Das Beste, was du jetzt für ihn tun kannst, ist, sein Recht zu respektieren, mit seinen Problemen, so schwer sie auch sein mögen, auf seine eigene Art umzugehen.«

»Auch wenn seine eigene Art nicht funktioniert?«

»Sogar dann.« Bill lächelte zu mir herunter. »Ich glaube keinen Moment, dass du meinen Rat befolgen wirst, aber geben musste ich ihn dir.«

»Du bist ein guter Mann«, sagte ich und schmiegte mich enger an ihn. »Das war ein langer Tag. Sollen wir nach oben gehen?«

»Je eher, desto besser.« Er schob meinen Kopf zurück und küsste mich sanft auf die Lippen. »Ich nehme deine Angebote immer gern an.«

Am Sonntagmorgen war der Himmel genauso blau wie am Samstag und die Brise ebenso mild. Bill und ich scheuchten die Kinder früh aus den Betten, aber dank eines klebrigen Zwischenfalls, in den Bess und ein Kännchen Ahornsirup verwickelt waren, brachen wir spät zur Kirche auf.

Da Bill hinter dem Steuer saß, konnte ich mich an der Landschaft erfreuen, ohne mich selbst oder meine Familie in Gefahr zu bringen. Ich lächelte, als zwei Lämmer verspielt über eine Weide tollten, und sah hingerissen zu, wie ein Habicht hoch über den Bäumen dahinzog, doch als wir die Buckelbrücke überquerten, schaute ich automatisch zum Cottage Weidenkätzchen hinüber.

»Er hat Vorhänge angebracht«, sagte ich.

»Kluger Mann«, meinte Bill.

»Beige Vorhänge«, setzte ich hinzu.

»Keine Überraschung«, meinte Bill. »Beige scheint seine Lieblingsfarbe zu sein.«

Ich runzelte die Stirn. »Ansonsten sehe ich keine Lebenszeichen.«

»Wahrscheinlich war er schon vor uns in St. George's. Genau wie alle anderen.«

Über das Kopfsteinpflaster polterten wir zum anderen Ende des Dorfangers und parkten den Rover am Straßenrand vor der niedrigen Steinmauer des Kirchhofs. Um uns nicht weiter aufzuhalten, nahm Bill Bess auf den Arm, während Will und Rob als Erste durch das überdachte Friedhofstor traten und vorbei an den von Flechten überzogenen Gräbern und moosbewachsenen Grabsteinen, die den kiesbestreuten Weg flankierten, durch das Südportal gingen und unsere gewohnten Plätze in der hinteren Reihe einnahmen.

Unsere Nachbarn waren so an unsere Unpünktlichkeit gewöhnt, dass niemand außer Peggy Taxman uns einen scharfen Blick zuwarf, und die hätte auch den Erzbischof von Canterbury mit dieser Miene bedacht, wenn er zu spät gekommen wäre.

Während Charles Bellingham, Grant Tavistock, die alte Mrs. Craven und ein paar andere Freunde mir freundlich zunickten, schienen die übrigen Dorfbewohner entschlossen zu sein, mich zu ignorieren.

»Sie zeigen uns die kalte Schulter«, murmelte ich Bill zu, während wir uns setzten. »Meine Strafe, weil ich bei Mr. Windle geklopft habe.«

»Könnte schlimmer sein«, flüsterte er zurück. »Sie könnten uns auch böse Blicke zuwerfen und missbilligend die Nase rümpfen.«

»Das sparen sie sich für nach der Kirche auf«, wisperte ich ihm ins Ohr.

Bill prustete vor Lachen, was er als Husten tarnte.

Will und Rob waren alt genug, um sich in der Kirche zu benehmen, doch ich gab Bess ein Tastbuch über einen freundlichen Orang-Utan und seine fröhlichen Verwandten, das sie mit ein wenig Glück davon abhalten würde, während des Gottesdienstes pausenlos zu plappern. Sobald sie beschäftigt war, musterte ich die gesenkten Köpfe in den Reihen vor mir.

Der Gottesdienst am Sonntagmorgen war immer gut besucht, aber nach einer Möbelwagen-Wache zog er noch mehr Teilnehmer an. Diejenigen allerdings, die zu erfahren hofften, ob ihr neuer Nachbar Kirchgänger war, sollten enttäuscht werden. Crispin Windle war nicht unter den Gläubigen. Ob er eine andere Kirche oder gar keine besuchte – oder an diesem Morgen nach seinen Mühen wohlverdient ausschlief –, blieb abzuwarten, aber seine Abwesenheit würde sicher viele Dorfbewohner frustrieren, nicht zuletzt die, die sich nichts mehr wünschten, als ihn genau in Augenschein zu nehmen.

Bree Pym tauchte ebenfalls nicht in St. George's auf,

doch in ihrem Fall konnte der Schein trügen. Es war nicht ungewöhnlich, dass Bree einen ganzen Gottesdienst in dem plumpen Glockenturm verbrachte. Sie hatte mir einmal anvertraut, sie schaue gern über Gottes grüne Erde hinaus, während sie ein Loblied auf Ihn sang. Aber da sie momentan bei Mr. Barlow in Ungnade gefallen war, erschien es mir auch möglich, dass sie zu den Tauben hinaufgeklettert war, um ihm nicht über den Weg zu laufen.

Mr. Barlow stand mit gebeugtem Haupt und gefalteten Händen im hinteren Teil der Kirche. Ich konnte nicht erkennen, ob er betete oder versuchte, seinen Zorn im Zaum zu halten, denn er gönnte uns keinen Blick, als wir uns an ihm vorbeischoben.

Tommy Prescott saß neben Tilly Barlow in der vordersten Reihe – ihr Vorrecht, da Mr. Barlow St. George's als Küster und Hausmeister diente. Tommy und Tilly teilten sich die Bank mit Lilian Bunting, der Pfarrersfrau. Lilian schien ihr Gebetbuch zu studieren, doch ich hätte wetten können, dass sie die Ohren spitzte, um jedes Flüstern zwischen den Dorfbewohnern mitzubekommen. Während der Pfarrer zu weltabgewandt war, um etwas auf Klatsch zu geben, hatte seine Frau den Finger fest am Puls von Finch.

Tommy musste meinen Blick auf seinen Hinterkopf gespürt haben, denn er drehte sich nur Sekunden, nachdem ich ihn entdeckt hatte, um und sah mich an. Da er den Rest der Gemeinde überragte und meine Familie und ich üblicherweise in der letzten Reihe saßen, fand er mich problemlos. Er musterte mich nüchtern und nickte mir dann kurz zu. Es war, als wollte er sagen: »Ich habe es nicht vergessen.« Dann schaute er wieder nach vorn.

Willis senior und Amelia, die nie zu spät zur Kirche kamen, saßen auf der anderen Seite des Ganges, gegenüber von Tommy, Tilly und Lilian, ebenfalls in der ersten Reihe. Hätte Bess ihre Großeltern erspäht, hätten Bill und ich die nächste Stunde unter Peggy Taxmans missbilligendem Zungenschnalzen damit verbracht, sie den Gang auf und ab zu jagen. Aber meine Tochter war zu fasziniert von den Abenteuern des Orang-Utans, um ihre Umgebung wahrzunehmen.

Elspeth Binney schlug auf der ehrwürdigen alten Orgel die Eröffnungsakkorde der Prozessionshymne an, und der Gottesdienst begann. Bei jedem Kirchenlied erweckte Peggy Taxmans dröhnende Altstimme Bess' Aufmerksamkeit, doch nachdem sie auf Peggy gezeigt und sich vor Lachen ausgeschüttet hatte, beschäftigte sie sich wieder mit ihrem Buch. Meine Tochter gehörte zu den wenigen Menschen, die sich von Peggy Taxman nicht einschüchtern ließen.

Zur allgemeinen Erleichterung hielt der Pfarrer die gleiche Predigt wie immer, wenn ein Neuankömmling nach Finch zog. Theodore Bunting war groß, schlank und grauhaarig. Er hatte ein trauriges Gesicht und hegte eine tiefe Neigung zu obskuren Bibeltexten, doch er war nicht berühmt für seine mitreißenden Predigten. Die meisten seiner Schäfchen hatten große Mühe, bis zum Schlusssegen wach zu bleiben, und bei einer denkwürdigen Gelegenheit war sein gelehrter Vortrag von Dick Peacocks lautem Schnarchen begleitet worden.

Doch am ersten Sonntag nach einer Möbelwagen-Wache wählte er stets eine erfrischend kurze und verständliche Passage. »›Vergesst die Gastfreundschaft nicht; denn durch sie haben einige, ohne es zu ahnen, Engel beherbergt!‹«, zitierte er. Anschließend hielt er eine unkomplizierte Predigt über die Rolle der Gastfreundschaft in einer christlichen Gemeinde.

»Bereit fürs Gedränge?«, fragte Bill, als der Schlusschoral begann.

»So bereit, wie ich je sein werde«, gab ich zurück.

Das »Gedränge auf dem Kirchhof« war Bills prägnanter Name für die Gruppe von Dorfbewohnern, die sich nach dem Gottesdienst auf dem Kirchhof versammelten, um die Lokalnachrichten auszutauschen. Da die Cooks, die Taxmans und die Peacocks ihre Geschäfte zu betreiben hatten, beteiligten sie sich selten daran; doch ich bezweifelte nicht, dass die emsigen Mägde vor Ort sein und lautstark ihre Meinung über Missetäter kundtun würden, die Traditionen mit Füßen traten.

»Soll ich dich als Abwehrspieler verteidigen?«, wollte Bill wissen, während die Gemeinde nach und nach die Kirche verließ.

»Danke, aber nein danke«, sagte ich. »Ich hoffe irgendwie, den Klatsch von Mr. Barlow wegzulenken.«

»Ein nobles Opfer«, meinte Bill.

Ich wappnete mich für den Ansturm und folgte meiner Familie durch das Südportal ans Tageslicht. Will und Rob, die nicht das leiseste Interesse daran hatten, Erwachsenen beim Schwatzen zuzuhören, liefen zum Fluss hinunter, um Steine springen zu lassen, während Bess Willis senior zu ihrem Lieblingsgrab führte. Der Grabstein stellte zwei Marmorschafe dar, die von einem marmornen Schäfer gehütet wurden. Bess hatte ihn aus ihren eigenen, unerfindlichen Beweggründen Dennis getauft.

Bill stand mannhaft an meiner Seite, als Amelia, Charles, Grant, die alte Mrs. Carven, Lilian und der Pfarrer zu uns traten. Die Mägde waren nirgends zu sehen.

»Wo stecken denn Elspeth, Opal, Millicent und Selena?«, fragte ich.

»Haben sich nach Hause verzogen«, erklärte Charles. »Keine Ahnung, warum. Ich hätte damit gerechnet, dass sie lange genug bleiben würden, um dich wegen deines Besuchs bei Crispin Windle herunterzumachen.«

»Du schimpfst mich aber nicht aus, oder?«, erkundigte ich mich.

»Ich käme gar nicht auf die Idee«, gab er zurück. »Ich bewundere deinen rebellischen Geist.«

»Wogegen hast du rebelliert?«, wollte Lilian wissen.

Bevor ich Antwort geben konnte, tauchten Tilly und Tommy ohne Mr. Barlow aus der Kirche auf. Tilly Barlow war eine mollige Dame mittleren Alters mit eisengrauem Haar, das zu kleinen Locken gelegt war. Sie war schlicht, aber adrett in eine kurzärmlige rosa Bluse, einen braunen Rock und braune Pumps gekleidet. Tommy und sie gaben ein etwas merkwürdiges Paar ab, denn sie war sogar noch kleiner als ich.

»Morgen zusammen«, sagte Tommy, als er mit Tilly in unseren Kreis trat.

Ein »Guten Morgen«-Chor schallte ihm entgegen, aber alle Blicke richteten sich auf Tilly.

»Ich nehme mal an, alle sind über die wiederholten Heiratsanträge meines Mannes im Bilde?«, fragte sie.

Diejenigen, die die Geschichte nicht aus erster Hand gehört hatten, nickten genauso prompt wie die, die sie zuerst vernommen hatten, als wollten sie beweisen, wie schnell die Gerüchteküche des Dorfes arbeitete.

»Hat Mr. Barlow sich schrecklich aufgeregt?«, erkundigte sich Lilian mitfühlend.

»Der dumme alte Bär hat uns angeknurrt«, meinte Tilly, »aber ich habe ihm gesagt, er soll sich nicht so anstellen.«

»Ich habe ihm gesagt, er soll sich nicht so aufblasen«, erklärte Tommy.

»Und Bree?«, fragte ich.

»Bree ist komplett in den Büßermodus verfallen«, gab Tommy zurück. »Nachdem Onkel Bill uns ordentlich heruntergeputzt hatte, erklärte sie, sie sei nicht würdig, in seine Familie einzuheiraten.«

»Worauf sie Tommy seinen schönen Ring zurückgegeben hat«, fügte Tilly hinzu, »und tränenüberströmt aus dem Haus gerannt ist.«

Der Windstoß, den unser kollektives Aufkeuchen erzeugte, hätte die Glocken im Kirchturm zum Läuten gebracht, wären sie nicht schon 1973 durch ein automatisch gesteuertes Tonband ersetzt worden.

»Bree hat die Verlobung abgeblasen?«, entfuhr es mir verblüfft.

»Leider ja«, sagte Tilly. »Ich hätte Mr. Barlow die Ohren lang ziehen können.«

Ich konnte mir nicht vorstellen, Bill »Mr. Willis« zu nennen, doch sobald Tilly klar geworden war, dass Mr. Barlow den gleichen Vornamen führte wie mein Mann, mein Sohn und mein Schwiegervater, hatte sie den alten Brauch wiederbelebt, in der Öffentlichkeit den Familiennamen ihres Mannes zu verwenden, um keine Verwirrung zu stiften. Diese altmodische Lösung passte zu ihr.

»Bist du Bree nachgelaufen?« Charles sah Tommy neugierig an.

»Ja«, antwortete er. »Aber sie ist in ihr Auto gesprungen und aus dem Dorf gerast, bevor ich sie aufhalten konnte. Seitdem geht sie weder an die Tür noch an ihr Handy.«

»Verzeih mir, wenn mir die Frage nicht zusteht, Tommy«, bemerkte Grant und musterte den jungen Riesen vorsichtig, »doch du kommst mir nicht so untröstlich vor, wie ich das bei einem verschmähten Verehrer erwarten würde.«

»Bree hat mir nicht das Herz gebrochen«, erklärte Tommy. »Und sie hat unsere Verlobung auch nicht wirklich gelöst. Das war eine dramatische Geste, um Onkel Bill zu beweisen, dass sie aufrichtig bereut, ihn enttäuscht zu haben, aber mehr ist es nicht – nur eine Geste. Mein Ring wird wieder an ihrem Finger stecken, bevor der Tag vorüber ist.«

»Sie scheinen sich da ja äußerst sicher zu sein, junger Mann«, meinte Mrs. Craven warnend.

»Ich bin mir außerordentlich sicher, dass Onkel Bill sich bei Bree entschuldigen wird, sobald er sich abgeregt hat.« In Tommys Lächeln lag ein leiser Anflug von Selbstzufriedenheit. »Außerdem habe ich ihr einen Liebesbrief geschrieben«, fuhr er fort.

»Von Hand?«, erkundigte sich Mrs. Craven.

»Von Hand«, gab er stolz zurück. »Ich habe ihn ganz früh heute Morgen unter ihrer Tür durchgeschoben.«

Mehrere Personen, mich eingeschlossen, seufzten hingerissen.

»Einem handgeschriebenen Liebesbrief wird Bree nicht widerstehen können«, sagte Charles. »Niemand könnte das.« Er klopfte Tommy auf die Schulter. »Gut gemacht, Sir. Mr. Barlows Entschuldigung wird Bree viel bedeuten, doch deinen Brief wird sie ihr Leben lang in Ehren halten.«

»Ich hoffe, Mr. Barlow entschuldigt sich wirklich«, meinte Lilian.

»Das wird er«, sagte Tilly selbstgefällig. »Er hält große Stücke auf Bree. Sobald er von seinem hohen Ross herunterkommt, wird er vor Scham umkommen, weil er das arme Mädchen zum Weinen gebracht hat.«

Plötzlich lachte Grant auf.

»Was ist so komisch?«, erkundigte ich mich.

»Die Mägde«, gab er zurück. »Wenn ihnen klar wird,

was sie verpasst haben, werden sie sich die Haare raufen.«

Während der Rest von uns kicherte und verschwörerisch nickte, bedachte Charles Tommy und mich mit einem eulenhaften Blick.

»Die Mägde haben vielleicht auf die Chance verzichtet, dir ordentlich die Meinung zu sagen«, erklärte er, »aber ich habe eure kleine Rebellion nicht vergessen.«

»Ich auch nicht«, sagte Lilian. »Warum seid ihr gestern zu unserem neuen Nachbarn gegangen? Euch muss doch klar gewesen sein, dass das Folgen haben würde.«

»War es auch«, gab Tommy zu, »doch uns blieb nichts anderes übrig. Komm schon, Lori. Erzähl ihnen, was passiert ist.«

Ich holte tief Luft und wiederholte fast Wort für Wort alles, was ich Tante Dimity über unseren kurzen, verstörenden Blick auf Mr. Windles innere Dämonen berichtet hatte. Als ich schließlich verstummte, reagierte der Pfarrer als Erster.

»Großer Gott«, murmelte er und legte eine Hand aufs Herz. »Es klingt, als würde der arme Mann Höllenqualen leiden.«

»Ich bin froh, dass ihr bei ihm angeklopft habt«, meinte Lilian. »Ich hätte das Gleiche getan.«

»Jeder anständige Mensch hätte das«, stimmte Grant ihr zu. »Was habt ihr Mr. Windle erzählt?«

»Ich habe ihm gesagt, was wir gesehen haben«, antwortete ich, »und ihn gefragt, ob er vorhat, sich umzubringen.«

»Hast du nicht …«, sagte Charles ehrfürchtig.

»Doch«, gestand ich.

»Ich ziehe den Hut vor den Yankees, die so offen sein können«, meinte Grant. »Ein Brite wäre nicht in der

Lage gewesen, ein so heikles Thema direkt anzusprechen.«

»Ich habe mir eben Sorgen gemacht«, erklärte ich und wurde rot.

»Ich hätte genauso reagiert wie du«, versicherte Lilian begütigend. »Wie hat Mr. Windle es aufgenommen?«

»Er hat gesagt, er sei uns dankbar für unsere Sorge«, erwiderte ich, »und uns versichert, er habe nicht vor, sich umzubringen.«

»Gott sei Dank«, meinte der Pfarrer.

»Ich wäre auch dankbar«, sagte Tommy, »wenn ich mir nur sicher sein könnte, dass Mr. Windle uns die Wahrheit gesagt hat.«

»Glauben Sie, das war eine Ausflucht?«, fragte der Pfarrer.

»Ich weiß nicht, was ich glauben soll«, gab Tommy zu, »aber ich habe schon erlebt, wie Menschen auf diese Art zerbrochen sind. Ich habe es bei Soldaten gesehen, die gezwungen waren, über ihre Grenzen zu gehen. Sie machen dicht, sie schalten ab und weigern sich, etwas zu fühlen, bis eines Tages all die Empfindungen auf einmal zurückkehren.« Er runzelte die Stirn, und die kleine Narbe über seinem linken Auge pulsierte. »Einige werden nicht damit fertig. Wenn sie nicht die Hilfe bekommen, die sie brauchen, machen sie Schluss.«

Amelia, die einen Bruder durch Selbstmord verloren hatte, stöhnte leise. Bill legte einen Arm um sie und warf Willis senior einen Hilfe suchenden Blick zu, worauf dieser Bess von Dennis, dem Marmorschäfer, loseiste und zu unserem Plauderkreis bugsierte.

»Glauben Sie immer noch, Mr. Windle würde sich etwas antun?«, fragte Amelia nervös.

»Ich bin kein Fachmann für psychische Erkrankungen«, erklärte Tommy, »aber ich nehme an, er hätte abwehrender reagiert, wenn Loris Frage den Nagel zu genau auf den Kopf getroffen hätte.«

»Er hat nicht abwehrend reagiert«, warf ich schnell ein. »Ich an seiner Stelle hätte der neugierigen Unbekannten von meiner Tür gesagt, sie solle Land gewinnen. Er jedoch hat so freundlich reagiert, als hätte ich ihn nach der Uhrzeit gefragt. Er war nicht gerade aufgeschlossen, aber vollkommen höflich.«

»Höflich oder nicht«, meinte Tommy, »er hat Probleme.«

»Er ist der Fremde an unserem Tisch«, sagte der Pfarrer. »Wir müssen etwas tun, um ihm zu helfen.«

Charles nickte. »Finde ich auch, doch was können wir schon ausrichten?«

»Wir können gute Nachbarn sein«, meldete ich mich zu Wort und erinnerte mich an Tante Dimitys weisen Rat. »Wir können Interesse an ihm bekunden. Wir können ihm das Gefühl geben, zu uns zu gehören. Wir können ihm jede Menge Gründe zum Weiterleben liefern.«

»Das können wir auf jeden Fall«, erklärte Lilian energisch. »Und wir werden nicht bis Mittwoch damit warten. Teddy und ich werden Mr. Windle heute Nachmittag aufsuchen.«

Der Pfarrer nickte. »Genau.«

»Ich werde ihm als Einzugsgeschenk eine Dose Zitronenschnitten bringen«, entschied Lilian. »Ich habe gestern Abend einen Schwung frische gebacken.«

»Deine Zitronenschnitten muntern mich immer auf«, warf Charles ein. »Wahrscheinlich hast du keine …«

Lilian schüttelte den Kopf. »Mr. Windle braucht sie dringender als du, Charles. Du kannst warten, bis ich wieder ein Blech backe.«

»Ich gehe morgen früh bei Mr. Windle vorbei«, erklärte Amelia. »Ich habe neulich eine hübsche kleine Studie einer Sumpf-Schwertlilie gemalt. Sie wird seinem neuen Heim etwas Lokalkolorit verleihen.«

»Grant und ich besuchen ihn morgen Nachmittag«, sagte Charles. »Wir werden ihm anbieten, seine Möbel zu arrangieren.«

»Und wir werden nichts dazu anmerken, wie langweilig wir sie finden, oder, Charles?«, sagte Grant betont.

»Vielleicht machen wir ja ein paar kleine Andeutungen«, erwiderte Charles, doch Grant wurde sichtlich ärgerlich. »Ich scherze *offensichtlich*«, setzte Charles von oben herab hinzu. »Ich werde mich benehmen.«

»Ich übernehme den Dienstagvormittag«, erklärte Mrs. Craven. »Ich schenke Mr. Windle einen kleinen Quilt, den er sich über die Knie legen kann. Wenn ich Glück habe, erlaubt er mir, ihn auf seiner Sofalehne zu drapieren.« Ihre blauen Augen blitzten spitzbübisch. »Ich will unbedingt wissen, was er mit diesen Holzbündeln anstellt.«

»Wenn der Pfarrer und ich es herausfinden«, sagte Lilian, »geben wir euch Bescheid.«

»Ich auch«, versprach Amelia.

Charles nickte. »Ihr könnt euch auf Grant und mich verlassen.«

»Ich übernehme den Dienstagnachmittag«, erklärte Tilly. »Wenn Mr. Windle Bücherfreund ist, haben wir viele Gesprächsthemen.«

»Er muss Bücher lieben«, meinte Grant. »Er hat vier Bücherregale, die alle größer sind als Charles.«

»Was, wenn er darin seine märchenhaften Sammlungen aus venezianischem Glas und Ming-Porzellan ausstellt?«, wandte Charles ein.

»Dann werden wir uns eben über Glas und Porzellan unterhalten«, gab Tilly zurück.

Niemand bezweifelte, dass Tilly in der Lage war, intelligent über Glas und Porzellan zu plaudern. Sie hatte sehr viele Bücher über eine Vielzahl von Themen gelesen.

»Es sieht aus, als müsste ich bis Mittwochmorgen warten, um meine Bekanntschaft mit Mr. Windle zu erneuern«, sagte ich.

»Er wird entzückt sein, dich wiederzusehen, Lori«, neckte Charles sie. »Was willst du dieses Mal anstellen? Ihn bitten, sein Tagebuch lesen zu dürfen?«

»Wahnsinnig komisch«, sagte ich in *un*komischem Ton. »Was passiert nach meinem Besuch bei Mr. Windle?«

»Wir fangen wieder von vorn mit dem Plan an«, antwortete Lilian, »und machen weiter, bis wir sicher sind, dass Mr. Windle nicht mehr in Gefahr schwebt.«

»Wenn ihn nicht gerade jemand besucht«, warf Tommy ein, »sollten wir ihn im Auge behalten, finde ich.«

Er hätte keine willkommenere Vorgehensweise anregen können. Wenn meine Nachbarn und ich eines gut konnten, dann war es, einander im Auge zu behalten.

»Dennis besucht«, verkündete Bess, als Willis senior und sie zwischen Amelia und mir Stellung bezogen.

»Dennis hat sich sicher gefreut, dich zu sehen«, sagte Lilian. »Er hat gern Gesellschaft.«

»Geht's dir auch gut, meine Liebe?«, wollte Willis senior von Amelia wissen.

»Inzwischen geht's mir besser«, antwortete sie und küsste ihn auf die Wange. »Ich erzähl's dir auf dem Heimweg.«

Will und Rob stürzten durch den Kirchhof wie zwei ausgelassene Lämmer. Nachdem sie um die Wette Steine auf dem Wasser hatten hüpfen lassen, hatten sie rosige Wangen und waren nass bis an die Knie.

»Zwölf Mal!«, erklärte Rob triumphierend.

»Er hat auch den perfekten Stein gefunden«, murrte Will.

»Und die perfekte Technik hab ich auch«, erklärte Rob und stieß seinem Bruder den Ellbogen in die Rippen.

»Fahren wir denn noch nicht zum Brunch?«, fragte Will klagend und blickte von seinen Eltern zu seinen Großeltern. »Ich bin schon halb *verhungert.*«

Die Zwillinge freuten sich immer auf den Sonntagsbrunch in Fairworth House; teilweise, weil das Familientradition war, aber größtenteils, weil die Köchin ihres Großvaters sie nach Strich und Faden verwöhnte, indem sie jedes Gericht, das sie sich wünschten, in großen Mengen zubereitete.

»Wir sind schon unterwegs.« Amelia strich Will die zerzausten Locken glatt.

»Amelia und ich gehen mit Bess zu unserem Wagen«, erklärte Willis senior Bill. »Wenn wir nicht von einem weiteren Grab, einem Schmetterling, einem bunten Kieselstein oder einem interessanten Stock abgelenkt werden, sollten wir in ungefähr fünf Minuten da sein.«

Ich beneidete meine Freunde darum, dass sie im Dorf lebten. Da der Sonntagsbrunch sich bis in den frühen Abend hinziehen würde und ich zwei Meilen außerhalb von Finch lebte, würde ich Crispin Windle erst am Montagvormittag wieder im Auge behalten können, nachdem ich Will und Rob zur Schule gebracht hatte. Doch als meine Familie und ich den Kirchhof verließen, hatte ich das Gefühl, unseren problembeladenen Nachbarn in guten Händen zu wissen.

Kapitel 8

Von Fairworth House aus versuchte ich wiederholt, Bree Pym anzurufen, aber vergeblich. Sie schien ebenso entschlossen zu sein, mir gegenüber zu mauern, wie sie es war, Tommy auf Distanz zu halten. Als wir nach einem leichten Abendessen in Willis seniors mit Orchideen gefüllten Wintergarten an ihrem Haus vorbeifuhren, war ich erleichtert, durch ihr Wohnzimmerfenster einen kurzen Blick auf sie zu erhaschen. Ich bat Bill, bei ihr anzuhalten, doch er schüttelte den Kopf.

»Bess kriegt schon schlechte Laune«, sagte er. »Sie gehört ins Bett, die Jungs müssen morgen in die Schule, und du musst Bree Freiraum lassen.« Er drückte meine Hand. »Du bist ihre beste Freundin, Lori. Sie wird dich schon nicht lange im Regen stehen lassen.«

»Ich hoffe nur, sie macht keine Dummheiten«, meinte ich unglücklich. »Und das sage ich als jemand, der schon mehr dummes Zeug angestellt hat, als ich gern zugebe.«

»Dumm«, murrte Bess. »Dumm, dumm, dumm.«

Die Jungs schütteten sich vor Lachen aus, aber ich brachte nur ein schwaches Lächeln zustande.

»Unser Mädchen hört immer zu«, murmelte ich. »Wie dumm von mir, das zu vergessen.«

»Zweijährige lassen uns alle dumm aussehen, Liebes«, gab Bill leise zurück. Er drückte noch einmal tröstend meine Hand, und wir fuhren weiter.

Ich ließ mich in einen der hohen Lehnsessel im Arbeitszimmer sinken, legte die Füße auf die Ottomane und schlug das blaue Journal auf. Will, Rob und Bess schliefen, und Bill machte sich bettfertig, aber ich war schnell auf ein kurzes Wort mit Tante Dimity nach unten gelaufen.

»Dimity?«, fragte ich. »Mach dich auf einen Schock gefasst.«

Guten Abend, Lori. Ich bin auf alles vorbereitet.

»Na gut«, sagte ich. »Bree hat ihre Verlobung mit Tommy gelöst.«

Ich rechnete damit, dass die Ankündigung bei Tante Dimity wie eine Bombe einschlagen würde, doch ihre elegante, gestochene Schrift floss ohne jedes Anzeichen von Unruhe über die Seite.

Hat Bree sich etwa Mr. Barlows Strafpredigt zu Herzen genommen und beschlossen, dass sie seines Neffen nicht würdig ist?

»Ähm, ja.« Ich fragte mich nicht zum ersten Mal, ob Tante Dimity meine Gedanken lesen konnte. »Wie kommst du darauf?«

Du hast Mr. Barlow oft als den Vater beschrieben, den Bree sich gewünscht hätte.

»Ihr richtiger Vater war Alkoholiker und Spieler. Da ihre Mutter durch Abwesenheit geglänzt hat, musste Bree den größten Teil ihrer Kindheit allein mit ihm fertig werden. Sie war erst achtzehn, als der Alkohol ihn schließlich umbrachte. Als ich sie gefunden habe, war sie ein wenig durcheinander.«

Ich erinnere mich. Und Bree weiß das auch noch. Als du sie nach Finch gebracht hast, brauchte sie dringend eine feste, stabile und vor allem nüchterne Vaterfigur, und sie hatte das große Glück, sie in Mr. Barlow zu finden. Deswegen bedeutet seine Anerkennung ihr auch so viel. Als sie ihn enttäuschte, muss sie das Gefühl gehabt haben, auch das Recht verloren zu haben, Tommy zu heiraten.

»Sie ist tränenüberströmt aus Mr. Barlows Haus gerannt«, erklärte ich.

Weißt du, wohin sie gelaufen ist?

»Nach Hause. Wir sind heute Abend bei ihr vorbeigekommen, und da habe ich sie durch das Fenster gesehen. Bill findet, ich soll ihr Freiraum lassen, aber ich mache mir Sorgen um sie.«

Du wirst nie aufhören, dir Gedanken um sie zu machen, meine Liebe, doch Bill hat recht. Bree ist nicht mehr der innerlich zerrissene Teenager, den du in Neuseeland gerettet hast, Lori. Sie ist eine starke, fähige junge Frau. Sobald sie ihr Gleichgewicht wiederfindet, wird sie bestimmt erkennen, dass Mr. Barlow nicht die Hälfte von dem, was er gesagt hat, ernst gemeint hat. Tommy hat sie doch nicht aufgegeben, oder?

»Ganz im Gegenteil. Er ist fester denn je entschlossen, sie zu heiraten. Nachdem sie ihm seinen Ring zurückgegeben hatte, hat er ihr einen Liebesbrief geschrieben und ihn unter ihrer Tür durchgeschoben.«

Er scheint die Lage gut im Griff zu haben. Ich fürchte, du wirst dich zurückhalten müssen, während Tommy und Bree die Sache allein in Ordnung bringen. Da die beiden einander sehr lieben, bin ich zuversichtlich, dass sie das schaffen.

»Ich bin nicht besonders gut darin, mich zurückzuhalten«, rief ich ihr ins Gedächtnis. »Ich bin eher die Art Freundin, die sich Hals über Kopf in alles hineinstürzt.«

Ich meine mich zu erinnern, kürzlich geschrieben zu haben, dass eine direkte Herangehensweise nicht immer die beste ist. Und das gilt erst recht in Herzensangelegenheiten. Wenn Bree tatkräftige Unterstützung von dir braucht, meine Liebe, wird sie es schon sagen. Bis dahin …

»Sollte ich mich zurückhalten«, beendete ich Tante Dimitys Satz widerstrebend.

Es ist ja nicht, als bräuchtest du dir um niemand anders Sorgen zu machen! Gibt es etwas Neues von Crispin Windle?

»Ich sorge mich nicht mehr so sehr um ihn wie zu Anfang.« Ich erklärte, was auf dem Kirchhof passiert war, nachdem ich meinen Freunden von dem Moment auf der Brücke erzählt hatte. »Nachdem ich deinen Rat an sie weitergegeben hatte, ist das ›Projekt guter Nachbar‹ mit Volldampf angelaufen. Tommy und ich brauchen nicht ohne Hilfe auf Mr. Windle aufzupassen, Dimity. Alle, die auf dem Kirchhof waren, werden sich besondere Mühe geben, auf ihn zu achten.«

Natürlich werden sie das. Selbst die, die glauben, dass er unter dem Schutz eines verzauberten Cottages steht, werden eifrig ihren Beitrag leisten, und wenn nur, um nicht hinter ihren Nachbarn zurückzustehen. Und jetzt geh zu Bett, Lori. Wenn du morgen deinen Beitrag leisten willst, musst du heute Nacht gut schlafen!

»Wird gemacht«, sagte ich. »Gute Nacht, Dimity.«

Gute Nacht, meine Liebe.

Ich wartete, bis Tante Dimitys elegante Schrift auf der Seite verblasst war, und stellte das blaue Buch dann wieder an seinen Platz im Regal. Während ich eine Hand ausstreckte, um Reginalds rosa Ohren zu zausen, kam ich nicht umhin, mich zu fragen, ob Bree oder Mr. Windle wohl heute gut schlafen würden.

»Ich hoffe es«, sagte ich, »aber ich zweifle daran. Ich glaube, ich werde auch keine Ruhe finden. Mich zu bitten, mich zurückzuhalten, wenn es jemandem schlecht geht, den ich liebe, ist, als bäte man unseren Pfarrer, eine mitreißende Predigt zu halten. Ich werde es versuchen, doch ich bin mir ganz und gar nicht sicher, ob ich das schaffe.«

Am Montagvormittag gab ich mir große Mühe, Bree Freiraum zu lassen, aber wie man sich schon denken kann, gelang mir das nicht ganz. Nachdem ich Will und

Rob zur Schule nach Upper Deeping gefahren hatte, hatte ich das Gefühl, es sei meine Pflicht, den Range Rover im Kriechtempo an Brees Haus aus rotem Backstein vorbeirollen zu lassen.

»Siehst du, was ich sehe, Bess?«, fragte ich und hielt ganz an.

»Bess Baum sehe«, antwortete sie vom Rücksitz aus.

»Ich sehe den Baum auch, Süße«, sagte ich, »aber ich rede von dem weißen Fleck an Brees Haustür. Sieht aus wie ein Stück Papier. Soll Mama sich das mal genauer angucken?«

»Mama guck«, plapperte Bess mir nach.

Ermuntert durch die überschwängliche Unterstützung meiner Tochter, parkte ich den Rover auf Brees kiesbestreuter Einfahrt, öffnete ihr quietschendes Gartentor und flitzte durch ihren Vorgarten, um das zusammengefaltete Stück Notizpapier an der Haustür genauer in Augenschein zu nehmen. Ich sah, dass darauf in Großbuchstaben mein Name stand, und lächelte betreten. Bree kannte mich offensichtlich gut genug, um zu wissen, dass ich nicht an ihrem Haus vorbeifahren würde, ohne etwas zu untersuchen, was mir ungewöhnlich vorkam.

Ich nahm die Notiz von der Tür und entfaltete sie. Brees Nachricht an mich war enttäuschend kurz.

Lori,
mach Dir keine Sorgen. Mir geht's gut. Ich muss nur jetzt allein sein.
Bree

»Dann ist es eben so«, meinte ich.

Ruhig faltete ich die Nachricht wieder zusammen und steckte sie in die rechte hintere Jeanstasche. Es gelang mir, dem fast unwiderstehlichen Drang zu widerstehen, an Brees Tür zu hämmern, bis meine Freundin öffnete, aber auf dem Rückweg zum Rover machte ich einen kurzen Umweg. Ich ging auf alle viere, senkte den Kopf bis auf den Boden und spähte durch den Schlitz unter ihrer Garagentür. Zufrieden stand ich dann auf, klopfte mir Kies von Händen, Knien und Wange und stieg ins Auto.

»Brees Wagen steht noch in der Garage«, erklärte ich Bess. »Wenigstens hat sie sich nicht ins Unbekannte davongemacht.«

»Davon mache«, sagte Bess.

Ihr Vorschlag half mir, mich an den Nicht-Interventions-Pakt zu halten. Stattdessen setzte ich rückwärts aus der Einfahrt, steuerte durch die scharfe Kurve vor Brees Haus und fuhr über die schmale, gewundene Straße an Willis seniors schmiedeeisernem Tor vorbei, über die Buckelbrücke und ins Dorf.

Nach dem Trubel der Möbelwagen-Wache wirkte Finch wieder wie ein verschlafenes Nest. Niemand, den ich kannte, war unterwegs, obwohl zwei Paddler in Neoprenanzügen von der Brücke auf den Little Deeping hinunterschauten. Da wir wieder einen sonnigen Frühlingstag hatten, an dem kaum ein Lüftchen ging, war ich mir ziemlich sicher, dass sie ihr Abenteuer genießen würden, ohne sich in Lebensgefahr zu bringen.

Abgesehen von einem dünnen Rauchfähnchen, das aus seinem Kamin aufstieg, sah das Cottage Weidenkätzchen ziemlich genauso aus wie vor Mr. Windles Einzug. Ohne die beigen Vorhänge hätte nichts darauf hingewiesen, dass Crispin Windle das Haus bewohnte. Doch ich konnte kaum übersehen, dass Amelia und Lilian mir in der Teestube von einem der Tische in der Nähe des Fensters zuwinkten.

Ich parkte den Rover vor Bills Kanzlei, befreite Bess

und scheuchte sie in die Teestube, wo mich Henry Cook begrüßte, Sallys rundlicher, schnurrbärtiger Mann. Bess ließ sich eine großmütterliche Umarmung von Amelia gefallen, aber als sie sich strikt weigerte, in dem von Henry bereitgestellten Hochstuhl zu sitzen, bot er an, sie neben sich herlaufen zu lassen, während er Bestellungen aufnahm, Tische abräumte, Gebäck in die Glasvitrine legte und an der Kasse stand.

»Du bist ein Engel, Henry«, erklärte ich, während er mich zu dem dritten Stuhl an Amelias und Lilians Tisch geleitete.

»Das sagt meine Frau auch«, gab er zurück und strich sich über den adretten Schnurrbart, »aber sie könnte voreingenommen sein.«

Ich musste mit dem Rücken zum Cottage Weidenkätzchen sitzen, doch nachdem ich meine Freundinnen gebeten hatte, Mr. Windle im Auge zu behalten, konnte ich mich kaum darüber beklagen, dass sie einen besseren Blick auf das Haus hatten als ich. Ich bestellte mir eine Kanne Lapsang Souchong und eine Rosinenschnecke; dann stützte ich die Ellbogen auf den Tisch und stellte Lilian die Frage, die mir schon auf den Lippen brannte, seit ich den Kirchhof verlassen hatte.

»Und?«, sagte ich. »Habt ihr gestern das verzauberte Cottage besucht, du und der Pfarrer? Habt ihr Mr. Windle kennengelernt?« Mit einem Mal ging mir auf, dass keine meiner Begleiterinnen in der Teestube gesessen hatte, als Sally Cook ihre bemerkenswerte Theorie offenbart hatte. »Mit ›verzaubertem Cottage‹ meine ich …«

»Das Cottage Weidenkätzchen«, warf Lilian ein. »Wissen wir. Sally hat uns freundlicherweise über seine magischen Eigenschaften aufgeklärt.« Sie senkte die Stimme. »Hat sie wieder Liebesromane gelesen?«

»Ihre Ehe ist romantischer als jeder Roman«, meinte ich. »Vielleicht möchte sie einfach alle so glücklich sehen, wie Henry und sie es sind.«

»Ich finde das eine entzückende Fantasie«, gab Amelia zurück. »Ich kann mir sehr gut vorstellen, dass das Cottage Weidenkätzchen eine Rolle dabei gespielt hat, meinen William zu mir zu führen. Als ich dort lebte, konnte ich die wohlwollende Ausstrahlung des Hauses spüren.«

»Ich hoffe, unser neuer Nachbar fühlt sie auch«, sagte ich. »Nach dem zu urteilen, was ich auf der Brücke gesehen habe, hat das Leben ihn in letzter Zeit nicht besonders wohlwollend behandelt.« Ich wandte mich an Lilian. »Und?«, wiederholte ich. »Habt ihr Mr. Windle kennengelernt?«

»Gewissermaßen schon«, antwortete sie. »Er hat uns die Tür aufgemacht und meine Büchse mit Zitronenschnitten angenommen. Er sagte, er sei sehr erfreut, uns kennenzulernen …« – sie zuckte mit den Schultern – »und das war's.«

»Er hat euch nicht hereingebeten?«

Lilian verneinte.

»Und wie war's bei dir?«, wollte ich von Amelia wissen, die mir gegenüber am Tisch saß.

»Genau das Gleiche«, erwiderte sie. »Ich habe vor ungefähr einer halben Stunde bei ihm geklopft. Er hat meine Studie der Sumpf-Schwertlilie bewundert, mir dafür gedankt, erklärt, wie erfreut er sei, mich kennenzulernen, und mich dann auf der Türschwelle stehen gelassen.«

»Als du uns erzählt hast, er sei nicht gerade kontaktfreudig, hast du vielleicht untertrieben«, meinte Lilian. »Er hat Teddy und mir eine äußerst freundliche Abfuhr erteilt, aber eine Abfuhr war es trotzdem.«

»Vielleicht ist Mr. Windle ja ein Einsiedler«, überlegte Amelia laut.

»Würde ein Einsiedler denn mitten in ein kleines englisches Dorf ziehen?«, gab Lilian zu bedenken. »Bestimmt würde er es weniger anstrengend finden, in einer entlegenen Höhle oder auf einer verlassenen Insel ein einsames Leben zu führen.«

»Er muss viel zu tun haben«, wandte Amelia begütigend ein.

»Ich wüsste nicht, warum das so sein sollte«, wandte ich ein. »Schließlich besitzt er nicht besonders viele Dinge. Ich würde ungefähr eine Stunde brauchen, um seine Kisten auszupacken.«

»Vielleicht ist er ja mit seiner Einrichtung penibler als du«, sagte Amelia.

»Weniger penibel könnte er kaum sein«, räumte ich gleichmütig ein. Bess tappte vorbei und umklammerte zwei Händevoll saubere Löffel. »Penibel zu sein fällt schwer, wenn drei Kinder ständig das Haus umkrempeln.«

Henry brachte mir den Tee und die Rosinenschnecke und hastete dann Bess nach, die methodisch Löffel in den Papierkorb hinter der Vitrine warf.

»Seit Amelia bei Mr. Windle geklopft hat, habe ich nichts mehr von ihm gesehen«, erklärte mir Lilian. »Und ich sitze seit halb neun an diesem Tisch.«

Ich nickte. »Um sicherzugehen, sollten wir jemanden hinter dem Cottage Weidenkätzchen postieren. Wenn Mr. Windle sich durch die Hintertür herausschleicht, können wir ihn von hier aus nicht sehen, und ihr wisst ja, dass es von der hinteren Tür nicht weit zum Fluss ist.«

»Ist uns auch aufgefallen«, gab Amelia zu. »Aber kein Grund zur Sorge. Sally passt von der Küche aus auf. Wenn Mr. Windle das Haus durch die Hintertür verlässt, ruft sie uns an.«

»Ausgezeichnet«, lobte ich.

»Was ist das?«, fragte Lilian alarmiert und beugte sich vor, um durch das Fenster zu spähen. »Was führt denn Opal im Schilde?«

Opal Taylor war mit einer abgedeckten Auflaufform aus ihrem Cottage getreten, das am anderen Ende des Dorfangers lag. Sie zog den Gürtel ihres Hemdblusenkleids gerade, sah nach rechts und links zu den benachbarten Häusern und ging dann über den Anger.

»Nach der Richtung zu urteilen«, sagte ich, »ist sie unterwegs zu Crispin Windle.« Ich schlug lachend auf den Tisch. »Jetzt weiß ich auch, warum sie nach der Kirche nicht geblieben ist, um Tommy und mir die Leviten zu lesen. Sie muss nach Hause gerannt sein, um etwas Besonderes für den Neuankömmling zu kochen.«

»Niemand braucht Opal zu bitten, Mr. Windle im Auge zu behalten«, meine Amelia. »Sobald sie gehört hatte, dass er Junggeselle ist, war klar, dass sie auf ihn aufpassen würde wie ein Schießhund.«

Ich nickte. »Je mehr Blicke auf ihm ruhen, desto besser.«

»Tommy und du, ihr habt einen Präzedenzfall geschaffen«, erklärte Lilian, als wäre ihr gerade eine wunderbare Erkenntnis gekommen. »Ihr habt Opal damit praktisch erlaubt, gegen die Drei-Tage-Regel zu verstoßen.«

»Haben wir auch«, wandte Amelia ein.

»Schuldig im Sinne der Anklage«, gestand Lilian.

»Sie hat die Zeit genutzt«, meinte ich grinsend.

»Ihr wisst ja, was man über den frühen Vogel sagt«, setzte Lilian hinzu.

»Ist das ein neues Kleid?«, fragte Amelia. »Ich kann

mich nicht erinnern, es schon mal an Opal gesehen zu haben.«

»Sie muss nach der Wache davongestürzt sein, um beim Samstags-Ausverkauf nach einem Outfit zu suchen«, lachte ich.

Amelia wiegte den Kopf. »Ich muss ihren Einsatz anerkennen.«

»Sie ist nur als Erste aus den Startblöcken gekommen«, meinte ich. »Ich wette die Hälfte meiner Rosinenschnecke darauf, dass die anderen emsigen Mägde ihr dicht auf den Fersen folgen werden.«

»Ob sie wohl auch neue Kleider tragen werden?«, überlegte Lilian laut.

»Garantieren kann ich das nicht«, sagte ich, »doch ich wette die andere Hälfte meiner Schnecke darauf, dass Opal nicht die Einzige war, die in aller Eile nach Upper Deeping gefahren ist, um nach einem neuen Outfit zu suchen.«

»Ich hoffe, Opal hat Mr. Windle ihren Hähnchenauflauf mit Klößchen gemacht«, bemerkte Amelia. »Er muss tausend Kalorien pro Bissen haben, aber der arme Mann könnte ein paar kräftige Mahlzeiten vertragen. Er ist so gebrechlich, dass eine leichte Brise ihn davontragen könnte.«

»Vielleicht war er ja krank«, erwiderte Lilian nachdenklich. »Es ist ja allgemein bekannt, dass körperliche Leiden zu Depressionen führen können.«

»Das würde erklären, warum er uns nicht hereingebeten hat«, sagte Amelia. »Wenn er sich noch von einer Krankheit erholt, fühlt er sich möglicherweise nicht stark genug, um Gäste zu empfangen.«

»Schauen wir mal, ob er Opal empfängt.« Ich drehte mich auf dem Stuhl um, um zum Cottage Weidenkätzchen zu blicken.

Aufmerksam sahen wir zu, wie Opal Taylor Mr. Windle ihr Gericht hinhielt. Er nahm es ihr ab, sagte ein paar Worte und schloss die Tür. Opal stand einen Moment verdattert da, dann drehte sie sich um und warf einen verstohlenen Blick in Richtung Teestube. Als sie entdeckte, dass wir drei sie beobachteten, lief sie knallrot an und flitzte zurück in ihr Cottage.

»Ich frage mich, welche der Mägde die Nächste sein wird«, meinte ich.

»Nicht nötig«, verkündete Amelia. »Da kommt Millicent!«

Kapitel 9

Opal Taylor schloss gerade ihre Tür, als Millicent Scroggins ihre öffnete. Wie Opal hielt sie eine Auflaufform in den Händen, trug ein Kleid, das keine von uns kannte, und strebte quer über den Dorfanger auf das Cottage Weidenkätzchen zu.

»Neues Kleid«, konstatierte Lilian. »Abgehakt.«

»Auflauf«, sagte Amelia. »Abgehakt.«

»Die Haltung einer Jägerin, die sich an ihre Beute heranpirscht«, setzte ich hinzu. »Abgehakt.«

Meine Freundinnen kicherten diskret, und ich nahm in der Gewissheit, dass ich nichts davon abzugeben brauchte, einen großen Bissen von meiner Rosinenschnecke.

»Ich hoffe, Mr. Windle mag Wurstauflauf«, bemerkte Lilian. »Millicent wäre verrückt, etwas anderes für ihn zu kochen. Es ist ihr bestes Rezept.«

Amelia nickte. »Er ist köstlich. Und er lässt sich wunderbar aufwärmen.«

Bestes Rezept oder nicht – Millicents kulinarischer Gabe wurde genau die gleiche Behandlung zuteil wie der von Opal. Mr. Windle nahm sie ihr ab, sprach kurz mit ihr und zog sich dann zurück. Als sich Millicent zu uns umdrehte, spiegelte ihre perplexe Miene die von Opal genau wider, ebenso wie die Farbe, in der ihre Wangen anliefen, als ihr klar wurde, dass wir ihre Abfuhr miterlebt hatten, und sie flüchtete genauso schnell, um ihr errötetes Gesicht in ihrem eigenen Cottage zu verstecken.

»So langsam erkenne ich ein Muster«, meinte Lilian trocken und stützte das Kinn in die Hand.

»Allerdings«, murmelte Amelia. »Sieht aus, als wäre Mr. Windle insofern fair, als er alle gleichermaßen abweist.«

»Ich frage mich, was nötig ist, um diese Festung zu stürmen«, überlegte ich laut.

»Brandpfeile?«, schlug Lilian vor. »Ein Katapult?«

»Selena greift auf eine traditionellere Herangehensweise zurück«, erklärte Amelia, als Selena Buxton mit einer Auflaufform in der Hand ihr Cottage verließ und auf Mr. Windles Haus zuhielt.

»Eindeutig kein neues Kleid«, merkte Lilian an und setzte sich auf. »Ich habe es mindestens ein halbes Dutzend Mal in der Kirche an ihr gesehen.«

»Wenn es meins wäre, würde ich es auch öfter tragen«, sagte Amelia. »Es ist entzückend.«

»Selena war früher Hochzeitsplanerin«, rief ich ihr ins Gedächtnis. »Sie hat ganze Schränke voll mit schönen Kleidern.«

»Was denken wir?«, fragte Lilian. »Vegetarischer Auflauf?«

»Ja«, antworteten Amelia und ich im Chor.

»Sie bringt ihn seit Anbeginn aller Zeiten zu jeder Gelegenheit mit, wenn Essensspenden erwünscht sind«, fügte ich hinzu.

»Er ist nicht so herzhaft wie die anderen Aufläufe«, meinte Amelia, »aber köstlich.«

Während ich meiner Tochter, die auf Futtersuche war, ein Stück von meiner Schnecke in den Mund steckte, scheiterte Selena Buxtons Sturm auf die Festung. Sie reagierte nur anders als ihre Freundinnen. Als sie uns sah, hob sie die offenen Hände, als wollte sie gutmütig fragen: »Was soll man machen?« Dann zog sie sich eilig, aber würdevoll in ihr Cottage zurück.

»Das ist ihr Training durch die vielen Hochzeiten«, meinte ich bewundernd. »Haltung bewahren, ganz gleich, was passiert.«

»Jetzt müsste Elspeth auch bald kommen«, vermutete Lilian.

Mindestens fünf Minuten musterten wir erwartungsvoll Elspeth Binneys Haustür, doch sie öffnete sich nicht.

»Neue Taktik?«, fragte Amelia.

»Sieht so aus«, erwiderte Lilian. »Elspeth muss gesehen haben, wie alle Mr. Windle das Haus eingerannt haben. Vielleicht hat sie ja beschlossen, dem armen Mann eine Atempause zu gönnen.«

»Wir bleiben aber hier, bis sie bei ihm anklopft, oder?«, vergewisserte sich Amelia.

»Ich harre auf meinem Posten aus, bis auch die vierte der Mägde ihr Glück versucht hat«, erklärte Lilian. »Es wäre ein Jammer zu gehen, bevor wir sie nicht alle zusammenhaben.«

»Ich bleibe auch«, entschied ich. »Ich werde allerdings Henry eine Atempause verschaffen.«

Ich tollte mit meiner Tochter auf dem Anger herum, wechselte ihr in Bills Büro die Windel, ohne seine Videokonferenz mit einem Klienten in Straßburg zu unterbrechen, und kehrte dann mit Bess in die Teestube zurück. Als sie sich freiwillig in den Hochstuhl setzen ließ, bestellte ich ihr einen Biscotto, an dem sie herumknabbern konnte, und reichte ihr eine Trinklerntasse, die Sally in der Küche mit frischer Milch gefüllt hatte. Henry, der mehr denn je zu tun hatte, verbarg seine Erleichterung hinter einem anbetungsvollen Lächeln.

Eine halbe Stunde verging. Bess trank die Milch aus und spielte mit den feuchten Biscotto-Krümeln auf ihrem Tablett, als säße sie im Sandkasten. Ich zog sechs knallbunte Plastik-Dinosaurier aus meiner geräumigen Umhängetasche und stellte ihr jedes Mal, wenn sie das Interesse zu verlieren schien, einen neuen hin.

»Elspeth lässt sich Zeit«, bemerkte Lilian, als die Glocken vom Band halb zwölf schlugen.

»Vielleicht spielt sie ja die Unnahbare«, meinte Amelia.

»Das bezweifle ich«, entgegnete ich. »Wahrscheinlicher ist, dass ihr Auflauf nichts geworden ist und sie einen neuen zubereiten musste.«

»Ihr Bœuf Bourguignon ist ausgezeichnet«, sagte Lilian, »aber es kann knifflig sein, das Rindfleisch richtig zart zu bekommen.«

»Für Mr. Windle würde sie es ordentlich zart haben wollen«, sagte Amelia.

»Bess muss bald zu Mittag essen«, erklärte ich, »sonst wird sie ordentlich grantig.«

»Mittagessen finde ich auch eine gute Idee«, sagte Lilian. »Warum bestellen wir nicht …«

»Noch nicht«, unterbrach ich sie. »Elspeth ist unterwegs.« Zerstreut hielt ich Bess den vierten Dinosaurier hin, während Elspeth Binney die Tür ihres Häuschens hinter sich schloss und mit einem dicken Buch in den Armen zum Cottage Weidenkätzchen aufbrach. Der treue Homer trottete hinter ihr her.

»Bluse und Hose anstelle eines Kleides«, bemerkte Amelia leise.

»Ein Buch statt eines Auflaufs«, staunte ich.

»Und ein Terrier«, fügte Lilian hinzu.

»Kurz gesagt«, meinte Amelia, »ein atemberaubend umfassender Taktikwechsel.«

»Sie tut, als hätte sie schon gewonnen«, fand ich. »Wenn Mr. Windle Homer nicht mag, war's das allerdings. Dann wird Elspeth ihm keinen zweiten Blick gönnen.«

Lilian nickte. »›Wer mich liebt, muss auch meinen Hund lieben‹, scheint ihr Motto zu sein.«

»Ich wünschte, sie würde das Buch nicht so umklammern«, murmelte Amelia. »Ich kann das Cover gar nicht sehen.«

»Ein ziemlicher Wälzer«, stellte Lilian fest. »Sieht aus wie ein großer Bildband. So einer, wie ihn manche Leute auf dem Couchtisch liegen haben.«

»Elspeths Nichte ist Fotografin«, fiel mir ein. »Könnte es ein Fotoband mit Aufnahmen ihrer Nichte sein?«

»Möglich«, antwortete Amelia. »Doch warum sollte Elspeth einem Mann, den sie nicht kennt, ein Buch mit Fotos ihrer Nichte bringen?«

»Um herauszufinden, ob sie Gemeinsamkeiten haben?«, riskierte ich eine Vermutung. »Still jetzt. Showtime.«

Ich hatte voll und ganz mit einer weiteren kurzen Begegnung gerechnet, aber die Abfolge von Ereignissen, die sich abspielte, nachdem Elspeth und Homer das Cottage Weidenkätzchen erreichten, war unerhört.

Homer saß gehorsam zu Elspeths Füßen, hielt den Kopf schief und spähte zu Mr. Windles Tür hoch, während sie den angelaufenen Messingklopfer betätigte. Als nichts passierte, klemmte Elspeth sich das Buch unter einen Arm und ließ ihren anfänglichen leichten Schlägen ein kräftigeres Hämmern folgen. Wieder erzielte sie keine Reaktion.

Elspeth wartete einen Moment und neigte dann das Ohr zur Tür, als hörte sie etwas. Sie richtete sich auf und ging mit Homer im Schlepptau unauffällig nach rechts, bis sie das Esszimmerfenster erreichte, an dem der Vorhang vorgezogen war. Einen Moment lang stand sie regungslos da. Dann schüttelte sie den Kopf und ging auf dem Weg, auf dem sie gekommen war, zurück. Sie wirkte vollkommen verwirrt.

»Was in aller Welt …?«, fragte Lilian.

»Keine Ahnung«, sagte ich. »Da kommt sie.«

»Wir dürfen sie nicht entwischen lassen.« Amelia klopfte an das Fenster der Teestube. Als Elspeth in unsere Richtung blickte, winkten wir ihr alle, sich zu uns zu gesellen.

Sie war offenbar nur zu gern bereit dazu. Homer folgte ihr in die Teestube, wedelte mit dem Stummelschwanz und reagierte mit einem fröhlichen Stepptanz auf Bess' entzückte Ausrufe. Ich stellte meine Tochter auf den Boden, damit sie den Terrier streicheln konnte, setzte sie dann aber zurück in den Hochstuhl. Wie Stanley bezeugen könnte, durfte man sie nicht in die Nähe von Hunde- oder Katzenschwänzen lassen.

Elspeth war nach ihrer Nicht-Begegnung mit Mr. Windle so durcheinander, dass sie sich freiwillig mit dem Rücken zum Fenster setzte, wobei sie sich das Buch an die Brust drückte. Homer leckte die Krümel auf, die von Bess' Tablett gefallen waren, trottete dann zu ihr und streckte sich neben ihr auf dem Boden aus. Mit dem Kinn auf den Pfoten gab er das Bild eines edelmütigen und wohlerzogenen kleinen Hundes ab.

»Sollen wir uns etwas zu essen bestellen?«, fragte Lilian.

»Red keinen Unsinn«, sagte Amelia und wandte sich Elspeth zu. »Was ist im Cottage Weidenkätzchen passiert?«

»Keine Ahnung, was Mr. Windle da drinnen macht«, gab Elspeth zurück, »aber was immer er tut, es ist laut!«

Kapitel 10

Lilian, Amelia und ich wechselten verwirrte Blicke.

»Laut?«, wiederholte ich. »Was für eine Art von Geräusch?«

»Eine Art dumpfes Krachen«, antwortete Elspeth. »Es kam aus dem Esszimmer. Ich nehme an, deswegen ist Mr. Windle nicht an die Tür gekommen. Er konnte mein Klopfen wegen des Lärms nicht hören.«

Während ich mit der Vorstellung rang, dass Crispin Windle in seinem Esszimmer dumpfe Geräusche erzeugte, stellte Elspeth ihr Buch weg. Da unser Tisch so voll war, dass er keinen Platz für den riesigen Wälzer bot, stellte sie ihn aufrecht auf den Boden und lehnte ihn an ein Tischbein. Homers ausdrucksvolle Augenbrauen zuckten abwechselnd, während er jede ihrer Bewegungen verfolgte. Ich vermutete, dass sie ihn manchmal am Tisch fütterte.

»Vielleicht rückt Mr. Windle ja Möbel«, meinte Lilian.

»Oder er hängt Bilder auf«, sagte Amelia und dachte zweifellos an ihre Sumpf-Schwertlilie. »Ein Hammer würde ein krachendes Geräusch hervorrufen.«

»Ich glaube nicht, dass er Möbel umgestellt oder Bilder aufgehängt hat«, widersprach Elspeth. »Es war ein stetiges, rhythmisches Geräusch.«

»Vielleicht macht er ja Hampelmann-Sprünge«, schlug ich vor.

»Im Esszimmer?« Elspeth musterte mich skeptisch.

»Warum nicht?«, beharrte ich. »Schließlich hat er keine Esszimmermöbel. Vielleicht hat er sich in seinem Esszimmer ja einen Fitnessraum eingerichtet.«

»Mr. Windle kommt mir nicht vor wie ein Mann, der einen Fitnessraum benutzen würde«, widersprach Amelia. »Dazu ist er zu gebrechlich.«

»Er sieht nicht aus wie ein Fitness-Fanatiker«, räumte ich ein. »Wahrscheinlich würde er sich die Beine brechen, wenn er eine längere Reihe von Hampelmann-Sprüngen hinlegt.«

»Bezaubernd.« Lilian verzog widerwillig den Mund. »Aber ich kann nicht abstreiten, dass mir ein ähnlich grausiger Gedanke gekommen ist.«

»Wenn er eine schwere Krankheit hinter sich hat«, sagte Amelia, »würde er doch nicht ohne ärztliche Aufsicht trainieren, oder?«

»Kommt auf die Krankheit an«, erwiderte ich.

»Und das Training«, setzte Lilian hinzu.

»Aber erholt er sich wirklich von einer Krankheit?« Elspeth beugte sich aufmerksam vor.

»Das wissen wir nicht«, erklärte Lilian ihr, »eine längere Krankheit wäre jedoch eine Erklärung dafür, dass er so mitgenommen wirkt.«

»Er ist schrecklich dünn«, pflichtete Elspeth ihr bei.

»Das wird er nicht mehr sein, wenn er die Aufläufe intus hat, die Opal, Millicent und Selena ihm heute Morgen gebracht haben«, bemerkte Amelia. »Ich muss sagen, dass ich ein wenig erstaunt war, dich mit einem Buch zu sehen, Elspeth. Ich hatte damit gerechnet, dass du Mr. Windle dein exzellentes Bœuf Bourguignon vorbeibringen würdest.«

Elspeths Wangen röteten sich leicht, wie um meine Theorie zu bestätigen, dass mit dem Gericht, das ihr Markenzeichen war, etwas schiefgegangen war.

»Meine Nichte hat mir das Buch zu meinem Geburtstag geschickt«, erklärte sie. »Ihr erinnert euch doch an Jemima, die Fotografin?«

»Ja.« Ich gratulierte mir lautlos, weil ich die Erste gewesen war, die Elspeths Nichte und das Buch im selben Satz erwähnt hatte.

»Natürlich gibt man ein Geburtstagsgeschenk nicht weiter«, fuhr Elspeth in tugendhaftem Ton fort, »doch ich dachte, ich könnte es Mr. Windle ausleihen. Es ist eine Sammlung von Fotos aus dem Peak District. Da unser neuer Nachbar aus Derbyshire stammt, nahm ich an, er hätte vielleicht Freude daran, es durchzublättern. Der Peak District ist ein Nationalpark im Norden Englands«, setzte sie, wahrscheinlich meinetwegen, hinzu. »Er erstreckt sich über sechs Grafschaften, aber der größte Teil davon liegt in Derbyshire.«

»Ich hoffe, die Fotos lösen bei Mr. Windle kein Heimweh aus«, überlegte Lilian laut. »Ich möchte nicht, dass er bereut, nach Finch gezogen zu sein.«

Ein bestürzter Ausdruck huschte über Elspeths Gesicht. Sie sah auf das Buch hinunter, hob dann den Blick und lächelte uns spitzbübisch zu. »Vielleicht ist es ja gut, dass er nicht an die Tür gegangen ist!«

»Ich würde ihm nächstes Mal das Bœuf Bourguignon bringen«, riet Amelia. »Wenn er ein Mal davon gekostet hat, wird er nie wieder anderswo leben wollen.«

»Zu freundlich«, erwiderte Elspeth.

Ich sah voraus, dass sich in nicht allzu ferner Zukunft ein weiterer Auflauf zum Cottage Weidenkätzchen in Bewegung setzen würde.

Henry Cook brachte einen Wassernapf für Homer, der ihn dankbar aufnahm. Nachdem er die Biscotti-Krümel heruntergespült hatte, nahm der Hund wieder seine liegende Haltung mit dem Kinn auf den Pfoten ein. Lilian wiederholte ihre Frage, ob wir uns etwas zu Mittag bestellen sollten. Vielleicht hatte sie seine zufriedene Miene inspiriert. Niemand warf ihr noch einmal vor, Unsinn zu reden. Es war Viertel nach zwölf, und wir waren hungrig.

Ich bestellte einen Shepherd's Pie, den ich mir gut mit Bess teilen konnte, während die anderen sich auf diverse Salate verlegten – mit Thunfisch für Lilian, mit Ei für Amelia und mit Huhn für Elsbeth. Während wir auf unser Essen warteten, beobachteten drei von uns weiter das Dorf, obwohl ich ab und zu einen abstürzenden Dinosaurier auffangen musste.

»Ich hätte nie gedacht, dass ich einmal erleben würde – wie so viele, ich selbst eingeschlossen –, gegen die Drei-Tage-Regel zu verstoßen«, überlegte Lilian laut. »Alles für einen guten Zweck, wohlgemerkt, aber trotzdem …«

»Es ist der beste Zweck, den man sich vorstellen kann«, erklärte Elspeth ernst. »Jeder weiß, dass Mr. Windle eine Sonderbehandlung verdient. Er ist die Ausnahme, die die Regel bestätigt.«

Innerlich lächelte ich, als Elspeth Finchs Lieblingsausdruck gebrauchte: »Jeder weiß …« Jedes Mal, wenn ich ihn hörte, wusste ich, dass die Klatschbörse des Dorfes ihre Arbeit getan hatte. Obwohl keine der Mägde auf dem Kirchhof gewesen war, als Tommy und ich unserer Sorge um Mr. Windles geistige Gesundheit Ausdruck verliehen hatten, war ich mir ziemlich sicher, dass jede Einzelne unsere Aussagen Wort für Wort hätte wiederholen können.

»Ich habe zwar nicht gesehen, was ihr gesehen habt, Tommy und du«, fuhr Elspeth fort und bewies damit, dass ich recht hatte, »aber mir war klar, dass es Mr. Windle nicht wirklich gut geht, als er eingezogen ist. Wenn ich ihn auf meinem Gemälde dargestellt hätte, dann hätte ich ihn als verwahrlostes kleines Waisenkind porträtiert: unterernährt, schlecht angezogen und ohne jemanden, der ihm die … Unterstützung gibt, die er … braucht.«

»Wir versuchen ja, ihn zu unterstützen«, sagte Lilian, »aber bisher war er nicht besonders aufgeschlossen dafür.«

»Wir müssen uns einfach weiter bemühen«, erklärte Elspeth bestimmt.

»Das werden wir«, versicherte Lilian.

»Wer ist als Nächstes mit der Windle-Wache an der Reihe?«, wollte Amelia wissen.

»Grant und Charles«, gab ich prompt zurück. »Sie übernehmen die Nachmittags-Schicht.«

»Vielleicht finden sie ja heraus, woher das Krachen stammt«, meinte Lilian.

»Dazu müssten sie erst durch die Tür ins Haus kommen«, sagte Elspeth.

Bess amüsierte sich jetzt damit, Homer die Dinosaurier zu zeigen, doch unser Essen wurde serviert, und sie verlor vorerst ihr Interesse an dem Terrier. Während Henry Cook einen Unterteller mit fein gewürfeltem pochiertem Hähnchen vor Homer hinstellte – Sally Cook mochte den Hund sehr gern –, gab ich einen gehäuften Löffel Shepherd's Pie auf einen Teller, blies darauf, um ihn auf Raumtemperatur abzukühlen, und reichte ihn meiner halb verhungerten Tochter. Sie quetschte das Kartoffelpüree durch die Finger und steckte es dann in den Mund.

»Falls Bess jemandem den Appetit verdirbt«, sagte ich, »kann ich auch mit ihr in die Küche gehen.«

»Wir sehen sie ja nicht zum ersten Mal essen«, rief Lilian mir ins Gedächtnis. »Wir wussten, was uns erwartet.«

»Meine Enkelin ist gar nicht in der Lage, etwas zu verderben«, erklärte Amelia und strahlte Bess verliebt an. »Du bist meine allerliebste Messie-Bessy, nicht, Schatz?«

»Mmmpf«, antwortete Bess, den Mund voll Kartoffelbrei.

Elspeth verkniff sich einen Kommentar, aber das Tempo, mit dem sie den Blick von dem klebrigen Spektakel abwandte, sprach Bände.

Ich wollte mich schon auf meinen Anteil an dem Pie stürzen, als Mr. Barlows Kastenwagen auf der Buckelbrücke auftauchte. Tommy Prescott saß hinter dem Steuer, doch der Beifahrersitz war leer. Als Tommy den Van vor der Werkstatt abstellte, die neben dem Haus seines Onkels lag, ließ ich die Gabel sinken. Ich hatte meinen Freundinnen die Notiz, die an Brees Tür geklebt hatte, nicht gezeigt, da ich der Meinung war, ihr ehemaliger Verlobter solle sie zuerst sehen. Jetzt bietet sich mir die Gelegenheit, dachte ich.

Elspeth reckte den Hals und folgte meinem Blick. »Stimmt es, dass Bree ihre Verlobung gelöst hat?«, fragte sie dann leise.

»Ja«, antwortete Lilian und gab sich gar nicht damit ab, ihrerseits die Stimme zu senken, »aber Tommy ist nicht überzeugt davon, dass ihre Entscheidung endgültig ist.«

»Warum nicht?«, hakte Elspeth nach.

»Er ist ein verliebter junger Mann«, entgegnete Lilian.

»Würdet ihr mich entschuldigen?« Ich stand auf. »Ich muss kurz mit Tommy reden. Wenn Bess noch einen Löffel Pie will, gebt ihr bitte davon, aber lasst ihn vorher abkühlen.«

Lilian und Amelia verdrehten die Augen, als wollten sie sagen: »Wir wissen schon, wie man ein Kleinkind füttert, Lori.« Aber ich war schon unterwegs, bevor sie das laut zum Ausdruck bringen konnten.

Ich rannte über den Dorfanger und erreichte die Werkstatt rechtzeitig, um Tommy anzusprechen, der einen grauen Werkzeugkasten in den hinteren Teil des Vans schob. Von seiner schmutzigen Cargohose, dem ölfleckigen Chambray-Hemd und den schlammbedeckten Arbeitsstiefeln stieg ein starker Mistgeruch auf.

»Wo steckt dein Onkel?«, fragte ich in dem Versuch, die Stimmung im Hause Barlow auszuloten.

»Auf Jim Tellers Farm.« Tommy schloss die Türen des Vans. »Jims Dungstreuer hat mal wieder den Geist aufgegeben.« Er hob einen Stiefel, um mir die duftenden Flatschen zu zeigen. »Onkel Bill und ich haben heute Morgen angefangen, daran zu arbeiten, aber es sieht aus, als würden wir zwei Tage dafür brauchen.«

»Dann arbeitet ihr trotzdem zusammen, du und Mr. Barlow?«, setzte ich vorsichtig hinzu.

»Ja.« Tommy lehnte sich an den Kastenwagen und verschränkte die Arme. »Doch ich habe es nicht eilig damit, ihm die Schraubenschlüssel zu bringen, die er braucht.«

»Aha.« Obwohl die Sonne schien, nahm ich deutlich einen kalten Luftzug wahr.

»Ich sehe, dass der vordere Tisch besetzt ist«, bemerkte Tommy und wies mit einer Kopfbewegung in Richtung Teestube.«

»Ich würde auch dort sitzen, wenn ich nicht mit dir reden würde«, erklärte ich. »Die Windle-Wache ist in vollem Gang.«

»Windle-Wache?« Tommy lächelte matt. »Gefällt mir. Gibt's schon etwas zu berichten?«

»Dumpfe, krachende Geräusche«, antwortete ich. »Elspeth Binney hat sie durch das Fenster des Esszimmers gehört, aber sie wusste nicht, was sie erzeugt. Und Mr. Winkle hatte zwar einen stetigen Strom von Besuchern, doch er hat niemanden ins Cottage gelassen, nicht einmal Lilian und den Pfarrer.«

»Ein Mann, der Wert auf seine Privatsphäre legt«, meinte Tommy mit einem ganz leicht bitteren Unterton. »Viel Glück dabei. Manchmal sehne ich mich schon nach einer eigenen Wohnung.«

»Du würdest sie aber mit Bree teilen, oder?«, vergewisserte ich mich nervös.

»Wenn sie mich lässt.« Er zog einen weißen Umschlag aus einer Tasche an seinem Hosenbein und hielt ihn mir entgegen. »Der Liebesbrief, den ich Bree geschrieben habe. Wie du siehst, ist er ungeöffnet. Als ich nach dem Frühstück an ihrem Haus war, klebte er an der Tür.« Er drehte den Umschlag um, um mir die Nachricht zu zeigen, die Bree auf die Rückseite geschrieben hatte.

Tut mir leid, Tommy. Es hat keinen Sinn.
Du hast etwas Besseres verdient.
Bree

»Ach du meine Güte«, murmelte ich, während er den Brief in die Tasche steckte. »Sie ist wirklich voll im Büßermodus.«

»Vielleicht bittet sie ja Sally, ihr ein härenes Hemd zu stricken.« Als er weitersprach, klang er viel weniger selbstbewusst als noch auf dem Kirchhof. »Sie nimmt meine Anrufe nicht an, Lori.«

»Meine ebenfalls nicht.«

»Sie antwortet auch nicht auf meine Textnachrichten«, erklärte er mir.

»Wir stehen noch ganz am Anfang«, sagte ich aufmunternd. »Sie hat mir auch eine Nachricht an ihre Haustür geklebt.« Ich zog den zusammengefalteten Zettel aus meiner hinteren Hosentasche und reichte ihn ihm. »Sie ist aber nicht annähernd so dramatisch wie deine.«

Tommy las die Notiz und gab sie mir dann zurück. »Wie kann sie behaupten, dass es ihr gut geht, wenn das offensichtlich absolut nicht stimmt?«, verlangte er zu wissen.

»Sie will nicht, dass ich mir Sorgen mache.«

»Und, klappt das?«

»Nein«, gab ich zurück. »Ich kann nicht anders, als mich um Bree zu sorgen, und deswegen habe ich auch in der Garage nachgesehen, ob ihr Auto noch dort steht. Vor ein paar Stunden war es noch da, und ich habe sie nicht durchs Dorf fahren gesehen. Ich glaube, wir können davon ausgehen, dass sie nicht zur Grenze durchgebrannt ist.«

»Was für eine Grenze?«, fragte Tommy.

»Irgendeine«, antwortete ich. »Sie ist nicht getürmt. Sie ist geblieben, wo sie war. Das ist doch ein gutes Zeichen, oder?«

Tommys Handy gab ein »Pling« von sich. Er zog es aus der hinteren Hosentasche, warf einen Blick darauf, tippte auf den Bildschirm und steckte es wieder weg.

»Onkel Bill«, erklärte er. »Will wissen, warum ich so lange brauche.« Er wollte sich an den Kastenwagen lehnen, fuhr dann jedoch hoch. »Sieh nicht hin, Lori, aber Mr. Windle hat das Haus verlassen.«

Natürlich schaute ich hin, und richtig, der öffentlichkeitsscheue Crispin Windle hatte das Cottage Weidenkätzchen hinter sich gelassen. Erfreut bemerkte ich, dass sein kurzärmliges gelbes Hemd und die Kaki-Hose weniger schäbig waren als das Outfit, das er während der

Möbelwagen-Wache getragen hatte, obwohl sie ebenfalls aussahen, als gehörten sie einem viel beleibteren Mann.

»Er überquert den Anger«, sagte ich halblaut. »Jetzt geht er auf das Emporium zu.«

»Du klingst wie ein Golfkommentator«, merkte Tommy an.

»Er betritt das Emporium.« Ich riss den Blick von der Eingangstür des Gemischtwarenladens los und sah Tommy an. »Macht es dir etwas aus, wenn ich …?«

»Nicht das Geringste.« Er verschränkte die Arme und lehnte sich an den Van. »So langsam gewöhne ich mich daran, dass Frauen vor mir flüchten.«

Kapitel 11

Da Mr. Windles Speisekammer eine Blechdose mit Lilian Buntings unvergleichlichen Zitronenschnitten sowie drei herzhafte Aufläufe beherbergte, bezweifelte ich, dass er ins Emporium gegangen war, um Lebensmittel einzukaufen. Vielleicht braucht er ja frische Milch für seinen Tee, überlegte ich. Oder Aspirin für durch das dumpfe Krachen hervorgerufene Kopfschmerzen.

Die Schlittenglöckchen an der Tür zum Emporium läuteten bei meinem Eintreten fröhlich. Leise huschte ich hinter eine Auslage mit Sonnencreme, Sonnenbrillen und verstellbaren Bändern für Sonnenbrillen und fuhr beinahe sofort zurück, als ein donnerndes Röhren die Regale zu erschüttern schien. Ich war zwar an Peggy Taxmans laute Stimme gewöhnt, doch ich brauchte immer einen Moment, um mich von dem ersten Ansturm zu erholen.

Peggy hatte sich hinter der langen Holztheke im vorderen Teil des Ladens postiert. Ihr gegenüber stand vor der Theke der schmächtige Mr. Windle und war anscheinend unbeeindruckt von ihrem majestätischen Körperbau oder ihren ohrenbetäubenden Lautäußerungen. Offensichtlich setzten die beiden ein Gespräch fort, das vor meinem Eintreffen begonnen hatte, obwohl ich vermutete, dass ihr Dialog bisher ein wenig einseitig gewesen war.

»Nicht nötig, nach Upper Deeping zu fahren«, brüllte Peggy. »Dort gibt es nichts, was Sie nicht auch hier finden, und unsere Preise sind besser.« Da sich in Upper

Deeping viele Läden aneinanderreihten, erlaubte sich Peggy eine leichte Übertreibung, doch ich konnte ihr nicht zum Vorwurf machen, dass sie ihr eigenes Geschäft anpries. »Was suchen Sie denn?«

»Ich hätte gern eine Schere«, gab Mr. Windle zurück. Er sprach so leise, dass ich die Ohren spitzen musste, um ihn zu verstehen, aber Peggy hatte offenbar kein Problem damit.

»Was für eine Schere?«, dröhnte sie. »Küchenschere? Zickzackschere? Linkshänder-Schere? Allzweckschere?«

»Fadentrenner, bitte«, sagte Mr. Windle.

»Gern.« Peggy trat zurück, um die Fächer unter der Theke zu betrachten, zog aus einem davon einen kleinen Gegenstand und reichte ihn Mr. Windle. »Bitte schön.«

»Danke«, sagte er und steckte seinen Kauf in die Hosentasche.

Peggy tippte den Betrag in ihre altmodische Ladenkasse ein, gab Mr. Windle eine Quittung, dankte ihm für seinen Einkauf und sah zu, wie er davonging. Dann wandte sie ihre Aufmerksamkeit mir zu.

»Nicht besonders gesprächig«, meinte sie dröhnend. »Ich habe ihn gefragt, ob er seine Umzugskisten schon ausgepackt hat, und er hat nur mit ›Ja‹ geantwortet.« Spekulierend schürzte sie die Lippen. »Aber höflich. Ich würde ihm beim Gemeindefest keinen Stand anvertrauen, doch an der Kasse könnte er sich nützlich machen.«

Wie alle anderen in Finch hatte ich unangenehme Erfahrungen mit Peggys Angewohnheit gemacht, jeden, der nicht aufpasste, »freiwillig« für verschiedene Aufgaben bei dorfweiten Veranstaltungen zu verpflichten. Sollte sich Mr. Windle als zu schwach erweisen, ihren Avancen zu widerstehen, würde er sich bei der Blumenausstellung, beim Kuchenverkauf sowie beim Gemeindefest hinter der Kasse wiederfinden.

»Und?«, kam es laut über Peggys nicht mehr geschürzte Lippen. »Willst du etwas kaufen, Lori, oder soll ich dich zum Aufräumen der Regale einteilen?«

Ich schnappte mir eine Tube Sonnencreme aus dem Aufbau, bezahlte und flüchtete. Ich überlegte, was ein Fadentrenner sein mochte. Ich hätte Peggy fragen können, doch ich hatte nicht riskieren wollen, meine Trommelfelle noch weiter zu schädigen.

Da Mr. Barlows Kastenwagen nicht mehr vor seiner Werkstatt parkte, vermutete ich, dass Tommy Mitleid mit seinem Onkel gehabt hatte und mit den Schraubenschlüsseln zu Jim Tellers Farm gefahren war. Ich bezweifelte allerdings, dass er unterwegs Geschwindigkeitsrekorde brechen würde. Seufzend kehrte ich in die Teestube zurück, wo ich eine blitzsaubere Tochter auf einem blitzsauberen Hochstuhl vorfand, die mit einem Stapel blitzsauberer Teelöffel spielte.

»Habt ihr sie mit dem Gartenschlauch abgespritzt?«, fragte ich meine Tischnachbarinnen verblüfft.

»Nachdem meine Enkelin sich an *ordentlich abgekühltem* Shepherd's Pie satt gegessen hatte«, erklärte Amelia betont, »habe ich sie auf der Damentoilette gewaschen und frisch gemacht.«

»Henry hat den Hochstuhl geputzt und für die Löffel gesorgt«, sagte Lilian. »Ich habe die Dinos, die sie auf den Boden hat fallen lassen, aufgehoben und in deine Tasche gesteckt.«

»Ich bin von Engeln umgeben«, meinte ich staunend. Ich drückte Bess einen Kuss auf den Kopf, ließ die Sonnencreme in meine Schultertasche fallen und setzte mich wieder an den Tisch. Der Rest meines Shepherd's Pie war gerade noch so eben lauwarm, doch ich sprach ihm trotzdem kräftig zu. Das Frühstück lag schon lange zurück.

»Zier dich nicht, Lori«, sagte Amelia. »Wir haben gesehen, wie du Mr. Windle ins Emporium gefolgt bist. Hat er etwas gekauft?«

»Und wenn ja, was?«, setzte Lilian hinzu.

Ich schluckte einen großen Bissen hinunter. »Mr. Windle hat einen Fadentrenner gekauft. Was ist ein Fadentrenner?«

»Eine kleine Schere, um Fäden abzuschneiden«, sagte Amelia. »Mrs. Craven besitzt mehrere. Du hast sie selbst bei dem Quilt-Treffen verwendet, Lori. Wie wir alle.«

»Diese scharfen kleinen Scheren mit dem komischen Griff?«, fragte ich. »Mrs. Craven hat sie ›Zwickzangen‹ genannt.«

»Stickschere, Knipser, Fadentrenner, Fadenschere«, sagte Amelia. »Alles verschiedene Namen für die gleiche Art Schere.«

Wortlos dachten wir über Mr. Windles Einkauf nach, obwohl ich dabei weiteraß.

»Könnte Mr. Windle Quilts nähen?«, fragte Lilian. »Oder ist er vielleicht Schneider?«

»Ich habe noch nie von einem Quilter oder Schneider gehört, der bei seiner Arbeit krachende Geräusche erzeugt«, meinte Elspeth.

»Der Fadentrenner hat vielleicht gar nichts mit den Geräuschen zu tun«, gab Lilian zu bedenken.

»Wenn er sich irgendwie mit Nähen beschäftigt«, sagte Amelia, »warum sollte er dann in Finch so eine spezielle Schere kaufen? Hätte er dann nicht schon eine?«

»Vielleicht hat er ja ein neues Hobby aufgenommen«, überlegte Elspeth. »Neues Leben, neues Hobby?«

»Wenn er vorhatte, ein neues Hobby anzufangen«, gab Lilian zu bedenken, »hätte er sich dann nicht vor seinem Umzug das nötige Werkzeug besorgt?«

»Er könnte den Fadentrenner vergessen haben«, schlug Amelia vor, »oder beim Umzug verlegt.«

»Ich wette, er konnte ihn nicht finden«, sagte ich. »Geschieht ihm recht, weil er seine Kisten nicht beschriftet hat.« Mein Blick schweifte zum Fenster. »Oh, seht doch! Da kommen Grant und Charles!«

Amelia und Lilian wandten die Köpfe, und Elspeth drehte sich komplett um, und gemeinsam sahen sie zu, wie Grant Tavistock und Charles Bellingham auf das Cottage Weidenkätzchen zugingen.

»Die beiden sind früh dran, oder?«, fragte Amelia.

»Es ist nach Mittag«, sagte ich, »und sie sind die Nachmittagsschicht. Technisch gesehen sind sie pünktlich.«

»Mir gefällt Charles' kornblumenblauer Anzug«, meinte Amelia, »und Grants Strohhut wirkt sehr distinguiert.«

»Glauben wir, dass sie sich für den Anlass herausgeputzt haben?«, überlegte ich laut.

Lilian wiegte den Kopf. »Schwer zu sagen. Sie sind immer gut angezogen.«

»Grant hält eine Flasche Wein in der Hand«, merkte Amelia an.

»Ist mal etwas anderes als Aufläufe«, erwiderte Lilian.

»Aber wird sie ihnen helfen, die Festung zu stürmen?«, fragte ich.

»Nur, wenn sie sie als Rammbock benutzen«, meinte Elspeth.

Ich fuhr zusammen, als ein Haufen sauberer Teelöffel zu Boden klapperte.

»Bess muss sich die Beine vertreten«, erklärte ich.

Ich sammelte die verstreuten Löffel auf und legte sie auf den Tisch. Dann nahm ich Bess aus dem Hochstuhl und trug sie zum Dorfanger. Während sie energisch von einem Löwenzahn zum anderen tappte, behielt ich sowohl sie als auch das Cottage Weidenkätzchen im Auge.

Rasch wurde offensichtlich, dass die Weinflasche nicht der Schlüssel zu Mr. Windles Königreich war. Er nahm das Geschenk entgegen, dankte Grant und Charles dafür und schlug ihnen die Tür vor der Nase zu. Doch statt schnurstracks in ihr Cottage zurückzukehren, schlenderten die beiden Männer über den Anger, wo ich Bess folgte, auf mich zu.

»Willkommen in Windle-World!«, sagte ich zu ihnen. »Ihr seid nicht die ersten freundlichen Ureinwohner, die er auf seiner Türschwelle stehen gelassen hat.«

Grant nickte. »Wissen wir.«

»Wir haben den ganzen Morgen an unserem Erkerfenster geklebt.«

»*Du* hast am Erkerfenster geklebt«, konterte Grant. »*Ich* habe gearbeitet.«

»Du Armer«, entgegnete Charles mit vorgeschütztem Mitgefühl, »du hast ohne Unterlass geschuftet, bis auf die Pausen alle fünf Minuten, um zu fragen, ob es was Neues drüben bei Mr. Windle gibt.«

»Ich bekenne mich zu einem gewissen Maß an Neugier bezüglich des verzauberten Cottages«, räumte Grant friedlich ein.

»Verzaubertes Cottage«, schnaubte Charles wegwerfend.

»Dann habt ihr bestimmt gesehen, wie er die Mägde abgefertigt hat«, warf ich ein, bevor Grant etwas sagen konnte.

»Ich schon«, gab Charles zurück. »Ich habe beobachtet, wie er Lilian, dem Pfarrer und Amelia ebenfalls einen Korb gegeben hat.«

»Charles hätte im Erkerfenster übernachtet, wenn ich ihn gelassen hätte«, erklärte Grant.

»Was hältst du denn von Mr. Windles Stimme, Grant?«, fragte ich schnell. »Kannst du dir vorstellen, dass er uns im Schulhaus Gedichte vorliest?«

»Seine Stimme klingt angenehm«, erwiderte Grant, »aber um öffentlich aufzutreten, bräuchte er einen Verstärker.«

»Vielleicht hat er ja einen in einem seiner unbeschrifteten Kartons«, meinte Charles, »zusammen mit seinem Ming-Porzellan.«

Grant ließ ihm die spitze Bemerkung durchgehen. »Ich würde sagen, Mr. Windle ist entweder ein schüchterner oder ein penibler Mann.«

»Penibel?«, hakte ich nach.

»Vielleicht will er ja in seinem neuen Heim alles an seinem Platz haben, bevor er Besucher einlässt«, erklärte Grant. »Der erste Eindruck ist wichtig.«

»Bei Opal, Millicent und Selena hat er jedenfalls keinen guten Eindruck hinterlassen«, wandte Charles ein. »Sie sahen aus, als hätten sie in einen sauren Apfel gebissen. Hat Elspeth ihn von ihrer Tanzkarte gestrichen? Ich hätte es vielleicht getan, wenn er uns nicht einmal die Tür aufgemacht hätte.«

»Sie scheint Mr. Windle nicht böse zu sein«, antwortete ich. »Sie hat vermutet, dass er wegen des Krachs ihr Klopfen nicht gehört hat. Und ehe ihr fragt, ich weiß nichts über die krachenden Geräusche, die Elspeth gehört hat, nur, dass sie aus dem Esszimmer kamen.«

»Dumpfes Krachen aus dem Esszimmer«, murmelte Grant und strich sich übers Kinn. »Faszinierend.«

»Hat Mr. Windle im Emporium etwas gekauft?«, wollte Charles wissen. »Neue Trommelschlegel vielleicht? Ein Trommler würde dumpfe Geräusche erzeugen.«

»Er hat einen Fadentrenner erstanden«, erklärte ich.

»Wie diese kleinen Nähscheren, die Annabelle Craven benutzt?«, erkundiget sich Grant. »Die mit dem seltsamen Griff?«

»Genau«, gab ich zurück.

»Ein merkwürdiger Einkauf an seinem zweiten vollen Tag in Finch«, sagte Charles. »Ich hätte erwartet, dass er Milch, Eier oder andere verderbliche Lebensmittel kauft.«

»Vielleicht hat er ja beschlossen, seine Hemden und Hosen zu ändern«, meinte Grant.

»Wenn, dann muss er ein talentierter Schneider sein«, überlegte Charles laut. »Seine Sachen würden mir besser passen als ihm, und ich muss doppelt so viel wiegen wie er.«

»Nur doppelt so viel?«, murmelte Grant halblaut.

»Wie bitte?« Charles musterte seinen Partner misstrauisch.

»Ich sagte, dass das nett wäre«, log Grant. »Es wäre doch schön, einen begabten Schneider im Dorf zu haben, findest du nicht?«

»Allerdings«, pflichtete Charles ihm bei, und seine Miene hellte sich auf.

Bess' Kräfte ließen langsam nach. Ich nahm sie auf den Arm und kehrte, flankiert von Grant und Charles, in die Teestube zurück. Sie begrüßten alle laut, kraulten Homer zwischen den Ohren und erklärten dann Lilian, Amelia und Elspeth, dass die Nachmittagsschicht bereit und in der Lage sei, die Vormittagsschicht abzulösen.

»Ich vermute, Sie wollen unseren Tisch übernehmen«, versetzte Amelia trocken.

»Natürlich«, gab Charles zurück. »Das ist einer der Vorteile des Jobs.«

»Ich wollte sowieso gehen«, sagte ich, als Bess' Kopf auf meine Schulter sank. »Mein kleines Mädchen muss ein Schläfchen halten.«

»Ich muss auch los«, erklärte Lilian. »Das Essen auf Rädern fährt sich nicht selbst aus.«

»Ich wollte gerade aufbrechen«, ließ sich Amelia hören. »William vermisst mich, wenn ich zu lange fort bin.«

»Eure Ehe ist eine ewige Hochzeitsreise«, meinte Charles.

»So ist es«, pflichtete Amelia ihm lächelnd bei.

»Ich bleibe, wo ich bin, bis die Teestube schließt«, erklärte Elspeth.

»Homer muss bestimmt vorher Gassi gehen«, entgegnete Grant.

»Ja«, sagte sie, »aber ihr könnt mir ja den Platz frei halten, solange ich mit ihm unterwegs bin. Und mein Platz ist Lilians Stuhl. Ich bin es leid, mit dem Rücken zum Fenster zu sitzen.«

»Ihr ruft uns an, wenn es etwas Neues gibt, ja?«, vergewisserte Amelia sich und stand auf.

»Jetzt gerade passiert etwas«, erklärte Grant und spähte durch das Fenster. »Opal, Millicent und Selena kommen alle zusammen auf uns zu.«

»Sie haben ihre essigsauren Mienen aufgesetzt«, bemerkte Charles. »Ich wette, sie wollen in die Teestube, um ihre Klagen über Mr. Windle loszuwerden.«

»Bin froh, dass ich gehe.« Ich hängte mir die Tasche über die freie Schulter.

Amelia, Lilian und ich flüchteten nur Sekunden, bevor die drei verstimmten Mägde die Teestube betraten.

Ich bot Amelia an, sie nach Fairworth House mitzunehmen, doch sie lehnte ab und erklärte, sie laufe lieber.

»Wann treffen wir vier wieder zusamm'?«, fragte ich, indem ich das Shakespeare-Zitat so anpasste, dass es auch Bess einschloss.

»Gleich morgen früh, würde ich meinen«, antwortete Amelia. »Mrs. Craven ist als Nächste mit der Windle-Wache an der Reihe, und sie steht früh auf. Wir wollen doch nicht ihren Versuch verpassen, die Festung mit einer gequilteten Kniedecke zu stürmen, oder?«

»Nein«, versicherte Lilian.

Ich grinste. »Wenn Mr. Windle sie hereinbittet, schnappen die Mägde über.«

»Ich sichere uns den Tisch, sobald Henry die Teestube öffnet«, erklärte Lilian.

»Ich komme nicht lange nach euch.« Amelia strich meinem kleinen Mädchen behutsam über die seidigen Locken.

»Bess und ich gesellen uns dazu, nachdem wir die Jungs zur Schule gefahren haben«, erklärte ich.

»Wir halten dir einen Platz und Bess einen Hochstuhl frei«, versprach Amelia. »Bis dann!«

Wir gingen auseinander. Ich trug meine schlummernde Tochter zum Rover, schnallte sie in ihrem Kindersitz an und setzte mich hinter das Steuer. Dann fuhr ich langsam um den Anger herum, über die Brücke und die schmale, kurvenreiche Straße hinauf. Pflichtbewusst widerstand ich der Versuchung, an Brees Haus anzuhalten, aber ein kurzer Blick auf ihre Tür bestätigte, dass keine Nachrichten daran klebten.

»Wenigstens hat Tommy die Tür nicht gewaltsam geöffnet«, meinte ich. »Noch nicht.«

Bess, die tief schlief, sagte nichts dazu.

Kapitel 12

Ich wollte gerade in meine kiesbestreute Einfahrt abbiegen, als mir auffiel, dass über den wogenden Reihen von Frühlingsweizen auf dem Feld gegenüber meinem Cottage ein Kopf auf und ab zu hüpfen schien. Die Gestalt war so weit entfernt, dass ich sie nicht erkannt hätte, hätte ich keinen Blick auf ihr Stachelhaar erhascht. Bree Pym schritt auf einem Feldweg in Richtung Fluss aus, ein Weg, der ihr gut zwei Meilen Abstand vom Dorf verschaffen würde. Wie ich fand, eine gute Idee, um einen klaren Kopf zu bekommen und gleichzeitig menschlichen Kontakt zu meiden.

Es erstaunte mich ein wenig, dass sie nicht den Hügel hinter ihrem Haus hochgestiegen war, ihren üblichen Rückzugsort in schwierigen Zeiten, aber ich verstand, warum der Fluss sie lockte. Das beruhigende Murmeln des Little Deeping hatte schon bei mehr als einer Gelegenheit mein angespanntes Nervenkostüm beruhigt. Ich hoffte, dass es bei Bree genauso wirken würde.

Ich schaute ihr nach, bis ich sie nicht mehr sehen konnte, dann bog ich in die Einfahrt ein, parkte den Rover und machte mich an die heikle Aufgabe, Bess aus ihrem Autositz zu befreien, ohne sie zu wecken.

Nachdem ich sie im Kinderzimmer hingelegt hatte, steckte ich das Babyfon ein und ging nach unten, um das Wasser in Stanleys Trinknapf zu wechseln, die Plastikdinosaurier abzuwaschen und abzutrocknen und die Tube mit Sonnencreme aus meiner schon viel zu vollen Schultertasche zu nehmen. Ich hatte die Tube nur gekauft, um

Peggy Taxman zu besänftigen, eigentlich brauchte ich sie nicht.

Erst dann zog ich mich ins Arbeitszimmer zurück, wo ich kurz anhielt, um mit Reginald zu reden, dessen schwarze Kopfaugen in dem durch den Efeu einfallenden Sonnenschein sanft schimmerten.

»Tut mir leid, Reg«, sagte ich. »Ich habe nicht genug Zeit, um dir und Tante Dimity die Ereignisse des Tages zu schildern, also wirst du einfach mithören müssen.«

Er erhob keine Einwände, daher tätschelte ich ihm den Kopf aus rosa Stoff, nahm das blaue Journal von seinem Regalbrett und ließ mich auf einem der hohen, lederbezogenen Stühle vor dem Kamin nieder.

»Dimity?«, begann ich, als ich das Buch aufschlug. »Ich bin erleichtert, dir mitteilen zu können, dass Crispin Windle noch gesund und munter ist.«

Ich lehnte mich zurück, während Tante Dimitys elegante, wie gestochene Schrift über die Seite zu laufen begann.

Freut mich sehr, das zu hören. Hat das »Projekt guter Nachbar« wie geplant begonnen? Hat das Dorf einen Schutzschild aus nachbarschaftlicher Freundlichkeit um Mr. Windle gesponnen?

»Wir nennen das Projekt inzwischen ›Windle-Wache‹«, erklärte ich, »und, ja, die Windle-Wache ist gut gestartet. Ich habe den halben Vormittag und fast den halben Nachmittag mit Lilian und Amelia am begehrtesten Tisch der Teestube gesessen und Mr. Windles Haustür im Auge behalten, während Sally Cook die Rückseite des Cottages beobachtet hat. Wenn er zum Fluss gegangen wäre, wäre eine von uns in Aktion getreten und hätte ihn aufgehalten, bevor er sich hineingestürzt hätte.«

Heldenhafte Aktionen können sehr wirksam sein, doch ich hoffe, ihr müsst euch ihm nicht in den Weg werfen.

»Hoffe ich auch«, sagte ich. »Ich würde mir die Knie aufschlagen, und er würde sich etwas brechen.«

Hat jemand es mit einer weniger drastischen Herangehensweise versucht, zum Beispiel damit, einfach freundlich mit ihm zu plaudern?

»Viele haben es versucht, und alle sind gescheitert«, erklärte ich. »Lilian und der Pfarrer haben Mr. Windle gestern nach der Kirche einen Besuch abgestattet, und heute hat eine ganze Horde Dorfbewohner bei ihm angeklopft – Amelia, Opal, Millicent, Selena, Charles und Grant –, aber er hat niemanden von ihnen hereingebeten. Er hat die Willkommensgeschenke angenommen, sich bedankt und die Besucher dann vor der Tür stehen gelassen.«

Und wo war Elspeth Binney? Erzähl mir nicht, dass sie zu Hause gesessen und Däumchen gedreht hat, während ihre Freundinnen das Cottage Weidenkätzchen belagert haben.

»Elspeth war auch da«, sagte ich, »aber ihr hat Mr. Windle nicht mal die Tür aufgemacht.«

Mr. Windle ist vielleicht verlegen wegen der Unordnung in seinem neuen Heim.

»Das kann schon sein, doch ich wünschte, er würde trotzdem jemanden hineinlassen. Wenn, dann hätten wir vielleicht schon die Quelle des Krachens identifiziert.«

Wie bitte?

»Elspeth Binney hat durch sein Esszimmerfenster krachende Geräusche gehört«, erklärte ich. »Sie ist überzeugt davon, dass er nicht auf ihr Klopfen reagiert hat, weil es davon übertönt wurde.« Grübelnd sah ich in die dunkle Kaminnische und schaute dann auf das Journal hinunter. »Ich glaube, es könnte etwas mit Schneidern zu tun haben. Oder Quilten.«

Jetzt komme ich nicht mehr mit, Lori.

»Tut mir leid«, gab ich zurück. »Ich vergaß zu erwähnen, dass ich Mr. Windle ins Emporium gefolgt bin, wo er einen Fadentrenner gekauft hat. Da die alte Mrs. Carven solche kleinen Scheren benutzt, um die losen Fäden an ihren Quilts abzuschneiden, erscheint mir die Annahme begründet, dass Mr. Windle Quilter sein könnte. Oder Schneider.«

Quilten und Nähen sind nicht gerade geräuschvolle Tätigkeiten. Sie erzeugen kein dumpfes Krachen. Obwohl … Die stetig fließende Handschrift kam zum Halten.

»Obwohl?«, hakte ich nach ein paar Sekunden nach. »Hattest du eine umwerfend brillante Idee, Dimity?«

Keine Ahnung, ob sie umwerfend oder brillant ist, aber sie könnte eine Verbindung zwischen dem dumpfen Krachen und dem Fadentrenner herstellen. Wieder verhielt die Handschrift, als ließe Tante Dimity sich ihre Idee noch einmal durch den Kopf gehen. *Ich würde das Geräusch eher als »Klappern« denn als »Krachen« beschreiben, doch ich vermute, dieses Stock-Dings löst ein dumpfes Krachen aus, wenn man es auf sich zuzieht, und durch das Klappern könnte man ein Klopfen überhören.*

»Das Stock-Dings?«, wiederholte ich verständnislos.

Verzeih mir, meine Liebe. Ich bin mit der richtigen Terminologie nicht vertraut. Eine alte Freundin von mir hat einen benutzt, aber ich fürchte, jedes Mal, wenn sie versucht hat, mir die Teile zu erklären, habe ich vor Langeweile glasige Augen bekommen. Das war alles so komplex.

»Was war komplex?«, fragte ich.

Ihr Webstuhl. Hatte ich das nicht erwähnt?

»Nein, hattest du nicht, doch das macht nichts. Dimity, du bist ein umwerfend brillantes Genie. Du hast nicht nur die Verbindung zwischen dem Krachen und Mr. Windles Fadentrenner hergestellt. Du hast auch erkannt, was seine geheimnisvollen Bündel bearbeiteten Holzes damit zu tun haben, dass er keine Esszimmermöbel besitzt.«

Habe ich das?

»Ja!«, rief ich freudig aus. »Verstehst du das nicht? Mr. Windle muss seinen Webstuhl abgebaut und die Teile zusammengebunden haben, bevor er Derbyshire verließ. Und als er ins Cottage Weidenkätzchen gezogen war, hat er den Webstuhl in seinem neuen Esszimmer wieder aufgebaut.«

Und da er keinen Tisch, Stühle und einen Webstuhl in sein Esszimmer quetschen konnte, beschloss er, auf Esszimmermöbel zu verzichten?

»Ja«, sagte ich triumphierend.

Er muss ein engagierter Weber sein. Angenommen, ich habe recht, was den Webstuhl angeht.

»Du musst recht haben«, beharrte ich. »Ein Webstuhl erklärt alles!«

Du bist ja vor Aufregung ganz außer dir. Sonst würdest du nämlich erkennen, dass ein Webstuhl eigentlich gar nicht viel erklärt. Vor allem nicht die aufgewühlten Emotionen, die Mr. Windle gezeigt hat, als er zum Fluss gesehen hat.

»Nein«, pflichtete ich ihr kurz ernüchtert bei, »es erklärt nicht den Gefühlsausbruch, dessen Zeugen Tommy und ich geworden sind, aber er löst einige lästige kleine Rätsel, die bisher die klügsten Köpfe von Finch verwirrt haben.« Ich konnte ein unbändiges Kichern nicht unterdrücken. »Ich kann kaum abwarten, Amelia und Lilian von dem Webstuhl zu erzählen. Sie werden wie geblendet von deinem Geniestreich sein, den ich, der Not gehorchend, für mich in Anspruch nehmen werde.«

Das will ich auch hoffen.

»Amelia und Lilian sind aufgeschlossene Frauen«, sagte ich, »doch wenn ich ihnen von dir erzähle, werden sie mir wahrscheinlich dringend raten, einen Psychiater aufzusuchen.«

Allerdings. Behalte unsere Gespräche lieber für dich. Ist Bree schon aus ihrem Kokon hervorgekommen?

»Etwas in der Art«, antwortete ich. »Ich habe sie vorhin entdeckt, aber ich glaube, sie wollte nicht gesehen werden. Sie war auf dem alten Feldweg, den Bill und ich benutzen, zum Fluss unterwegs, dem Weg, der an dem Feld auf der anderen Straßenseite entlangführt.«

Warst du in Versuchung, sie aufzuhalten, bevor sie den Fluss erreicht?

»Nicht eine Minute lang«, erklärte ich. »Bree braucht kein heroisches Eingreifen, Dimity. Einmal hat sie mir erzählt, dass sie trotz allem, was ihr in Neuseeland passiert ist, nie ernsthaft daran gedacht hat, ihrem Leben ein Ende zu machen. Ihr übliches Vorgehen ist davonzulaufen, wenn es schwierig wird, und nicht einmal das hat sie getan.« Ich streifte meine Schuhe ab und legte die bestrumpften Füße auf die Ottomane. »Ich vermute, sie hat den Feldweg eingeschlagen, um nicht im Dorf gesehen zu werden.«

Sie ist noch nicht bereit, den Dorfbewohnern gegenüberzutreten – zu viele mitfühlende Blicke. Zu viele Menschen, die sie mit gedämpfter Stimme fragen, ob es ihr gut geht, ob sie etwas braucht, ob sie etwas tun können, um ihr zu helfen … Das könnte ziemlich bedrückend werden.

»Ich wäre nicht überrascht, wenn Peggy Taxman sie fragen würde, ob sie den Verstand verloren hat«, meinte ich.

Mich überrascht nichts mehr, was Peggy Taxman sagt.

»Peggy würde nur aussprechen, was alle anderen denken«, erwiderte ich. »Bree hat Tommys Liebesbrief *ungeöffnet* zurückgegeben.«

Immerhin hat sie den Mut aufgebracht, von Angesicht zu Angesicht mit ihm zu reden.

»Leider nein«, widersprach ich. »Sie wusste, dass er zu ihr nach Hause kommen würde, um mit ihr zu reden, daher hat sie den Liebesbrief mit Klebeband an ihrer Tür befestigt, damit Tommy ihn findet. Sie hat eine herzergreifende kleine Notiz auf die Rückseite gekritzelt, in der sie ihn bittet, sie zu vergessen, weil sie seiner nicht würdig ist. Er hat sie mir gezeigt.«

Du hast mir gar nicht erzählt, dass du ihn heute gesehen hast.

»Heute war auch viel los«, sagte ich. »Ich habe kurz mit ihm geredet, als er von einem Job zurückkam, um Werkzeug für seinen Onkel zu holen.«

Ich bin erleichtert zu hören, dass die beiden noch zusammenarbeiten.

»Vielleicht nicht mehr lange. Tommy ist nicht besonders nachsichtig gegenüber Mr. Barlow. Er hat die Nachricht seines Onkels auf dem Handy ignoriert und hatte es nicht übermäßig eilig, zur Arbeit zurückzufahren. Er hat sogar davon gesprochen, aus Mr. Barlows Haus auszuziehen.«

Würde er Finch verlassen?

»Kann schon sein«, sagte ich, »wenn Bree es sich nicht anders überlegt. Momentan nimmt sie weder seine Anrufe an, noch liest sie seine Textnachrichten, und sie weigert sich, ihn zu sehen. Ich glaube, so langsam wird ihm klar, dass es nicht so einfach sein wird, Bree zurückzugewinnen, wie er dachte.«

Ich frage mich, wie viel Mr. Barlow über Brees turbulente Kindheit weiß.

»Ihm ist klar, dass sie es als Kind schwer hatte«, erklärte ich, »doch ich bezweifle, dass er weiß, wie schlimm es wirklich war. Sie hat ja nicht einmal Tommy die ganze Geschichte erzählt. Auf unserem Rückflug von Neuseeland hat sie mir klargemacht, dass sie dieses Kapitel ihres Lebens hinter sich lassen wollte. Sie wollte nicht wie ein Sozialfall behandelt werden.«

Findest du denn nicht auch, dass sowohl Tommy als auch Mr. Barlow Bree besser verstehen und sie stärker wertschätzen würden, wenn sie Verständnis für ihre Vergangenheit hätten?

Ich nickte. »Ja, doch im Moment wird Bree ihnen wahrscheinlich nicht ihr Herz ausschütten, oder?«

Nein. Aber jemand sollte ihnen von Brees Vater erzählen.

Mit einem unguten Gefühl betrachtete ich Tante Dimitys Worte. »Du willst, dass *ich* ihnen das erzähle?«

Ich glaube, unter diesen Umständen wäre das ratsam. Mir ist klar, dass du etwas verraten würdest, was dir anvertraut wurde, doch ich bin mir sicher, dass Bree dir am Ende dafür danken wird.

»Sie wird nie wieder mit mir reden«, protestierte ich.

Willst du den Bruch zwischen Tommy und ihr kitten oder nicht?

»Ja«, sagte ich. »Ich will auch den Bruch zwischen ihr und Mr. Barlow kitten, aber es steht mir nicht zu, Brees Geheimnisse zu enthüllen.«

Du hast die Wahl, Lori. Wenn du schweigst, wird alles noch schlimmer werden – Bree verliert die Liebe ihres Lebens, Tommys Herz wird unwiederbringlich gebrochen, und Mr. Barlow wird von zwei jungen Leuten getrennt, die ihm alles bedeuten. Wenn du redest, ist es sehr gut möglich, dass alles gut wird. Ganz allein deine Entscheidung.

»Schätze, es ist ein Notfall«, meinte ich zögernd. »Tommy ist großartig. Jeder in Finch wäre niedergeschmettert, wenn er fortgehen würde.« Stirnrunzelnd sah ich ins Leere und schaute dann auf das Journal hinunter. »Man könnte wahrscheinlich argumentieren, dass es meine Bürgerpflicht ist, mich einzumischen.«

Das könnte man.

»Da ist auch noch Tilly«, fuhr ich fort. »Sie hat sich auf die Hochzeit gefreut. Das haben wir alle, aber Tilly hatte ihr Herz daran gehängt, die Stieftante des Bräutigams zu sein. Sie hat keine eigenen Nichten oder Neffen.«

Du würdest Tilly doch nicht enttäuschen wollen, oder?

»Nein«, antwortete ich.

Ja, dann?

»Bree hat mir auch eine Nachricht hinterlassen«, erklärte ich, »und mir geschrieben, ich solle mir keine Sorgen um sie machen. Wenn ich tue, was du willst, ist das wahrscheinlich die letzte Nachricht, die sie mir je geschrieben hat.«

Natürlich nicht. Du bist ihre beste Freundin, Lori. Vielleicht ist Bree dir zuerst böse, aber sie wird dir verzeihen.

»Oder sie zerreißt mich in der Luft.«

Na schön. Dann sag eben nichts. Streit zu vermeiden ist dir offensichtlich wichtiger als Brees Glück oder das Glück von Tommy, Tilly, Mr. Barlow oder das von Finch, wenn wir schon dabei sind.

»Okay, okay«, schimpfte ich. »Du kannst schon aufhören, mir ein schlechtes Gewissen einzureden, Dimity. Ich mache es.«

Du wirst es nicht bereuen, meine Liebe.

»Wahrscheinlich doch«, murrte ich.

Gesang drang knisternd aus dem Babyfon. Mein Dornröschen war erwacht. »Ihr Schläfchen ist vorbei«, bemerkte ich und nahm die Füße von der Ottomane.

Du redest so bald wie möglich mit Tommy, ja, Lori? Du erklärst ihm, warum Mr. Barlows gute Meinung von Bree ihr so wichtig ist? Und du hältst mich über alles, was im Cottage Weidenkätzchen passiert, auf dem Laufenden?

»Du kannst dich auf mich verlassen.«

Und alle, die dich kennen, auch.

»Übertreiben wir mal nicht«, erwiderte ich, »aber wenn nichts Unvorhergesehenes dazwischenkommt, erstatte ich dir morgen vollständig Bericht.«

Danke, meine Liebe. Ich freue mich darauf, wie immer!

Als die elegante, wie gestochene Schrift auf der Seite verblasst war, stellte ich das blaue Journal wieder auf sein Regalbrett, tippte Reginald an die Schnauze und ging hinauf ins Kinderzimmer. Ich fragte mich, ob Bree mir dafür danken würde, wenn ich Tommy von ihrer Vergangenheit erzählte, oder ob sie mir eine kleben würde.

Kapitel 13

Während unserer ersten Ehejahre war mein Mann oft nicht zu Hause, sondern auf langen Geschäftsreisen unterwegs gewesen. Nachdem er die ersten Schritte der Jungs verpasst hatte, ihren zweiten Geburtstag, ihre Einführung in die Freuden des Reitens sowie ihr erstes Kricket-Spiel mit fünf Jahren – das ihr Team mit Leichtigkeit gewann –, hatte Bill seine Fehler erkannt. Er arbeitete weniger und delegierte die meisten Reisen an kinderlose Mitarbeiter aus der Londoner Niederlassung seiner Kanzlei. Ab und zu verließ er uns noch, um sich mit besonders wichtigen Klienten zu treffen, aber er hatte nie wieder eine Kricket-Partie verpasst und bei Bess fast alle Entwicklungsfortschritte miterlebt.

Daher schockierte es mich nicht, als er am Dienstagmorgen verkündete, dass er die Jungs zur Schule fahren und wieder abholen und sich den Rest des Tages allein um Bess kümmern würde.

»Ich habe nichts Dringendes auf meiner To-do-Liste«, erklärte er und schloss die Spülmaschine, »und ich weiß, wie sehr du darauf brennst, wieder bei der Windle-Wache mitzumischen. Ich könnte auch das Abendessen kochen, wenn du willst. Wie klingt Brathuhn? Will und Rob mögen mein Brathuhn.«

»Ich liebe es auch über alles«, sagte ich, und nachdem ich meinen Mann sehr gründlich geküsst hatte, verabschiedete ich mich von den Kindern, nahm meine Umhängetasche und spazierte über den mit Steinplatten belegten Weg zum Range Rover.

Das Laub in den Hecken wurde dichter, und die Vögel schienen immer eiliger von Ast zu Ast zu hüpfen, um ihre Jungen zu füttern, die jetzt rasch wuchsen. Da ich fuhr, konnte ich nicht am klaren, blauen Himmel Ausschau nach Habichten halten, aber ich hatte absolut vor, langsamer zu fahren, um festzustellen, ob neue Nachrichten an Brees Tür hingen.

Ich hatte schon so weit abgebremst, dass ich einen Blick darauf werfen konnte, als ich einen vertrauten Kastenwagen in Brees Einfahrt parken sah. Bei dem Gedanken, dass Mr. Barlow seinen Stolz heruntergeschluckt haben und sich vorbehaltlos bei seinem einstigen Lehrling entschuldigt haben könnte, tat mein Herz einen freudigen Satz; doch es sank mir wieder, als ich Tommy erblickte, der müßig an dem Van lehnte und verdrossen wirkte. Die Chance klopfte an die Tür, aber noch war ich nicht bereit, sie zu öffnen. Ich musste mich noch an meinen Verrat an Bree herantasten.

Sinnlos, so zu tun, als hätte ich Tommy nicht gesehen, aber als ich eine Hand hob, um ihm zuzuwinken, schüttelte er den Kopf und zeigte mit dem Daumen nach unten, um mir zu bedeuten, dass Bree nicht auf sein Klopfen reagiert hatte. Dann wies er auf sich selbst und danach über die Schulter, um zu signalisieren, dass er fahren würde. Dass er sich pantomimisch ausdrückte, wies darauf hin, dass er nicht zum Plaudern aufgelegt war.

Ich nickte, um zu signalisieren, dass ich verstanden hatte, und sah dann im Rückspiegel zu, wie er in den Kastenwagen stieg, rückwärts aus der Einfahrt setzte und davonfuhr, offensichtlich zu Jim Tellers Farm. Ich fragte mich, wie lange er Mr. Barlow dieses Mal hatte warten lassen.

»Ein Aufschub«, murmelte ich dankbar und fuhr weiter zum Dorf.

Ich kam viel früher als sonst in Finch an, doch ich war nicht die Erste an der Teestube. Als ich den höchsten Punkt der Buckelbrücke erreichte, sah ich, dass Lilian und Amelia schon da waren und darauf warteten, dass die Teestube öffnete. Als ich sie erreichte, schloss Sally Cook gerade die Eingangstür auf. Da normalerweise ihr Mann für den Schlüssel verantwortlich war, fragte ich sie, ob es ihm gut gehe.

»Henry geht's prima«, gab Sally zurück. »Ich habe ihn in die Küche geschickt, damit er aufpasst, dass mein Blech Flapjacks nicht anbrennt, während ich mit euch rede.«

Ich lebte lange genug in England, um zu wissen, dass Sallys Flapjacks keine Pfannkuchen waren, sondern süße, zähe, längliche Plätzchen, die mich an die Müsliriegel erinnerten, die ich aus den Staaten kannte. Sally wusste, wie gern ich Flapjacks mochte, doch statt mir zu versichern, sie werde ein paar bringen, sobald sie fertig waren, schob sie uns drei zu unserem begehrten Tisch. Dann stand sie da und sah zu Boden, während sie am Saum ihrer makellosen Schürze nestelte. Da Sally Cook selten, wenn überhaupt einmal, die Worte fehlten, wusste ich, dass etwas nicht stimmte.

»Ich muss euch etwas beichten«, sagte sie.

»Mit einer Beichte solltest du lieber zum Pfarrer statt zur Pfarrersfrau gehen«, meinte Lilian. »Soll ich Teddy anrufen?«

»Es ist nicht diese Art Beichte.« Sally holte tief Luft. »Mr. Windle ist entwischt«, platzte sie dann heraus.

»Entwischt?«, fragte Lilian lächelnd. »Das klingt ja, als wäre er aus dem Gefängnis ausgebrochen.«

Ich nahm die Nachricht nicht so gelassen auf wie sie.

Ich richtete mich auf meinem Stuhl kerzengerade auf. »Entwischt?«, rief ich aus. »Wann? Wie? Ich dachte, du behältst ihn im Auge!«

»Ich kann ihn nicht den ganzen Tag lang jede Sekunde im Auge behalten«, gab Sally zurück, und ihr rundliches Gesicht lief rot an. »Ich habe zu arbeiten!«

»Tut mir leid.« Ich versuchte, mich zu beruhigen. »Erzähl uns einfach, was passiert ist.«

»Wann Mr. Windle das Cottage Weidenkätzchen verlassen hat, weiß ich nicht«, gestand Sally, »aber ich habe gestern um halb sieben gesehen, wie er durch die Hintertür wieder hineingegangen ist.« Sie seufzte tief. »Er muss sich hinausgeschlichen haben, als ich die Napoleon-Schnitten glasiert habe. Zweifarbig gemusterter Guss erfordert Konzentration!«, setzte sie abwehrend hinzu.

»Mach dir nichts draus, Sally«, meinte Lilian. »Es war mutig, das zu gestehen, aber mir war schon bewusst, dass Mr. Windle entwischt ist.«

»Du kannst nicht gesehen haben, wie er das Cottage verlassen hat«, wandte Sally ein. »Du hast doch dein Essen auf Rädern ausgefahren.«

»Nicht ich habe ihn gesehen«, sagte Lilian, »sondern Teddy.«

»Der Pfarrer war gestern gar nicht in der Teestube«, entgegnete Sally.

»Teddy hat Mr. Windle auch nicht von der Teestube aus gesehen«, erklärte Lilian geduldig. »Er saß an seinem Schreibtisch im Pfarrhaus und hat seine Predigt überarbeitet, als er durch die Terrassentüren geschaut und Mr. Windle entdeckt hat, der am Fluss entlangging.«

»Wann?«, fragte ich.

»Gegen halb drei«, erklärte Lilian. »Teddy hat natürlich alles fallen gelassen und ist hinter Mr. Windle hergerannt, um ihm seine Dienste als Fremdenführer anzubieten.«

»Schlauer Trick«, meinte ich, beeindruckt vom Einfallsreichtum des Pfarrers.

»Er wäre es gewesen, wenn er denn funktioniert hätte«, sagte Lilian. »Leider hat Mr. Windle das Angebot ausgeschlagen. Teddy konnte Mr. Windle seine Begleitung ja nicht aufzwingen, und ihm blieb nichts anderes übrig, als zurückzubleiben, während Mr. Windle allein weiterging.«

»Ist der Pfarrer ihm gefolgt?«, hakte ich nach. »Also, ich hätte das getan.«

»Das ist der interessante Teil.« Lilian beugte sich vor und stützte die Hände auf den Tisch. »Teddy hatte gar kein Bedürfnis, ihm zu folgen. Mr. Windle wirkte weder in sich zurückgezogen noch aufgeregt oder niedergeschlagen. Wenn überhaupt, schien er besser gelaunt zu sein als am Sonntag, als Teddy und ich mit ihm gesprochen hatten, und auch viel kommunikativer. Er hat Teddy gebeten, mir noch einmal seinen Dank für die Zitronenschnitten auszurichten, sich erfreut über das schöne Wetter gezeigt und ein Paar Blesshühner bewundert, die am Flussufer ein Nest gebaut hatten.«

»Drei Sätze?«, fragte Amelia und klang amüsiert. »Meine Güte, er ist ja zur Quasselstrippe mutiert.«

»Trotzdem hat sich Teddy Gedanken über unseren neuen Nachbarn gemacht«, fuhr Lilian fort. »Er konnte sich nicht auf seine Predigt konzentrieren, bis er Mr. Windle wiedersah, der verhalten beschwingt, aber sichtlich besser gestimmt vom Fluss zurückkehrte.«

»Beschwingt?«, wiederholte ich zweifelnd.

»Die Heilkraft der Natur ist geradezu wundersam«, meinte Amelia.

»Das liegt nicht an der Heilkraft der Natur«, warf Sally weise ein. »Es ist das Cottage Weidenkätzchen. Das verzauberte Haus wirft bereits seine Magie über Mr. Windle. Ich habe es euch doch gesagt.« Nachdem ihr jetzt vergeben war, dass sie den großen Ausbruch verpasst hatte, strich sie sich die Schürze glatt und ging zum Geschäftlichen über. »Also, Ladies? Was kann ich euch bringen?«

Wir bestellten eine große Kanne Frühstückstee und einen Teller frisch gebackene Flapjacks, um sie uns zu teilen. Sally eilte zurück in die Küche, und kurz darauf bezog ein erleichtert wirkender Henry Stellung hinter der Vitrine. Seine Frau nahm alles, was mit ihrem Gebäck zu tun hatte, sehr ernst.

Ein kleiner, aber steter Strom von Frühaufstehern kam in die Teestube, um Zimtschnecken und ganze Laibe Rosinenbrot zu kaufen, das noch ofenwarm war. Jeder nickte uns freundlich zu und ging dann hinaus, um in Weiler zurückzukehren, die noch kleiner und abgelegener waren als Finch.

»Sally hat nicht ganz unrecht«, bemerkte ich. »Sie hat zu viel zu tun, um das Cottage Weidenkätzchen im Auge zu behalten. Vielleicht sollte sich eine von uns in die Küche setzen für den Fall, dass Mr. Windle wieder durch die Hintertür verschwindet.«

»Nicht nötig«, sagte Lilian. »Teddy arbeitet noch an seiner Predigt. Wenn er Mr. Windle am Fluss sieht, ruft er mich an.«

»Mr. Windle war zwei Stunden unterwegs«, meinte ich. »Er muss weit gegangen sein. Ich frage mich, wo er war.«

»Ich bezweifle, dass er mit einem bestimmten Ziel aufgebrochen ist«, wandte Lilian ein. »Wie wäre das auch möglich? Er wohnt noch nicht lange genug hier, um sich auszukennen.«

»Also, ich genieße es, ziellos am Fluss entlangzuspazieren«, sagte Amelia. »Ich setze mich auch gern ans Ufer. Soweit wir wissen, hätte Mr. Windle gehen können, bis er eine angenehme Stelle fand, und zwei Stunden dort verweilen und dem Fluss zuhören können.«

»Eines ist sicher«, meinte Lilian. »Er hat sich nicht in den Fluss gestürzt.«

»Vielleicht hat Sally ja recht«, überlegte ich laut. »Vielleicht wirkt die Magie des verzauberten Cottages auf ihn.«

»Falls er sich in eine Einheimische verliebt, wird Sally unerträglich sein«, sagte Amelia.

»Ich würde mich sehr freuen«, erwiderte Lilian, »obwohl ich glaube, dass wir Opal, Millicent und Selena als Kandidatinnen ausschließen können.«

»Warum?«, fragte ich. »Was hast du gehört?«

»Und von wem?«, setzte Amelia hinzu.

»Charles Bellingham hat gestern Abend im Pfarrhaus vorbeigeschaut, um zu sehen, ob ich noch ein Blech Zitronenschnitten gebacken hatte«, gab Lilian zurück. »Hatte ich nicht, aber er ist auf eine Tasse Tee geblieben. Laut Charles haben die Damen ziemlich beleidigt auf Mr. Windles Zurückweisung reagiert. Es klingt, als hätten sie ihn als rüpelhaft und unfreundlich abgeschrieben.«

»Autsch«, murmelte ich.

Henry brachte den Tee und die Flapjacks und fragte dann, wo ich Bess gelassen hätte.

»Vater-Tochter-Tag«, erklärte ich ihm.

»Ich weiß nicht, wer mehr Glück hat«, meinte er, »Bess oder ihr Papa.«

Ich lachte. »Vielleicht könntest du Bill bei Bess' nächstem hysterischen Anfall daran erinnern, wie glücklich er sich schätzen kann.«

Kichernd ging Henry davon, um einen anderen Gast zu bedienen. Während Lilian uns und auch sich selbst Tee einschenkte, nahmen Amelia und ich uns von den Plätzchen. Ich fand, ich könnte meine Freundinnen ebenso gut jetzt mit Tante Dimitys brillanter Idee blenden. Ich konnte kaum erwarten, ihre Reaktion zu sehen.

»Ich bin mir ziemlich sicher, dass ich jetzt weiß, was die dumpfen Geräusche in Mr. Windles Haus hervorruft«, begann ich.

»Ich denke, das muss ein Webstuhl sein«, erwiderte Amelia.

»Das glaube ich auch«, sagte Lilian.

»Umpf«, murmelte ich ziemlich geschlagen, »ich auch.«

»Das Weberblatt könnte ein dumpfes Geräusch erzeugen«, erklärte Amelia.

Lilian nickte. »Möglich, wenn das Weberblatt schwer genug ist und wenn Mr. Windle es beim Andrücken des Schussfadens kräftig genug an sich heranzieht. Wohlgemerkt, das ist nur eine Vermutung, doch es erklärt die Holzbündel, den Fadentrenner und das dumpfe Krachen.«

Schweigend aß ich meinen Flapjack und fragte mich, ob jeder in Finch mehr Ahnung von Webstühlen hatte als ich. Dann fiel mir wieder ein, dass Tante Dimity das Weberblatt als »Stock-Dings« bezeichnet hatte. Sofort hatte ich ein etwas besseres Gefühl wegen meines Mangels an Wissen.

»Ich kann mir nicht vorstellen, warum er den Webstuhl in sein Esszimmer gestellt haben soll«, bemerkte Lilian. »Er hat oben zwei absolut nette Gästezimmer.«

»Das Gästezimmer ist zu eng für einen Webstuhl«, erklärte Amelia. »Als ich im Cottage Weidenkätzchen lebte, habe ich dort mein Material zum Malen aufbewahrt.

Das Esszimmer ist größer und luftiger. Jedes Menge Ellbogenfreiheit und gutes natürliches Licht. Und natürlich liegt das Esszimmer im selben Stockwerk wie die Küche. Vielleicht hat Mr. Windle keine Lust, jedes Mal, wenn ihm der Sinn nach einer Tasse Tee steht, die Treppe hinauf- und wieder herunterzusteigen.«

»Vielleicht strengt ihn das ja an«, räumte Lilian ein.

Ich schluckte einen Bissen Flapjack hinunter und wies dann aufs Fenster. »Aufgepasst, Windle-Wache«, sagte ich. »Annabelle Craven ist, bewaffnet mit einem kleinen Quilt, unterwegs zu unserem neuen Dorfbewohner.«

»Ich wünsche ihr Glück«, seufzt Amelia.

»Das wird sie auch brauchen«, meinte Lilian, »falls das verzauberte Cottage Mr. Windle nicht bis zur Unkenntlichkeit verändert hat.«

Kapitel 14

Das Cottage Weidenkätzchen hatte Mr. Windle nicht bis zur Unkenntlichkeit verändert. Er wechselte mehr Worte mit der alten Mrs. Craven als mit früheren Besuchern. Doch nachdem er die bunte Kniedecke entgegengenommen hatte, schlug er Annabelle Craven die Tür genauso fest vor der Nase zu wie allen anderen.

Mrs. Craven schien weder beleidigt noch beschämt über Mr. Windles Verhalten zu sein. Sie wirkte ganz fröhlich, als sie sich von seinem Haus abwandte, und nickte uns freundlich zu, während wir sie zu uns winkten. Allerdings weigerte sie sich, den vierten Platz an unserem Tisch einzunehmen.

»Ich will nicht mit dem Rücken zum Fenster sitzen«, erklärte sie, als Henry sie zu dem Tisch neben unserem führte. »Ich möchte mich nicht umdrehen müssen, um zu sehen, was los ist.«

Sie bestellte eine kleine Kanne Tee und zwei Scheiben leicht gebutterten Toast. Das hätte nach einem schrecklich frugalen Mahl klingen können, doch ich wusste, dass Sallys Toast dick geschnitten und voll mit herzhaften Körnern war.

»Uns ist aufgefallen, dass Mr. Windle Sie nicht auf eine Tasse Tee hereingebeten hat«, bemerkte Lilian.

»Ist mir auch aufgefallen, dass es Ihnen aufgefallen ist«, meinte Mrs. Craven mit blitzenden Augen. »Um Ihnen die Wahrheit zu sagen, wäre ich mir wie eine Verräterin vorgekommen, wenn er mich hereingebeten hätte.

So kann ich mich wunderbar solidarisch mit den anderen Verschmähten fühlen.«

»Ich würde Opal, Millicent oder Selena nicht hören lassen, dass Sie sie als ›Verschmähte‹ bezeichnen«, erwiderte Amelia.

»Wie, frage ich mich, würden sie sich wohl selbst beschreiben?«, erwiderte Mrs. Craven. »Wählerisch? Kritisch? Anspruchsvoll?« Sie lachte leise. »Gestern haben sie hier behauptet, sie hätten sowieso nie einen Fuß ins Cottage Weidenkätzchen setzen wollen.«

Amelia schüttelte lächelnd den Kopf. »Was wir nicht alles tun, um unser zerbrechliches Ego zu schützen …«

»Ich habe das nicht aus erster Hand«, räumte Mrs. Craven ein. »Grant Tavistock hat mir die delikaten Einzelzeiten verraten, als er gestern Abend auf eine Plauderstunde vorbeigekommen ist. Elspeth«, setzte sie wichtig hinzu, »hatte kein schlechtes Wort über Mr. Windle zu sagen.«

»Ihr hat er ja auch nicht die Tür vor der Nase zugeschlagen«, meinte ich. »Er hat sie zwar auch nicht geöffnet, aber trotzdem …«

»Ich glaube, dahinter steckt mehr«, erklärte Lilian. »Ich vermute, dass sie ein tiefes Mitgefühl für Mr. Windle empfindet.«

»Du könntest recht haben«, sagte ich. »Warum hätte sie ihn sonst als ›verwahrlostes kleines Waisenkind‹ beschrieben?«

»Ja, warum?«, fragte Lilian. »Die anderen waren am Samstag vielleicht wie immer auf Männerjagd, aber Elspeth hat etwas in Mr. Windle gesehen, was ihr Herz angerührt hat.«

»Wäre es nicht wunderbar, wenn das Waisenkind auch etwas in ihr sehen würde?«

»Wird er«, sagte Amelia. »Dafür sorgt das Cottage Weidenkätzchen schon.«

Henry brachte die Teekanne und den Toast, den Sally in mundgerechte Stücke geschnitten hatte. Mrs. Craven dankte ihm und schenkte sich dann Tee ein, ohne ihn ziehen zu lassen. Es war wohlbekannt, dass sie ihn schwach vorzog.

»Ich finde ja, dass Mr. Windle ein wenig gesünder aussieht als noch am Samstag«, fuhr sie fort. »Seine Wangen sind rosiger. Das verzauberte Cottage muss ihm neuen Auftrieb schenken.«

»Ich glaube eher, dass das ein leichter Sonnenbrand ist«, entgegnete Lilian. »Er war gestern am Fluss spazieren.«

»Besser am Fluss als darin«, meine Mrs. Craven. Sie biss geziert von ihrem Toast ab und kaute nachdenklich. »Er war redseliger, als ich erwartet hätte.«

»Wie Ihnen vielleicht aufgefallen ist«, entgegnete ich, »ist uns das auch aufgefallen. Was hat er zu Ihnen gesagt?«

»Er hat sich für den Quilt bedankt«, antwortete Mrs. Craven, »und gefragt, ob ich ihm hiesige Wahrzeichen nennen könne.« Wieder kicherte sie. »Ich habe ihm erklärt, dass die einzigen Sehenswürdigkeiten in Finch die Kirche, die Brücke und das Kriegerdenkmal sind und dass er zwei davon von seiner Haustür aus sehen kann!«

»Er muss sich wegen der Frage ein wenig dumm vorgekommen sein«, meinte Amelia.

»Nicht dumm«, konterte Mrs. Craven. »Er wirkte … enttäuscht. Keine Ahnung, warum. Wenn er an einem Ort leben wollte, der von Sehenswürdigkeiten wimmelt, hätte er in ein interessanteres Dorf als Finch ziehen sollen.«

Ich wandte mich an Lilian, die stolz darauf war, sich

in der Gegend auszukennen. »Fallen dir noch andere hiesige Wahrzeichen ein?«

»Kommt darauf an, was du mit einem ›hiesigen Wahrzeichen‹ meinst«, sagte sie. »Man könnte den Hügel hinter eurem Haus als Wahrzeichen betrachten, aber wenn Mr. Windle an von Menschenhand geschaffenen Sehenswürdigkeiten interessiert ist, würde ich noch Fairworth House und Hillfont Abbey auf die Liste setzen. Da sie allerdings außerhalb des Dorfes liegen, sind sie ihm vielleicht nicht ›hiesig‹ genug.«

»Du kannst Mr. Windle von Fairworth und Hillfont erzählen, wenn du morgen früh bei ihm anklopfst, Lori«, schlug Amelia vor. »Sag ihm auf jeden Fall, dass William und ich uns freuen würden, ihn durch Fairworth House zu führen.«

»Wird gemacht«, stimmte ich zu. »Haben Sie noch etwas zu berichten, Annabelle?«

»Mein Toast ist fabelhaft«, erklärte sie und leckte sich eine buttrige Fingerspitze, »aber abgesehen davon nichts.«

»Wer hat die nächste Schicht?«, fragte Lilian. »Wer übernimmt heute den Nachmittag?«

»Tilly Barlow«, antwortete Mrs. Craven. »Sie will ihm ein Buch schenken, wisst ihr noch? Ich hoffe, sie bringt auch Nachrichten von der Heimatfront mit. Ich komme um vor Spannung, bis ich weiß, ob Tommy und Bree sich geküsst und versöhnt haben.«

»Haben sie nicht«, erklärte ich. »Ich habe mit Tommy gesprochen. Bree nimmt nicht einmal seine Anrufe an.«

»Was für ein Jammer«, meinte Amelia. »Ich war überzeugt davon, dass er sie mit seinem schönen, handgeschriebenen Liebesbrief zurückgewinnen würde.«

»Sie hat seinen Brief ungeöffnet an ihre Haustür geklebt«, berichtete ich.

Drei Kinnladen klappten vor Verblüffung herunter. Kurz waren meine Freundinnen sprachlos vor Schock, doch Lilian fand bald ihre Stimme wieder.

»Arme Bree«, sagte sie. »Sie muss in einem furchtbaren Zustand sein.«

»Tommy ist bestimmt fuchsteufelswild auf Mr. Barlow«, bemerkte Amelia. »An Tommys Stelle wäre ich außer mir.«

»Mir tut Tilly leid«, meinte Mrs. Craven. »Sie muss ja das Gefühl haben, in einem Kriegsgebiet zu leben.«

»Wenn sich Mr. Barlow nur bei Bree entschuldigen würde!« Amelia seufzte. »Keine Ahnung, warum er so halsstarrig wegen ihrer dummen Taktlosigkeit ist.«

»Ich auch nicht«, meinte Mrs. Craven. »Was abgelehnte Heiratsanträge angeht, befindet sich Mr. Barlow in ausgezeichneter Gesellschaft. König George VI. musste Elisabeth Bowes-Lyon drei Anträge machen, bevor sie ihn genommen hat, und man weiß ja, wie glücklich sie später geworden sind.«

»Vielleicht könnte Mr. Barlow eine Geschichtsstunde gebrauchen«, sagte Lilian.

Ich war mir sicher, dass Mr. Barlow sich bei Bree entschuldigen würde, sobald ich ihm ihre turbulente Geschichte erzählte, aber ich behielt meine Gedanken für mich. Ich war eine zu erfahrene Schnüfflerin, um Brees Anfängerfehler zu wiederholen und ein sensibles Thema in der Teestube zu diskutieren.

»Was ist denn das?« Amelia spähte aufmerksam durch das Fenster. »Hat Elspeth vor, noch einmal ihr Glück bei Mr. Windle zu versuchen?«

Ich folgte ihrem Blick und sah Elspeth Binney, die den Dorfanger überquerte. Homer trottete dicht hinter ihr her. Elspeth war adrett, aber nicht übertrieben in eine blassblaue Hose und eine hübsche Bluse mit Blumenmuster gekleidet.

»Sie verdient eine zweite Chance«, fand Lilian. »Mr. Windle ist ja nicht einmal an die Tür gekommen, als sie gestern bei ihm geklopft hat.«

»Er war zu beschäftigt mit Weben.«

»Ist Mr. Windle Weber?«, erkundigte Mrs. Craven sich interessiert.

»Sicher sind wir uns nicht«, antwortete ich.

»Aber wir vermuten es«, sagte Lilian. »Heute hat Elspeth ihre Taktik geändert. Sie hat statt des Fotobands eine Blechdose bei sich.«

»Sie muss sich deine Warnung zu Herzen genommen haben, dass Mr. Windle Heimweh nach Derbyshire bekommen könnte«, erwiderte ich.

»Ich fragte mich, was in der Dose ist«, meinte Amelia. »Ihr Bœuf Bourguignon wird es doch nicht sein.«

»Ich wette, der Rest der Mägde beobachtet sie hinter ihren Gardinen«, sagte ich. »Sie haben das Interesse an Mr. Windle nicht verloren, ganz gleich, was sie erzählen, um ihr verwundetes Ego zu schützen. Sie sind nur verärgert, weil er so wenig Interesse an ihnen zeigt.«

»Das glaube ich auch«, bemerkte Mrs. Craven. »Wenn Elspeth Erfolg hat, wo sie gescheitert sind, werden sie *ihr* das Gefühl geben, in einem Kriegsgebiet zu leben.«

Wie sich herausstellte, hatte Elspeth von den übellaunigen Mägden nichts zu fürchten. Mr. Windle behandelte sie ziemlich genauso, wie er ihnen begegnet war, obwohl er anscheinend mehr als nur »Danke« zu ihr sagte, nachdem sie ihm die Dose überreicht hatte. Sie reagierte, indem sie zuerst auf die Brücke zeigte, dann auf das Kriegerdenkmal und schließlich in die Richtung, in der die Kirche lag.

»Er hat sie nach Wahrzeichen gefragt«, meinte Mrs. Craven.

Als Elspeth auf alles gewiesen hatte, nickte sie Mr. Windle freundlich zu und ging, bevor er Zeit hatte, die Tür zu schließen.

»Interessante Strategie«, überlegte Amelia laut. »Den Besuch kurz und bündig halten und zu ihren eigenen Bedingungen beenden. Niemand wird behaupten können, sie wäre abgewiesen worden.«

Wir brauchten nicht zu winken, um Elspeth auf uns aufmerksam zu machen. Sie kam mit Homer im Schlepptau aus freien Stücken in die Teestube, verschmähte jedoch den gefürchteten vierten Stuhl und setzte sich an Mrs. Cravens Tisch. Homer machte kurzen Prozess mit ein paar Flapjack-Krümeln, die auf den Boden gefallen waren, und ließ sich dann in seiner üblichen Haltung neben Elspeths Stuhl nieder. Sie wirkte, als hätte sie keine Sorge auf der Welt.

»Mr. Windle hat mein Klopfen gehört«, unterrichtete sie uns unnötigerweise. »Heute brauchte ich nicht mit dem dumpfen Krachen zu konkurrieren.«

»Wir glauben, er ist Weber«, erklärte Amelia ihr.

»Wie dumm von mir, dass ich darauf nicht selbst gekommen bin«, meinte Elspeth. »Jetzt, wo ihr es sagt, ist es offensichtlich. Das Weberblatt würde ein dumpfes Geräusch erzeugen, wenn er es beim Andrücken des Schussfadens kräftig genug auf sich zuzieht. Wohlgemerkt, sein Webstuhl muss ziemlich groß sein.«

»Und ein schweres Weberblatt haben«, warf ich ein, als wüsste ich, wovon ich redete.

»Genau«, pflichtete Elspeth mir bei.

Henry tauchte mit einem Wassernapf für Homer neben ihr auf. Während der Terrier sich erfrischte, sah Elspeth von dem Toast zu den Flapjacks und bestellte dann einen grünen Salat und ein Glas Sprudelwasser. Es war beinahe Mittagszeit.

»Hast du etwas Nettes für Mr. Windle gekocht?«, fragte Amelia neugierig.

»Ich habe Bakewell-Törtchen gebacken«, gab Elspeth zurück. »Sie sind nach Bakewell benannt, dem Marktflecken in Derbyshire, wo sie erfunden worden sind. Ich wollte Mr. Windle daran erinnern, dass er nicht in Derbyshire zu leben braucht, um sich an einem heimatlichen Geschmack zu erfreuen.«

Ich musste ein Lächeln unterdrücken, als Elspeth einen weiteren Teil ihrer interessanten Strategie enthüllte.

»Sie werden ihm bestimmt schmecken«, sagte Lilian.

»Er hat mir eine Frage gestellt«, fuhr Elspeth fort, die wirkte, als hätte sie im Lotto gewonnen. »Er wollte wissen, ob ich irgendwelche Wahrzeichen in der Gegend kenne. Ich habe ihm erklärt, ich wisse von keinen, abgesehen von der Brücke, dem Kriegerdenkmal und St. George's. Ich habe ihm auch von den mittelalterlichen Wandmalereien in der Kirche erzählt«, versicherte sie Lilian, »aber er schien nicht daran interessiert zu sein.«

»Ich frage mich, was ihn interessiert«, meinte Lilian.

»Landmarken«, sagten Amelia, Mrs. Craven und ich wie aus einem Munde.

»Mr. Windle hat mich auch nach Landmarken gefragt«, erklärte Mrs. Craven, als Elspeth verblüfft die Augenbrauen hochzog. »Wirkte er enttäuscht über Ihre Antwort?«

»Ich glaube schon«, antwortete Elspeth nachdenklich.

»Vielleicht hättest du ihm von Fairworth House und Hillfont Abbey erzählen sollen«, sagte Lilian.

Elspeth wirkte verdrießlich. »Du hast recht, aber ich bin einfach nicht auf die Idee gekommen. Es sind schließlich Privathäuser, und beide haben keinen Tag der offenen Tür.«

»Damit ihr für die Zukunft Bescheid wisst«, sagte Amelia, »William und ich werden Mr. Windle unsere Tür öffnen, wann immer er das Haus besuchen will.«

»Ich gebe es ihm weiter«, versicherte Elspeth, »wenn ich das nächste Mal mit ihm rede.«

»Also dann ...« Lilian musterte Amelia und mich. »Haben wir uns mit den Flapjacks den Appetit verdorben, oder sollen wir uns etwas zum Mittagessen bestellen?«

Wir orderten ein Mittagsgericht, doch selbst während wir über die Vor- und Nachteile von stillem Wasser gegenüber Sprudelwasser debattierten, hielten wir Ausschau nach Tilly Barlow und ihrem Buch.

Kapitel 15

Als Hochzeitsgeschenk hatte Mr. Barlow den als Rumpelkammer benutzten Raum im hinteren Teil seines Hauses ausgeräumt und dort eine Bibliothek für die ziemlich umfangreiche Büchersammlung eingerichtet, die seine Braut aus ihrem früheren Zuhause in Oxford mitgebracht hatte. Einige der Bücher waren sowohl alt als auch kostbar, doch ihr finanzieller Wert bedeutete Tilly Barlow nichts. Tilly sammelte Bücher, weil sie gern las, nicht, weil sie sie als potenzielle Einkommensquelle betrachtete, und sie lieh sie immer gern an ihre Nachbarn aus.

»Was für ein Buch wird Tilly wohl für Mr. Windle aussuchen?«, fragte ich meine Gefährtinnen, während Henry nach dem Mittagessen das schmutzige Geschirr abräumte. »Erzählliteratur oder Sachbuch?«

»Was immer sie auswählt, ich hoffe, es ist eine leichte Lektüre«, meinte Amelia. »Das Letzte, was der arme Mann momentan braucht, wäre eine Tragödie.«

»Sally sollte ihm einen ihrer Liebesromane leihen«, meinte Elspeth, die gerade zurückgekommen war, nachdem sie Homer ausgeführt hatte. »Sie haben immer ein Happy End.«

»Ich kann mir nicht wirklich vorstellen, wie sich Mr. Windle in einen ›Nackenbeißer‹ vertieft«, sagte Mrs. Craven, »aber man kann ja nie wissen – vielleicht überrascht er uns ja!«

»Da kommt die Nachmittagsschicht«, erklärte Lilian.

Da Tilly Barlow dazu neigte, sich ungeachtet der Umstände wie eine altmodische Bibliothekarin zu kleiden, gab sich niemand mit einem Kommentar darüber ab, dass sie eine einfache Bluse trug, den brauen Rock, den sie am Sonntag in der Kirche angehabt hatte, und eine praktische beigefarbene Wolljacke, die nahtlos mit Mr. Windles Couch verschmolzen wäre. Das in Kalbsleder gebundene Buch, das sie in der Armbeuge barg, als sie den Anger überquerte, schien älteren Datums zu sein, wirkte aber verglichen mit Elspeths riesigem Wälzer ganz normal.

»Kein Fotoband, würde ich wetten«, sagte Lilian.

»Ich bezweifle, dass Tilly einen Fotoband besitzt«, meinte Elspeth. »Sie schätzt Worte mehr als Bilder.«

Zuerst sah es aus, als würde Tilly Elspeths ersten Besuch bei Mr. Windle nachstellen. Als auf ihr Klopfen keine Reaktion erfolgte, drückte sie das Ohr an die Tür und richtete sich dann auf. Doch statt sich ans Esszimmerfenster zu schleichen, marschierte Tilly hinüber, als wäre ihr egal, wer sie sehen konnte, und klopfte kräftig an die Scheibe, hinter der der Vorhang zugezogen war.

»Eine kühne Aktion«, bemerkte Amelia.

»Seit wann ist Tilly so mutig?«, fragte ich.

»Seit Mr. Windle sich geweigert hat, an die Tür zu kommen«, sagte Mrs. Craven.

Tillys untypisch kühner Schachzug zeigte Wirkung. Als sie erneut Stellung auf der Schwelle bezog, wartete Mr. Windle dort schon auf sie. Sie gab ihm das Buch, unterhielt sich einige Minuten mit ihm und zeigte auf ihr Haus, und dann schienen die beiden freundlich auseinanderzugehen. Ich war so neugierig darauf, was zwischen ihnen vorgefallen war, dass ich schon überlegte, sie anzuspringen, falls sie nach Hause gehen würde. Zum Glück für alle Beteiligten, vor allem für meine Knie, trat sie in die Teestube.

Tilly war nicht sie selbst. Sie setzte sich an Elspeths Tisch, ohne dazu aufgefordert worden zu sein, kraulte Homer zerstreut hinter den Ohren und vergaß, »bitte« zu sagen, als sie bei Henry eine Kanne Tee und ein Schokoladen-Eclair bestellte. »Der Himmel weiß, dass ich mir etwas Leckeres verdient habe«, erklärte sie, nachdem er gegangen war.

»Ist es dir schwergefallen, ein Buch für Mr. Windle auszusuchen?«, fragte ich, obwohl ich das Gefühl hatte, dass die Buchauswahl die geringste ihrer Sorgen war.

»Ganz und gar nicht«, gab sie zurück. »Da Mr. Windle neu in unserer Gegend ist, dachte ich, ihm würde *Eine Geschichte des Wollhandels in den Cotswolds* gefallen.«

»Ein Bestseller, was?«, zog Amelia sie auf.

»Ich kann euch verraten«, entgegnete Tilly lauter als unbedingt nötig, »dass Mr. Windle *großes Interesse* daran gezeigt hat.«

Ich hatte noch nie erlebt, dass sie die Stimme erhob, und nach den Mienen meiner Freundinnen zu urteilen, sie ebenfalls nicht.

»Schlechter Tag, meine Liebe?«, erkundigte sich Lilian behutsam.

»Eine Abfolge schlechter Tage«, erklärte Tilly, »und kein Ende in Sicht.«

Henry, der – wie alle anderen in der Teestube – ihren kleinen Ausbruch mitbekommen hatte, näherte sich ihr wie einer tickenden Zeitbombe, stellte ihre Bestellung auf den Tisch und erkundigte sich vorsichtig, ob sie noch etwas anderes brauche.

»Urlaub«, fauchte sie.

Henry wich zurück, und Elspeth streckte eine Hand aus, um Homer zu beruhigen, der aus dem Schlaf hochgeschreckt war. Lilian versuchte es noch einmal und sprach das Thema, das wir Normalsterblichen nur mit

Samthandschuhen angefasst hätten, direkt an. Als Pfarrersfrau verstand sie sich darauf, menschliche Bomben zu entschärfen.

»Wie läuft's zu Hause?«, fragte sie.

»Grauenhaft«, sagte Tilly. »Tommy und Mr. Barlow reden nicht mehr miteinander. Tommy stampft durchs Haus wie ein Elefantenbulle, und Mr. Barlow schmollt in seiner Werkstatt. Wenn ich könnte, würde ich sie mit den Köpfen zusammenschlagen, aber an den von Tommy komme ich kaum heran.«

Ich biss mir auf die Unterlippe, um nicht zu lachen, denn ich wollte nicht, dass Tillys Zorn sich gegen mich richtete.

»Ich wünschte, ich könnte etwas tun, um zu helfen«, meinte Lilian mitfühlend. »Sollen Teddy oder ich mal mit den beiden reden?«

»Danke«, antwortete Tilly, »aber ich bezweifle, dass der liebe Gott persönlich diese beiden zur Vernunft bringen könnte.« Sie trank einen Schluck Tee und schien sich zu sammeln. »Verzeihen Sie mir, Lilian. Ich habe respektlos über unseren Herrn gesprochen.«

»Ihm wird das nichts ausmachen«, versicherte Lilian ihr. »Er versteht schon, dass Sie unter großem Stress stehen.«

»Ich habe die Nase so voll, wie es schlimmer nicht geht«, pflichtete Tilly ihr bei. »Keine Ahnung, was Mr. Barlow in seiner Werkstatt treibt, doch er hämmert auf etwas ein. Der Krach macht mich verrückt. Wahrscheinlich war ich deswegen am Cottage Weidenkätzchen so unhöflich.« Sie errötete. »Ich hätte nicht an Mr. Windles Fenster klopfen sollen, aber ich konnte nicht anders. Diese Geräusche aus seinem Esszimmer haben mich um den Verstand gebracht.«

»Er muss an seinem Webstuhl gearbeitet haben«, bemerkte Mrs. Craven.

»Ist Mr. Windle Weber?«, fragte Tilly.

»Wir reden es uns jedenfalls ein«, meinte Lilian. »Das Weberblatt, verstehen Sie?«

»Ah ja, das Weberblatt«, sagte Tilly, die genauso ungezwungen vertraut mit Webstühlen zu sein schien wie der Rest unserer Gruppe, abgesehen von mir. »Wenn Mr. Windle Weber ist, kann ich mir vorstellen, dass er *Eine Geschichte des Wollhandels in den Cotswolds* faszinierend findet. Es liegt ja nahe, dass ein Weber eine natürliche Affinität für Wolle hat.«

»Allerdings«, stimmte Amelia ihr ernst zu, als wollte sie ihren Spott von eben wiedergutmachen.

»Wenn Ihnen meine Frage nichts ausmacht«, sagte Lilian, »wie arbeiten denn Tommy und Mr. Barlow zusammen, wenn sie nicht miteinander reden?«

»Grunzen und Gesten«, erklärte Tilly. »Es ist, als lebte man mit zwei Höhlenmenschen zusammen.« Sie schürzte die Lippen. »Die überwiegende Schuld gebe ich meinem Mann. Mir ist schon klar, dass er ärgerlich auf Bree war, weil sie aus dem Nähkästchen geplaudert hat, aber er hatte kein Recht, sie so anzufahren.« Sie trank noch einen Schluck Tee und sprach dann weiter. »Um ehrlich zu sein, glaube ich, dass er von ihrer Reaktion genauso vor den Kopf geschlagen war wie Tommy und ich. Sie ist so ein beherztes kleines Ding. Ich bin mir sicher, Mr. Barlow hat sie für stark genug gehalten, eine Strafpredigt auszuhalten, ohne zusammenzubrechen.«

Mit einem Mal ging mir auf, dass ich mein Versprechen, das ich Tante Dimity gegeben hatte, erfüllen konnte, indem ich *Tilly* erzählte, warum Bree nicht so stark war, wie sie wirkte. Dann könnte ich es ihr überlassen, die traurige Geschichte ihrem Mann und ihrem Stiefneffen zu erzählen, wie und wann sie es angebracht fand.

Auf der Stelle beschloss ich, sie zum Abendessen einzuladen. Der Anflug von schlechtem Gewissen, weil ich Hintergedanken hegte, wurde von meiner Gewissheit kompensiert, dass sie froh sein würde, einen Abend ohne ihre Männer zu verbringen, die sie in den Wahnsinn trieben.

»Sie brauchen eine Verschnaufpause von dem Gezänk«, erklärte ich Tilly. »Kommen Sie heute Abend zum Essen zu mir. Sollen die Höhlenmenschen sich doch allein behelfen!«

»Wissen Sie«, sagte sie, und ihre Miene hellte sich auf, »ich glaube, das mache ich. Danke, Lori. Es wird eine wundervolle Erleichterung sein, dem Hämmern zu entrinnen.« Sie seufzte. »Ich wünschte, ich hätte Mr. Windle nicht unterbrochen. Er hätte nicht unter Mr. Barlows Starrköpfigkeit leiden sollen.«

»Die Unterbrechung schien Mr. Windle aber gar nichts auszumachen«, meinte Amelia.

»Er war äußerst freundlich«, räumte Tilly ein, »und er war aufrichtig dankbar für *Eine Geschichte des Wollhandels in den Cotswolds.* Ich habe ihm gezeigt, wo ich wohne, für den Fall, dass er sich noch mehr Bücher zu dem Thema ausleihen will.«

»Wie viele Bücher zu diesem Thema besitzen Sie denn?«, erkundigte ich mich.

»Acht«, gab Tilly prompt zurück. »Ich bin ziemlich zufällig dazu gekommen. Sie waren in einer Bücherkiste, die ich bei einer Versteigerung in Stroud gekauft hatte.«

»Wenn man irgendwo solche Bücher finden wollte«, sagte Lilian, »dann in Stroud. Die Stadt war einst berühmt für ihre Textilproduktion.«

»Allerdings.« Tilly nickte. »Strouds Wollfabriken haben den scharlachroten Stoff erzeugt, der zum Markenzeichen der britischen Armee wurde. Daher auch der respektlose Spitzname ›Rotröcke‹.«

»Ich hatte ja keine Ahnung«, sagte ich. »Vielleicht muss ich Stroud demnächst einen Besuch abstatten.«

»Sehr wenige dieser Fabriken sind noch in Betrieb«, erklärte Tilly, »einige der älteren sind jedoch als Museen erhalten.«

»In Finch haben wir kein richtiges Museum«, bemerkte Mrs. Craven. »Wenn, hätte ich Mr. Windle davon erzählt.« Sie wandte sich an Tilly. »Hat er Sie auch nach Wahrzeichen in der Gegend gefragt?«

»Ja«, gab Tilly Barlow zurück. »Ich wollte ihn nicht beleidigen und ihn auf offensichtliche Sehenswürdigkeiten wie die Kirche, die Brücke und das Kriegerdenkmal hinweisen, daher habe ich ihm stattdessen von Fairworth House und Hillfont Abbey erzählt.«

»Wie hat er reagiert?«, fragte ich.

»Wenn ich jetzt darüber nachdenke, ein wenig merkwürdig«, meinte Tilly. »Ich weiß nicht recht, wie ich das beschreiben soll, doch es war, als hätte ich ihm nicht die Antwort gegeben, die er sich wünschte.« Sie zuckte mit den Schultern. »Vielleicht hätte ich ihn doch auf das Offensichtliche hinweisen sollen.«

»Das haben Elspeth und ich schon getan«, erwiderte Mrs. Craven. »Uns hat er auch nach Landmarken gefragt.«

»Ich finde es lobenswert, dass er Interesse an seiner neuen Umgebung zeigt«, sagte Elspeth. »Ich wünschte nur, ich wüsste, wonach er sucht.«

»Ich habe jedenfalls, wonach ich suche.« Tilly sah auf ihr Eclair hinunter und lächelte zum ersten Mal, seit sie die Teestube betreten hatte. »Ich liebe Sallys Schokoladen-Eclairs wirklich.«

»Das tun wir alle«, antwortete Lilian. »Aber ich fürchte, für mich ist es zu spät, um einen zu bestellen. Das Essen auf Rädern ruft.«

»Ich sollte auch gehen«, erklärte ich. »Wenn ich morgen früh bei Mr. Windle anklopfen will, muss ich heute Abend für ihn kochen.«

»Machst deinen Porree-Grünkohl-Ziegenkäse-Auflauf?«, fragte Amelia.

»Natürlich«, sagte ich. »Er lässt sich gut einfrieren, sodass er nicht schimmelt, während er sich durch die anderen Aufläufe arbeitet. Und da wir heute Abend einen Gast haben«, setzte ich hinzu und nickte in Tillys Richtung, »muss ich einen Weg durch das Spielzeug freischaufeln. Wäre sechs Uhr Ihnen zu früh? Wir essen zeitig, wegen der Kinder.«

»Sechs Uhr ist perfekt«, gab sie zurück. Sie klopfte auf den Tisch. »Unterdessen bleibe ich auf meinem Posten und behalte das Cottage Weidenkätzchen im Auge, bis die Teestube schließt.«

»Ich leiste Ihnen Gesellschaft, Tilly«, erklärte Amelia. »William hat heute Morgen eine Eilsendung mit einer neuen Orchidee bekommen. Er wird gar nicht merken, dass ich fort bin.«

»Ich führe Homer aus und bin dann gleich wieder da«, sagte Elspeth.

»Sie rufen uns an, wenn der Pfarrer Mr. Windle wieder am Fluss sieht, oder, Lilian?«, vergewisserte sich Amelia.

Lilian versprach es, ging mit mir bis zum Rover und machte sich dann auf den Weg zum Pfarrhaus. Ich kletterte auf den Fahrersitz, rumpelte langsam um den Dorfanger und zerbrach mir den Kopf nach einer Landmarke, die die Damen Mr. Windle gegenüber noch nicht erwähnt hatten.

Die Einzige, die mir einfiel, war der Hügel hinter meinem Haus, doch ich konnte mir nicht vorstellen, warum er sich dafür interessieren sollte. Für einen Hügel war Pouter's Hill ganz nett und hatte für mich große persönliche Bedeutung, aber im Peak District musste es viel beeindruckendere Erhebungen geben.

»Warum sollte er sonst ›Peak District‹ heißen, wie in ›Peak‹ für ›Gipfel‹?«, fragte ich mich.

Während ich die Buckelbrücke überquerte und nach Hause fuhr, dachte ich immer noch über Mr. Windles Fixierung auf Landmarken nach.

Kapitel 16

Als ich an Bree Pyms Haus vorbeifuhr, hingen keinerlei Nachrichten an ihrer Tür, aber beim Abbiegen in meine Einfahrt erhaschte ich einen Blick auf sie. Hätte ich sie nicht am vorigen Nachmittag dort gesehen, hätte ich dem alten Feldweg keine Beachtung gegönnt, aber da war sie, wieder auf dem Weg zum Fluss, halb versteckt von den Reihen Sommerweizen.

Ich überlegte kurz und beschloss dann, ihr zu folgen. Ich sagte mir, dass ich nicht versuchen würde, sie einzuholen. Ich wollte einfach sichergehen, dass es ihr gut ging.

Doch falls sie mich sah und falls sie aufnahmebereit war, würde ich nicht zögern, sie zum Abendessen einzuladen. Wenn ich es fertigbrachte, sie mit Tilly Barlow an meinem Esstisch zusammenzubringen, war ich mir sicher, dass Tilly tun würde, was in ihrer Macht stand, um Bree davon zu überzeugen, Mr. Barlow gegenüber die Vergangenheit ruhen zu lassen und ihre Verlobung mit ihrem zunehmend verstimmten Freund zu erneuern. Und wenn Bree sich von Tilly überreden ließ, in den Schoß der Familie zurückzukehren, würde mir die beschwerliche Aufgabe erspart bleiben, Geheimnisse zu enthüllen, die zu verraten mir nicht zustand. Ich war keine große Freundin davon, jemanden in einen emotionalen Hinterhalt zu locken, doch es widerstrebte mir so sehr, meine Freundin zu verraten, dass ich bereit war, so gut wie alles auszuprobieren.

Bills Auto stand nicht in der Einfahrt, was mir verriet,

dass er schon mit Bess nach Upper Deeping gefahren war, um Will und Rob abzuholen. Da ich nicht wollte, dass mein Mann mich für verschollen hielt, schickte ich ihm eine Textnachricht, in der ich ihn über meinen Plan, Bree zu folgen, informierte. Dann schaltete ich mein Handy ab, damit es nicht im falschen Moment klingeln konnte. Ich schob das Telefon in die hintere Tasche meiner Jeans, ließ meine sperrige Schultertasche auf dem Beifahrersitz liegen, kletterte aus dem Rover und flitzte über die Straße zu dem Feldweg.

Inzwischen war Bree mir so weit voraus, dass sie sich bereits in dem Wäldchen befand, das am Ende des Weges zwischen dem Little Deeping und dem Feld lag. Ich hielt nicht viel von dem kleinen Wald. Bill und ich umgingen ihn wegen des unebenen Bodens und des dichten Unterholzes eher, als ihn zu durchqueren. Unangenehm feucht, düster und von Büschen und Brombeergestrüpp überwuchert, war er nicht der ideale Ort, an dem eine niedergeschlagene junge Frau traurigen Gedanken nachhängen sollte, daher verdoppelte ich mein Tempo, bis ich am Waldrand eine Gruppe von Bruchweiden erreichte.

Ich blieb stehen, um zu Atem zu kommen, und schlich dann weiter an einem Dickicht aus Schlehenbüschen entlang, um nicht gesehen zu werden. Allerdings machte ich mir keine Sorgen, sie könnte mich hören. An dem Wäldchen wurde der Fluss schmaler und floss schneller, sodass sein Getöse meine Schritte übertönte. Da es auch die Geräusche um mich herum verschluckte, war ich absolut nicht auf den Anblick vorbereitet, der sich mir bot, als ich Bree entdeckte.

Sie saß nicht allein in einer dunklen Ecke in den schattigen Tiefen des Wäldchens und dachte über eine freudlose Zukunft ohne Tommy nach. Stattdessen stand sie gegenüber dem kleinen Wald am Ufer, gestikulierte und unterhielt sich angeregt mit Mr. Windle.

So verblüfft war ich, ihn mit Bree zu sehen, dass ich den Halt verlor und in eine schlammige Senke in dem moosbewachsenen Boden rutschte. Besorgt darüber, dass die schnelle Bewegung und mein schriller Schrei die beiden auf mich aufmerksam gemacht hatten, blieb ich trotz des Matschs einen Moment lang, wo ich war, und kroch dann an den Rand der flachen Senke, um Bree und Mr. Windle durch eine Gruppe Farn, der gerade dabei war, seine Wedel zu entfalten, verstohlen anzusehen. Zu meiner Erleichterung waren sie so in ihr Gespräch vertieft, dass sie nicht einmal in meine Richtung schauten.

Mr. Windle war kaum wiederzuerkennen. Es war, als wäre der blasse, gebrechliche Geist von einem Mann durch einen stabilen und strahlenden Menschen ersetzt worden. Aufmerksam lauschte er Brees lebhaften Bemerkungen und reagierte ebenso angeregt darauf. Beim Reden fuhr er mit dem Arm durch die Luft und zeigte von einem unförmigen, mit Brombeeren bewachsenen Hügel zum anderen. Die Entfernung war zu groß, um zu verstehen, was er sagte, aber was immer es war, Bree war davon gefesselt. Ihr Blick folgte jeder seiner Bewegungen, und sie hing an jedem seiner Worte und nickte gelegentlich, wie um zu zeigen, dass sie verstand.

Ich wollte schon näher herankriechen, als keine anderthalb Meter von meinem Kopf entfernt ein Fuchs durch das Farnkraut schnürte. Erschrocken rutschte ich wieder in den Schlamm zurück, und obwohl ich einen zweiten Aufschrei unterdrückte, beschloss ich, lieber den Rückzug anzutreten, als einen dritten Sturz zu riskieren. Bree und Mr. Windle unterhielten sich so gut, dass ich nicht den Wunsch hegte, sie absichtlich oder ungewollt zu stören, daher ging ich auf dem Feldweg wieder nach Hause.

Ich kehrte in ein Cottage zurück, das von vertrauten Geräuschen sowie dem appetitlichen Duft nach Brathuhn erfüllt war. Bill und die Kinder ließen sich in der Küche nach der Schule einen Snack schmecken, doch als Bill hörte, wie ich die Haustür schloss, trat er in die Diele, um mich zu begrüßen. Er sah, wie schmutzig ich war, und verzichtete darauf, mich zu umarmen.

»Es war rutschig in dem Wäldchen«, bemerkte er.

»Es steckt voller Überraschungen«, sagte ich – eine Untertreibung. »Oh, und Tilly kommt zum Abendessen. Ich wollte dir in meiner Nachricht davon schreiben, aber …«

»Tilly kommt nicht«, unterbrach mich Bill. »Sie hat gerade angerufen und sich entschuldigt. Sie hat versucht, dich zu erreichen, ist jedoch nicht durchgekommen.«

»Mein Handy ist abgeschaltet.« Vorsichtig zog ich mein Telefon mit Daumen und Zeigefinger aus der hinteren Hosentasche und reichte es Bill. »Es ist nicht allzu schlammig, doch man könnte es abwischen. Warum hat Tilly abgesagt?«

»Sie musste Mr. Barlow ins Krankenhaus fahren«, erklärte Bill.

»Was ist passiert?«, fragte ich besorgt.

»Nichts Lebensgefährliches«, versicherte mir Bill. »Anscheinend hat er sich mit einem Hammer auf den Daumen geschlagen, als er in der Werkstatt ein Stück Blech geformt hat. Warum lachst du? Es ist nichts Komisches an einem Handwerker mit einem zerschmetterten Daumen.«

»Ich erkläre dir alles, sobald ich geduscht und saubere Sachen angezogen habe«, erwiderte ich. »Ich fühle mich wie ein Sumpfmonster. Bestimmt rieche ich auch so.«

»Dazu sage ich lieber nichts«, erklärte Bill, aber er trat beiseite, um nicht in Kontakt zu mir zu kommen, während ich mich auf die Bank in der Diele setzte, um meine Schuhe auszuziehen.

Nach dem Essen erklärte ich Bill alles, doch ich war mir nicht sicher, wie viel davon bei ihm ankam. Nach Papa-Tochter-Tagen war er immer fix und fertig. Er entschuldigte sich, weil er so oft gähnte, und ging so früh zu Bett, dass er fast eher in den Federn lag als die Jungs. Ich blieb unten, um Mr. Windles Auflauf zuzubereiten, und zog mich dann ins Arbeitszimmer zurück, um noch jemandem von den Ereignissen des Tages zu berichten.

»Seltsame Dinge gehen vor sich«, sagte ich zu Reginald, während ich das blaue Journal aus dem Regal nahm. »Geheimtreffen in dunklen Wäldern. Wer weiß, wohin das noch führt?«

Reginald wirkte angemessen fasziniert. Ich knuffte ihm die rosa Flanellohren, dann setzte ich mich in einen der hohen, lederbezogenen Stühle am Kamin und bewunderte meine trockene, saubere Jeans, während ich die besockten Füße auf die Ottomane legte.

»Dimity?«, fragte ich und schlug das Buch auf. »Noch ein Tag mit großen Neuigkeiten. Soll ich mit dem Highlight anfangen, oder soll ich zuerst die kleineren Geschichten aus dem Weg schaffen?«

Guten Abend, meine Liebe. Die unwichtigeren Geschichten zuerst. Dann kommt das Highlight umso besser zur Geltung.

»Es wird dich blenden«, sagte ich, »aber fangen wir am Anfang an. Bill hat heute auf Bess aufgepasst, daher war ich früher in der Teestube und bin später als sonst gegangen …« Ich erzählte ihr von meinem wortlosen

Austausch mit Tommy vor Brees Haus, von Sallys besorgniserregendem Geständnis, dem erfolglosen Versuch des Pfarrers, Mr. Windle auf seinem gestrigen Spaziergang zu begleiten, und dem merkwürdig beschwingten Schritt, mit dem Crispin Windle danach sicher nach Hause zurückgekehrt war.

Was könnte verantwortlich für Mr. Windles beschwingten Gang sein?

»Sally macht das Cottage Weidenkätzchen dafür verantwortlich«, sagte ich. »Sie behauptet, das verzauberte Haus wirke seine Magie an ihm.«

Mr. Windles beschwingter Schritt scheint ans Wundersame zu grenzen. Weißt du, wo er war?

»Ich glaube schon«, antwortete ich, »aber wenn ich dir das erzähle, greife ich vor.«

Wenn das so ist, dann mach mit den unwichtigeren Geschichten weiter. Ich ziehe es vor, wenn sich die Spannung aufbaut.

»Opal, Millicent und Selena haben Mr. Windle aufgegeben«, fuhr ich fort, »aber Elspeth nicht. Sie hat die Aussetzung der Drei-Tage-Regel ausgenutzt und ist heute Morgen noch einmal zu Crispin Windle gegangen, wobei sie ihren Besuch zwischen den von Mrs. Craven und Tilly eingeschoben hat.«

Hat Mr. Windle ihr die Tür geöffnet?

»Ja«, sagte ich, »doch er hat sie nicht hereingelassen. Sie hat ihm eine Blechdose mit Bakewell-Törtchen gegeben, die sie mit ihren eigenen zarten Händen gebacken hat.«

Ich hoffe, Mr. Windle mag Süßes. Manchen Leuten sind sie zu stark gezuckert, aber ich liebe sie immer noch.

»Ich bin mir nicht sicher, ob Elspeth an Mr. Windles Süßzahn gedacht hat, als sie die Törtchen gebacken hat«, meinte ich. »Sie sollten demonstrieren, dass er nicht in

Derbyshire zu leben braucht, wo die Bakewell-Torte erfunden wurde, um sich an einem heimatlichen Geschmack zu erfreuen.«

Ein sehr aufmerksames Geschenk.

»Lilian vermutet, dass Elspeth echte Gefühle für Mr. Windle hegt. Und ich denke, dass Lilian recht hat.«

Wenn, dann könnte man die Bakewell-Törtchen als den Speck betrachten, mit dem man Mäuse fängt. Ich hoffe wirklich, dass Elspeths Gefühle erwidert werden.

»Falls nicht, dann nicht, weil sie sich keine Mühe gegeben hätte. Noch hat sie Mr. Windle keine Socken gestrickt, aber es würde mich nicht erstaunen, wenn sie es täte.«

Ich wette, von Mr. Craven oder Tilly hat er keine handgestrickten Socken bekommen. Gehe ich recht in der Annahme, dass Erstere ihm einen Quilt und Letztere ein Buch geschenkt hat?

»Ja«, antwortete ich. »Wie üblich hat Mr. Windle die Gaben dankend entgegengenommen, die Spenderinnen aber nicht ins Haus eingeladen.«

So weit, so vorhersehbar.

»Ich erzähle dir etwas, was ich nicht vorhergesehen habe«, sagte ich. »Jeder in Finch weiß mehr über Webstühle als ich. Kein hoher Maßstab, gebe ich zu, aber trotzdem war es entmutigend, dass Lilian und Amelia mir bei meiner großen Ankündigung über das dumpfe Krachen zuvorgekommen sind. Mrs. Craven, Elspeth und Tilly haben über Webstühle geredet, als wären sie in einer Weberei groß geworden.«

Falls es dir ein Trost ist, ich weiß auch nicht viel über Webstühle.

»Ein Trost ist es schon«, meinte ich, »doch eher in dem Sinne, dass ich in meinem Elend nicht allein bin. Aber Tatsache ist, dass wir nie erfahren werden, ob Mr.

Windle wirklich einen Webstuhl besitzt, solange keine von uns sein Esszimmer zu Gesicht bekommt. Wir sind uns jedoch sicher, dass er sich für Wahrzeichen in der Gegend interessiert, allerdings nicht für die Kirche, das Kriegerdenkmal, die Brücke, Fairworth House oder Hillfont Abbey.«

Andere Landmarken existieren hier nicht.

»Keine von *Menschenhand* erschaffenen Wahrzeichen«, gab ich zu bedenken, »aber Pouter's Hill ist ein Naturdenkmal. Wenn er mich morgen nach Landmarken fragt, erzähle ich ihm von Pouter's Hill.«

Ich weiß nicht, warum dieser Hügel ihn besonders interessieren sollte.

»Ich auch nicht«, sagte ich, »doch Elspeth findet es lobenswert, dass Mr. Windle Anteil an seiner neuen Umgebung nimmt.«

Ist es ja auch. Haben wir jetzt die unwichtigen Geschichten hinter uns?

»Noch nicht ganz«, erklärte ich. »Tommy und Mr. Barlow schweigen sich an, und Mr. Barlow geht in letzter Zeit Tilly auf die Nerven, indem er sich in seiner Werkstatt einschließt und Lärm veranstaltet. Als Tilly sich in der Teestube zu uns gesetzt hat, war sie so gereizt, dass sie Henry angefaucht hat.«

Ich hatte ja keine Ahnung, dass sie überhaupt in der Lage ist, jemanden anzufauchen, und schon gar nicht einen so gutmütigen Menschen wie Henry Cook.

»Sie war mehr als gereizt. Sie hat mir so leidgetan, dass ich sie zum Abendessen eingeladen habe. Sie konnte allerdings nicht kommen, weil sie Mr. Barlow ins Krankenhaus fahren musste.« Obwohl ich es versuchte, konnte ich ein Schnauben nicht unterdrücken.

Ich sehe nicht, was so komisch an Mr. Barlows Unglück sein soll.

»Du hast die Pointe noch nicht gehört«, sagte ich. »Während er in seiner Werkstatt schmollte, hat sich Mr. Barlow mit einem Hammer auf den Daumen geschlagen. Geschieht ihm recht, weil er Tilly in den Wahnsinn treibt, würde ich meinen.«

Mr. Barlow bezahlt auf mehr als eine Art für seine fehlgeleitete beleidigte Reaktion. Er hat seinen Lehrling verloren, seinen Neffen vor den Kopf gestoßen, die sanftmütigste Frau von Finch verärgert, und jetzt hat er sich verletzt.

»Mit einem wehen Daumen ist er kein besonders geschickter Handwerker mehr«, pflichtete ich ihr bei.

Hast du mit ihm oder Tommy über Brees Vergangenheit geredet?

»Da Tommy mit mir nur über Handzeichen kommuniziert und Mr. Barlow sich in seiner Werkstatt verschanzt hatte, hatte ich noch keine Chance, mit einem von ihnen zu reden. Wenn Mr. Barlows Unfall Tillys Pläne nicht über den Haufen geworfen hätte, hätte ich nach dem Abendessen etwas zu ihr gesagt.«

Vielleicht brauchst du ja mit keinem von ihnen zu sprechen, meine Liebe. Schmerz neigt dazu, den Verstand zu konzentrieren. Gut möglich, dass Mr. Barlows weher Daumen ihn zur Vernunft bringt. Wenn, dann wird ein Wort von ihm zu Bree eine Kettenreaktion in Gang bringen, die die vielen Brüche kitten wird, die er mit seinem übertriebenen Verhalten verursacht hat. Das hoffe ich jedenfalls.

»Klingt gut«, meinte ich, »nicht zuletzt, weil es mir dann erspart bleibt, etwas zu tun, was ich wirklich nicht tun will.« Ich lehnte mich auf dem Stuhl zurück. »Und jetzt kommen wir zu dem Highlight, auf das du so gespannt bist.«

Ich bin gespannt wie ein Flitzebogen.

Ich schilderte, wie ich auf die Idee gekommen war, Bree zu folgen, wobei ich meine Sorge um ihr Wohlergehen stark betonte und leicht über meine egoistische Idee des Essens mit Tilly hinwegging. Dann erschuf ich die Kulissen und beschrieb die Bruchweiden, das Dickicht aus Schlehensträuchern und das Rauschen des Flusses und kam dann zum spannendsten Teil.

»... und da stand sie am Flussufer«, fuhr ich fort, »aber sie war nicht allein.«

Bitte sag mir, dass Tommy bei ihr war!

»Ich wünschte, er wäre es gewesen«, antwortete ich, »doch sie war nicht mit Tommy zusammen. Sie stand da mit *Crispin Windle.*«

Du meine Güte! Ich gestehe, dass ich geblendet von deiner Sensation bin.

»Das hatte ich gehofft.« Ich nickte zufrieden. »Heute ist mir schon mehrmals die Schau gestohlen worden. Ich wollte nicht, dass das noch einmal passiert.«

Da brauchtest du von mir nichts zu fürchten. Du hast mich vollkommen überrumpelt.

»Ich war wie vom Donner gerührt«, gab ich zu. »Nicht in einer Million Jahren hätte ich damit gerechnet, Mr. Windle mit Bree zu sehen. Lilian sollte uns alle anrufen, falls er wieder auf Wanderschaft geht. Ich hatte allerdings mein Handy ausgeschaltet, daher hat sie mich vielleicht auch nicht erreicht.«

Glaubst du, Bree und Mr. Windle sind gestern zufällig übereinander gestolpert, nachdem er das Angebot des Pfarrers, ihn zu begleiten, abgelehnt hat?

»Ja«, sagte ich. »Mr. Windles Spaziergang am Fluss und Brees Ausflug auf dem Feldweg müssen sie ungefähr zur gleichen Zeit zu dem Wäldchen geführt haben. Außerdem haben sie sich, als ich sie heute dort gesehen habe, nicht verhalten, als wären sie einander noch nie zuvor begegnet. Sie wirkten beinahe wie dicke Freunde. Mr. Windle war ausdrucksvoll, enthusiastisch – ein ganz anderer Mensch als der Mann, den ich in Finch gesehen habe.«

Und Bree?

»Sie hat sich lebhaft an dem Gespräch beteiligt, aber jedes seiner Worte schien sie zu faszinieren.«

Worüber hat er denn gesprochen?

»Keine Ahnung«, sagte ich. »Der Fluss war so laut, dass ich weder ihn noch Bree verstehen konnte, doch ich bin mir ziemlich sicher, dass sie über das Wäldchen geredet haben. Sie haben immer wieder darauf gezeigt.« Ich schüttelte den Kopf. »Das ist so seltsam, Dimity. Was könnten zwei so unterschiedliche Menschen gemeinsam haben?«

Mr. Windle war Lehrer, und Bree ist wissbegierig. Vielleicht hat er eine neue Schülerin gefunden.

»Aber was bringt er ihr bei?«, wollte ich wissen. »Dunkelheit für Fortgeschrittene? Eine Einführung in das Leben der Schlehen?« Ich unterbrach meine Erzählung, um laut zu gähnen. »Tut mir leid, Dimity. Ich bin wohl müder, als ich dachte.«

Natürlich bist du das. Es ist harte Arbeit, den ganzen Tag in der Teestube mit seinen Freundinnen zu plaudern. Geh ins Bett, meine Liebe. Deine Sensation hat mir viel Stoff zum Nachdenken geliefert. Wir reden morgen weiter.

Als die elegante Handschrift auf der Seite verblasste, fiel mir etwas anderes ein, das Mr. Windle und Bree gemeinsam hatten. »Einsamkeit«, erklärte ich und blickte zu Reginald auf. »Mr. Windle ist neu hier, und Bree muss sich wie eine Außenseiterin vorkommen. Es ist eine ungleiche Freundschaft, aber wenn sie den beiden hilft, sich weniger allein zu fühlen, bin ich Feuer und Flamme dafür. Warum sie sich allerdings in einem feuchten, dunklen Wäldchen treffen statt an einer sonnigen Stelle am Ufer, geht über meinen Horizont.«

Ich stellte das Journal wieder an seinen Platz im Regal, zog mit der Fingerspitze Reginalds handgestickte Schnurrhaare nach und ging nach oben, wobei ich mich fragte, wieso jemand fasziniert von dieser Baumgruppe sein sollte.

Kapitel 17

Als Bess und ich am Mittwochmorgen auf dem Weg nach Finch an Brees Haus vorbeifuhren, entdeckte ich weder eine Notiz an ihrer Tür noch einen verschmähten Verlobten in ihrer Einfahrt. Da ich nicht glauben wollte, dass Tommy das Handtuch geworfen hatte, vermutete ich, dass er hier gewesen und wieder gefahren war, während ich Will und Rob zur Schule in Upper Deeping gebracht hatte.

Ich freute mich sehr darauf, meine Bekanntschaft mit Mr. Windle zu erneuern. Da inzwischen seit seinem Einzug ins Cottage Weidenkätzchen drei Tage vergangen waren, konnte mir niemand vorwerfen, zu früh bei ihm anzuklopfen. Ich konnte ihm hocherhobenen Hauptes einen Besuch abstatten und brauchte mich nicht vom Anblick bewegter Gardinen einschüchtern zu lassen.

Auf die unwahrscheinliche Chance hin, dass Pouter's Hill die Landmarke war, nach der er suchte, hatte ich vor, ihm davon zu erzählen. Doch ich konnte ihn nicht direkt nach seiner neuen Freundin Bree Pym ausfragen, ohne zuzugeben, dass ich den beiden nachspioniert hatte. Um das Gesicht zu wahren, beschloss ich, ihren Namen beiläufig fallen zu lassen, wenn wir uns unterhielten, und hoffte, dass ich nicht weiter nachzuhaken bräuchte, damit er von ihrem Treffen in dem Wäldchen erzählte.

Als wir die Buckelbrücke überquerten, begrüßten Bess und ich die Enten, und während wir die Teestube passierten, winkte ich Amelia und Lilian zu. Sie saßen an ihrem üblichen Tisch vor dem Fenster zur Straße, tranken Tee und bewachten Mr. Windles Cottage. Ich parkte den Range Rover vor Bills Büro und befreite Bess aus ihrem Kindersitz.

Um meine furchtlose Tochter daran zu hindern, ihrer eigenen Wege zu gehen, hielt ich sie an der Hand, während ich mit der anderen meinen Auflauf balancierte.

Da ich beide Hände voll hatte, konnte ich Amelia und Lilian nur zunicken, als wir zum zweiten Mal an ihnen vorbeikamen, und als wir das Cottage Weidenkätzchen erreichten, blieb mir nichts anderes übrig, als vorsichtig gegen die Haustür zu treten. Mr. Windle reagierte viel schneller auf meinen Tritt als am Samstag auf mein Klopfen. Vielleicht gewöhnt er sich ja an Besucher, dachte ich.

»Guten Morgen, Mr. Windle«, sagte ich munter. »Kennen Sie mich noch?«

»Wie könnte ich Ihre quakende Tochter vergessen«, fragte er gutmütig, »oder Ihre ziemlich ungewöhnliche Frage nach meinen Selbstmordabsichten?«

»Das tut mir leid«, sagte ich errötend.

»Kein Grund, sich zu entschuldigen, Lori«, meinte er. »Sie haben sich Sorgen um mich gemacht, und dafür bin ich dankbar. Bringen Sie dieses Mal ein Geschenk mit?«

»Auflauf aus Porree, Grünkohl und Ziegenkäse«, erklärte ich. »Meine Spezialität. Ich hoffe, er schmeckt Ihnen.«

»Ganz bestimmt«, antwortete er. »Danke.«

Die Auflaufform schwankte auf meiner Handfläche gefährlich, als ich sie ihm entgegenhielt. Damit sie nicht auf die Türschwelle krachte, ließ ich eine Nanosekunde lang Bess' Hand los, und sie stürmte davon, vorbei an Mr. Windle und in sein Cottage.

»Bess!«, rief ich. »Komm zurück!«

»Ich glaube nicht, dass sie gehorchen wird«, meinte Mr. Windle und nahm mir den Auflauf ab. »Sie sollten ihr lieber nachgehen.«

Ich hatte nicht die Geistesgegenwart, einen Blick zur Teestube zu werfen, bevor ich ins Haus huschte, aber später berichteten mir glaubwürdige Zeugen, Amelia und Lilian hätten laut gejubelt.

Als ich Bess einholte, war sie schon bis ins Wohnzimmer vorgedrungen. Sie stand inmitten eines Labyrinths aus leeren Pappkartons, die auf den polierten Bodendielen herumlagen, und wirkte verwirrt. Mr. Windle folgte uns ins Zimmer und strahlte Bess nachsichtig an.

Er wirkte und klang so viel energischer als am Samstag, dass ich überlegte, ob er vielleicht doch viel jünger war, als ich zunächst angenommen hatte. Plötzlich kam er mir vor wie Anfang sechzig und nicht wie Mitte siebzig. Ich hätte auch schwören können, dass seine Kleidung weniger stark um ihn herumschlotterte, obwohl das wahrscheinlich Wunschdenken war. Er lebte noch nicht lange genug nach der hochkalorischen Auflauf-Diät, um merklich an Gewicht zugelegt zu haben.

»Tut mir leid, Mr. Windle«, sagte ich. »Bess hat noch keinen Begriff von Manieren.«

»Sie ist entzückend«, erwiderte er. »Wenn Sie mich entschuldigen, bringe ich den Auflauf in die Küche. Soll ich Wasser aufsetzen, wenn ich schon dort bin?«

»Ja, bitte«, sagte ich. »Ich lehne nie eine Tasse Tee ab.«

»Ausgezeichnet.« Er wies auf sein beiges Sofa. »Machen Sie es sich bitte bequem. Bess kann mit den Kartons spielen, während wir uns unterhalten. Kinder in ihrem Alter beschäftigen sich gern mit leeren Kartons.«

»Bess macht da keine Ausnahme. An ihrem zweiten Geburtstag hat sie länger mit den Schachteln gespielt als mit dem Spielzeug, das darin war.«

»Bin gleich wieder da.« Er ging in die Diele in der Mitte des Hauses und von dort in die Küche.

Mr. Windle schien mehr von Kindern zu verstehen als die meisten alleinstehenden Herren in meinem Bekanntenkreis. Ich fragte mich, ob er Nichten und Neffen hatte oder vielleicht mit jungen Familien befreundet war. Was immer der Fall sein mochte, er war offensichtlich hin und weg von Bess.

Ein Blick durch die Diele bestätigte mir, dass die Tür zum Esszimmer geschlossen war. Ich wollte mich nicht beim Schnüffeln erwischen lassen, daher blieb ich im Wohnzimmer, stellte ein paar Kartons auf den Kopf und legte andere auf die Seite, um es interessanter für Bess zu gestalten. Rein zufällig erlaubte mir das auch, Mr. Windles Besitztümer ausführlich zu begutachten.

Er hatte sein Sofa an die Innenwand gestellt, gegenüber den Fenstern, an denen die Vorhänge zugezogen waren, und davor stand ein altersschwacher Couchtisch, der mit Papieren bedeckt war, von denen einige Karten darzustellen schienen. Mrs. Cravens Quilt war über die Sofalehne drapiert und verlieh dem Dekor, falls man denn davon reden konnte, einen dringend benötigten Anflug von Gemütlichkeit.

Die zwei Bücherregale, die den Kamin am anderen Ende des Zimmers flankierten, waren mit zerlesenen Büchern vollgestellt, die keine erkennbare Ordnung aufzuweisen schienen. Ein durchhängender Sessel und eine wacklige Stehlampe, die in einen kleinen runden Tisch eingebaut war, standen vor dem Kamin. Tilly wäre erfreut gewesen zu sehen, dass ihr Buch über den Wollhandel auf dem runden Tischchen lag. Ein Stück Papier diente als Lesezeichen, und es sah aus, als hätte Mr. Windle knapp über die Hälfte des Buches schon gelesen.

Als Amelia im Cottage Weidenkätzchen lebte, hatte

sie ein gerahmtes Bild ihres verstorbenen Bruders auf dem Kaminsims stehen gehabt, und Tilly hatte darauf ein Foto ihrer verstorbenen Eltern aufgestellt. Bei Mr. Windle stand abgesehen von Amelias exquisitem Aquarell der Sumpf-Schwertlilie nichts.

Ich wollte mir schon die Karten genauer ansehen, als er zurückkam. Er räumte den Couchtisch ab, indem er die Papiere in einen Pappkarton schob, den er auf eins der Bücherregale stellte, wo Bess ihn nicht erreichen konnte.

»Jetzt haben wir es beinahe«, erklärte er. »Hätte Ihre Tochter vielleicht gern ein Glas Milch? Ich habe heute Morgen bei der außerordentlichen Dame im Laden frische gekauft.«

»Peggy Taxman«, sagte ich und nickte. »Peggy kann zuerst ein wenig einschüchternd wirken, doch Sie gewöhnen sich bald an sie – jedenfalls, soweit das möglich ist. Sie ist die treibende Kraft hinter allen Veranstaltungen der Gemeinde, mit Betonung auf ›Kraft‹.« Während ich sprach, kramte ich in meiner Umhängetasche und brachte schließlich eine leicht klebrige und mit ein paar Flusen bedeckte Trinklerntasse ans Licht. Ich zögerte, sie Mr. Windle zu geben, doch er nahm sie mir ab, versicherte mir, er werde sie gut ausspülen, bevor er die Milch hineingoss, und ging wieder in die Küche.

Kurz darauf kehrte er mit einem Holztablett zurück, das mit einer klassischen Brown-Betty-Teekanne, zwei blau-weiß gestreiften Tassen, einer Zuckerdose mit Sprung, einem angeschlagenen Milchkännchen, zwei etwas angelaufenen Teelöffeln und Bess' Lerntasse beladen war. Letztere war jetzt blitzsauber. Er stellte das Tablett auf den Couchtisch, und wir setzten uns nebeneinander auf das Sofa, das unter unserem Gewicht ein wenig durchsackte.

Bess vergaß erneut ihre Manieren, riss die Lerntasse von dem Tablett, bevor sie ihr angeboten wurde, und trank in Windeseile die halbe Tasse leer. Dann gab sie sie mir zurück und widmete sich wieder der Erkundung des Karton-Labyrinths. Unterdessen goss mein Gastgeber Tee in die gestreiften Becher.

»Danke, Mr. Windle«, sagte ich, »sowohl in Bess' als auch in meinem Namen.«

»Sehr gern«, antwortete er. »Ich muss zugeben, ich hätte nicht damit gerechnet, in einem so kleinen und entlegenen Ort wie Finch eine Amerikanerin anzutreffen. Sie sind doch Amerikanerin, oder, Lori?«

»Mein Akzent verrät mich immer wieder«, erklärte ich, schüttelte den Kopf und tat betreten. Rasch lieferte ich ihm eine Kurzversion der Übersiedlung meiner Familie nach England, und dann sah ich meine Chance und ergriff sie. »Wir sind allerdings nicht Finchs exotischste Importe. Bree Pym lebt nur einen Steinwurf von hier entfernt, sie stammt jedoch aus Neuseeland.«

»Da ist sie aber weit weg von zu Hause«, räumte er sofort ein, »doch da Neuseeland immer noch Mitglied des Commonwealth ist, sind seine Bürger dem Vereinigten Königreich enger verbunden als Sie und Ihre Familie.«

Er hatte meinen Köder nicht geschluckt, und ich fand es sinnlos, ihm Druck zu machen. Es war absolut denkbar, dass Bree ihn gebeten hatte, ihre Treffen vertraulich zu behandeln, also fuhr ich fort. »Sie stammen aus Derbyshire, glaube ich …«

»Hat mein Akzent mich verraten?« Er lächelte belustigt.

»Nein«, gab ich zurück. »Der Dorfklatsch. Das ist noch etwas, an das Sie sich gewöhnen müssen, wenn Sie vorhaben, in Finch heimisch zu werden.«

»Ich habe fest vor, hier wohnen zu bleiben. Das Dorf ist wunderhübsch. Sie hatten vorhin von Veranstaltungen in der Gemeinde gesprochen. Wie findet man etwas über sie heraus? Gibt es einen Gemeindebrief?«

Ich lachte. »Wir benötigen keinen Gemeindebrief. Wir haben den Buschfunk im Dorf. Wenn Sie herausfinden wollen, was in Finch los ist, brauchen Sie nur die Ohren offen zu halten.«

»Und wie informieren sich die Dorfbewohner über Veranstaltungen in anderen Orten?«

»Um Ihnen die Wahrheit zu sagen, geben sie nicht allzu viel um andere Orte«, erklärte ich. »In Finch ist genug los, um sie zu beschäftigen. Einige haben den *Upper Deeping Dispatch* abonniert, doch nur wegen der Coupons und Sonderangebote.« Vielleicht unter dem Einfluss der Magie des Cottages stellte ich fest, dass ich ein gutes Wort für Elspeth einlegte. »Elspeth Binney hält allerdings auch immer Ausschau nach kulturellen Veranstaltungen. Sie genießt es, ihren Horizont zu erweitern. Ich glaube, Sie haben Elspeth schon kennengelernt.«

»Ja«, sagte er. »Sie war so freundlich, mir Bakewell-Törtchen zu backen. Eins habe ich gestern nach dem Abendessen probiert. Ein perfekter Abschluss eines leider unvollkommenen Mahls. Ich fürchte, ich habe den Hühnchenauflauf mit Klößchen zu lange im Ofen gelassen.« Kurz wirkte er irritiert. »Verzeihen Sie mir. Ich hätte Ihnen ein Törtchen anbieten sollen.«

»Ich bin froh, dass Sie es nicht getan haben«, sagte ich. »Wenn ich eins esse, will Bess auch eins.« Ich nickte meiner Tochter zu, die einen umgedrehten Karton als Bongo-Trommel gebrauchte. »Können Sie sich vorstellen, wie aufgedreht sie erst wäre, wenn ich ihr Zucker geben würde?«

»Verstehe«, meinte er. »Ist der *Upper Deeping Dispatch* ebenso altehrwürdig wie nützlich?«

»Es gibt ihn schon lange«, bestätigte ich. »Letzten Winter habe ich einmal einen glücklichen Nachmittag lang über einem gebundenen Band mit Ausgaben von 1837 gebrütet, aber die Zeitung ist viel älter.«

»Eine wertvolle Quelle«, bemerkte er. »Finchs Geschichte fasziniert mich. Sobald ich ausgepackt habe, habe ich vor, die Kirche zu besichtigen. Wie ich höre, hat sie mittelalterliche Wandmalereien.«

»Wenn Sie letzten Sonntag in St. George's gewesen wären, hätten sie die Bilder problemlos betrachten können.«

»Ich bin kein Kirchgänger«, erklärte er unumwunden. »Früher war ich es schon, doch ich fürchte, ich habe meinen Glauben verloren.«

»Sie brauchen nicht gläubig zu sein, um nach St. George's zu kommen«, versicherte ich ihm. »Im Haus des Pfarrers gibt es viele Wohnungen. Unsere ortsansässige Hexe verkörpert jedes Jahr bei unserem Krippenspiel den Engel des Herrn, und sie ist Heidin.«

»Ihr Pfarrer hat eine angenehm ökumenische Einstellung«, entgegnete er, »aber nein, das ist nichts für mich.«

»Gerüchte wollen wissen, dass Sie sich für Landmarken in der Gegend interessieren«, meinte ich versuchsweise.

»Ein Hobby von mir«, räumte er ein. »Ich habe bereits von der Kirche, der Brücke, dem Kriegerdenkmal und zwei Herrenhäusern gehört. Kennen Sie noch andere Wahrzeichen in und um Finch?«

Als ich Pouter's Hill beschrieb, nickte er höflich, doch genau wie Mrs. Carven spürte ich, dass ihn meine Antwort nicht zufriedenstellte.

»Suchen Sie nach einer bestimmten Art Wahrzeichen?«, fragte ich.

»Anscheinend suche ich nach einem, das nicht existiert.« Er bemerkte meine verwirrte Miene. »Verzeihen Sie mir, Lori«, bat er sanft. »Ich scherze. Meine Studenten haben mir immer erklärt, ich hätte einen eigenartigen Sinn für Humor.«

»Dann stimmt es? Sie waren Lehrer.«

»Bis zu meiner Pensionierung war ich Professor an der Universität von Derby«, erklärte er.

»Sollte ich Sie dann nicht mit Professor Windle ansprechen?«, fragte ich.

»Ich bin kein Professor mehr.« Ein wehmütiger Ton trat in seine Stimme. »Das scheint jetzt sehr lange her zu sein. Mir kommt es fast vor, als wäre es in einem anderen Leben gewesen«, setzte er hinzu.

»Es fehlt Ihnen sicher …«

»Was mir fehlt, sind meine Studenten. Mir fehlen die Seminare und Vorlesungen. Ich vermisse den Moment, in dem die Augen eines jungen lernfreudigen Menschen aufleuchten, weil ein Stück Wissen seinen Platz gefunden hat.« Er lächelte. »Was mir allerdings nicht fehlt, sind die Fakultätssitzungen. Dabei bin ich immer fast eingeschlafen.«

Ich nickte. »Sie haben den Seminarraum dem Konferenzsaal vorgezogen.«

»Gut ausgedrückt«, sagte er.

»Welches Fach haben Sie unterrichtet?«

»Geschichte«, antwortete er. »Industriegeschichte. Die Industriegeschichte Derbyshires, um genau zu sein.«

So viel zu der Hoffnung, dass er Gedichte rezitieren würde. Grant Tavistock würde enttäuscht sein.

»Ich muss gestehen, dass ich praktisch nichts über Derbyshires Industriegeschichte weiß«, erwiderte ich.

»Um ehrlich zu sein, weniger als nichts. Ich hatte Derbyshire für ein Naturparadies gehalten, da der Löwenanteil des Peak District innerhalb seiner Grenzen liegt.«

»Heute ist es auch ein Naturparadies«, erklärte Mr. Windle, »aber Derby war eine der Geburtsstätten der industriellen Revolution. Es hat sich nie zu einer Haupttriebkraft entwickelt wie Manchester oder Leeds, doch es hatte auch seine finsteren, satanischen Mühlen.«

Ich erkannte die Zeilen aus William Blakes *Jerusalem* wieder und überlegte, ob Mr. Windle vielleicht doch Lyrik-Liebhaber war. »Blake hielt nicht viel von der industriellen Revolution«, bemerkte ich.

»Sehen Sie?«, gab Mr. Windle zurück. »Sie wissen ja doch etwas darüber. Viele andere waren auch Blakes Meinung, und das aus gutem Grund. Fabrikbesitzer neigten dazu, ihren Profit über die Gesundheit und Sicherheit ihrer Arbeiter zu stellen.«

»Was haben die Fabriken hergestellt?«, fragte ich.

»Sie haben Seide, Baumwolle und Wolle gesponnen«, sagte er, »und Textilien für den Binnen- und den ausländischen Markt gewoben, verarbeitet und gefärbt.«

»Wie in Stroud.« Ich dachte an Tillys Bemerkungen über den Wollhandel in den Cotswolds. »Der Heimat der Rotröcke.«

»Eine gewisse Ähnlichkeit besteht da schon«, räumte er im diplomatischen Ton eines Gelehrten ein, der die Unterschiede zwischen Stroud und Derby stundenlang hätte erläutern können, aber netterweise darauf verzichtete, um mich nicht zu langweilen.

»Ein faszinierendes Thema«, stellte ich fest. »Sogar einfache Geister wie ich wissen, dass die Großproduktion alles verändert hat, überall. Dank der industriellen Revolution sind sogar Schneewehen hoch im Himalaja mit Mikroplastik verseucht.«

»Aber sie sorgte auch dafür, dass Millionen Menschen, die vorher halb nackt auf der Straße verhungert wären, angemessen ernährt, untergebracht und gekleidet wurden«, entgegnete er. »Wie die meisten Phänomene, die die Welt verändert haben, war die industrielle Revolution ein zweischneidiges Schwert.«

»Tut mir leid.« Ich errötete bis an die Haarwurzeln. »Ich sollte es besser wissen, als einem Professor eine Vorlesung zu halten.«

»Absolut keine Ursache«, meinte er. »Ihr Eifer erfreut mich.«

Nachdem Bess den Unterhaltungswert der Kartons endgültig ausgeschöpft hatte, marschierte sie aus dem Wohnzimmer und in die Diele. Ich sprang auf und jagte ihr nach, aber sie brachte es fertig, die Tür zum Esszimmer zu öffnen, bevor ich sie aufhalten konnte.

»Sie sollten sie festhalten«, warnte Mr. Windle, der mir auf dem Fuß folgte. »Dieser Raum ist nicht kindersicher.«

Das war meiner Meinung nach die Untertreibung des Jahrhunderts. Als ich Bess auf den Arm nahm, erblickte ich eine Ansammlung von Gegenständen, die ein Kleinkind garantiert fasziniert – und möglicherweise verstümmelt – hätten. Bess war definitiv von zwei Regalen zu meiner Linken gefesselt, die keine Bücher enthielten, sondern feines Wollgarn in allen Regenbogenfarben, das ordentlich um kegelförmige Halterungen gewickelt war. Ähnliche hatte ich schon in einem Handarbeitsladen in Upper Deeping gesehen.

Die eigentliche Gefahrenzone befand sich rechts von mir, wo ein langer Holztisch, der unter dem zugezogenen Fenster stand, Sortierboxen mit gefährlich wirkenden dicken Sticknadeln, einer verlockenden Sammlung von Scheren einschließlich des frisch erworbenen Fadentrenners sowie eine Vielzahl anderer Gerätschaften enthielt, über die ich nur wusste, dass ich Bess nicht einmal in ihre Nähe lassen würde.

In der Mitte des Raumes stand ein hölzerner Webstuhl. Er war nicht ganz so groß, wie ich erwartet hatte, aber groß genug, und er wirkte genauso kompliziert wie der, den Tante Dimitys Freundin ihr zu erklären versucht hatte. Ich hoffte inständig, dass Mr. Windle bei mir nicht den gleichen Fehler begehen würde.

Nachdem ich das doppelte Rätsel – das dumpfe Krachen und die Bündel bearbeiteten Holzes – gelöst hatte, hätte ich vor Triumph jubeln müssen. Doch stattdessen überkam mich eine Mischung aus Ehrfurcht und peinlicher Unzulänglichkeit, als ich die vielen Teile eines Geräts betrachtete, das ich nicht hätte bedienen können, wenn mein Leben davon abgehangen hätte.

»Wow«, murmelte ich. »Ein Webstuhl.«

»Gut erkannt«, erwiderte Mr. Windle trocken. »Genauer gesagt ist es ein Schaftwebstuhl mit vier Harnischen und sechs Pedalen, mit aufgehängten Harnischen, sechsunddreißig Zoll Webbreite, einer Friktionsbremse, um die Spannung zu kontrollieren, sowie einem Weberblatt, das auf unterschiedliche Höhen und Breiten einstellbar ist.«

»Dann sind Sie also Weber«, sagte ich, nachdem seine Worte an mir vorbeigerauscht waren.

»Nur ein Amateur«, erklärte er. »Ich habe damit begonnen, nachdem meine …«, er unterbrach sich und fuhr dann fort, »… nachdem ich in Pension gegangen bin. Auf gewisse Weise hat es mit meinem Fachgebiet zu tun. Lange bevor die erste Fabrik erbaut wurde, haben Weber in ihren Cottages an solchen Webstühlen gearbeitet.« Er klopfte auf das unfertige schwarze Stoffstück auf dem Webstuhl, als wollte er die Spannung prüfen.

»Manche Leute finden Weben ermüdend. Ich empfinde es als meditativ. Sobald die Fäden einmal gespannt sind, ist das Weben ganz einfach.« Er drehte sich zu mir um. »Soll ich Ihnen zeigen, wie der hier funktioniert?«

»Gern«, antwortete ich, »und Bess findet das sicher auch.«

»Bess auch«, bekräftigte Bess.

Mr. Windle setzte sich auf eine niedrige Holzbank, die vor dem Webstuhl stand, wie ein Orgelspieler vor seine Tasten, doch bevor er etwas anderes tun konnte, wurden wir abgelenkt, als jemand donnernd an die Haustür hämmerte.

»Ich glaube, ich habe noch einen Besucher«, meinte Mr. Windle und stand auf. »Einen ziemlich hartnäckigen, würde ich sagen.«

Ich fragte mich, ob das wieder Tilly war.

Ich hielt Bess sicher auf dem Arm, folgte Mr. Windle und spähte an ihm vorbei, als er die Tür öffnete. Der beharrliche Besucher war niemand anders als Tommy Prescott.

»Entschuldigen Sie, Mr. Windle«, sagte Tommy, »aber ich muss mit Lori Shepherd reden.«

Muss?, dachte ich. Das klang nach etwas Ernstem.

»Tommy!«, krähte Bess glücklich.

Tommy folgte Bess' Stimme und sah mich. »Ich muss mit dir sprechen, Lori. *Draußen. Sofort*«, wiederholte er drängend.

»Mr. Windle …«, begann ich, doch er brachte mich mit einer Handbewegung zum Schweigen.

»Gehen Sie nur.« Er trat beiseite, um mich vorbeizulassen.

»Bye-bye«, riefe Bess.

»Auf Wiedersehen, Kleine«, sagte Mr. Windle, doch er schloss die Tür nicht, nachdem wir hinausgetreten waren. Er blieb auf der Schwelle stehen und sah zu, wie Tommy mich zur Buckelbrücke zog, wahrscheinlich, damit wir nicht belauscht wurden.

»Lori«, begann Tommy und drehte sich zu mir um. Sein von Narben gezeichnetes Gesicht war bleich vor Furcht. »Bree ist *verschwunden!*«

Kapitel 18

Ein Schreck durchlief mich, aber ich rang ihn nieder. Da Tommy offensichtlich außer sich vor Sorge war, musste ich wenigstens so tun, als wäre ich ruhig.

»Verschwunden?«, wiederholte ich. »Was meinst du damit, dass Bree verschwunden ist?«

»Ich war vor fünf Minuten bei ihr«, erklärte er. »Ihr Auto steht nicht in der Garage.«

»Sie könnte in Upper Deeping sein«, meinte ich.

»Oder unterwegs nach Heathrow«, gab Tommy hektisch zurück. »Sie könnte einen Platz im nächsten Flieger nach Neuseeland gebucht haben. *Sie hat eine Tasche gepackt, Lori!*«

Verblüfft starrte ich ihn an. »Woher weißt du das?«

»Ich habe einen Schlüssel zu ihrem Haus«, antwortete er. »Sie hat vergessen, ihn zurückzuverlangen, als sie mir ihren Ring wiedergegeben hat. Als ich sah, dass ihr Auto weg war, bin ich ins Haus gegangen und habe mich umgeschaut. Sie war nicht da, und ihre blaue Reisetasche auch nicht.«

»Ente!«, sagte Bess.

»Ja, Süße, Mama sieht die Ente«, murmelte ich zerstreut, während ich Tommys beunruhigende Entdeckung verdaute. »Hat sie eine Nachricht hinterlassen?«

»Ich konnte keine finden«, erklärte er verzweifelt.

»Hat sie ihren Pass mitgenommen?«, fragte ich.

»Ich habe keine Ahnung, wo sie den aufbewahrt!«, rief er aus und breitete frustriert die Arme aus.

»Ich schon«, erwiderte ich. »Bree hat mir gezeigt, wo

sie ihn hingesteckt hat. Sie fand ihr Versteck rasend komisch.« Ich reichte Bess an Tommy weiter. »Du kannst mit ihr schneller laufen als ich«, sagte ich.

Bess kicherte, während Tommy und ich hastig die Brücke verließen. Sie genoss unseren schnellen Abgang weit mehr als wir.

Mr. Windle hatte sich von seiner Schwelle zurückgezogen, aber er sah von der Tür aus zu, wie wir an seinem Haus vorbeirannten, und beugte sich vor, um zuzuschauen, wie wir an der Teestube vorbeistürmten. Ich hatte einen vagen Eindruck von verblüfften Gesichtern hinter dem Fenster der Teestube, doch ich war zu beschäftigt, um sie zu beachten. Als Tommy sich anschickte, quer über den Anger zum Kastenwagen seines Onkels zu laufen, rief ich ihn zurück.

»Wir nehmen den Rover«, erklärte ich bestimmt. »In deinem Zustand kannst du nicht fahren.«

Ich schnallte Bess in Rekordzeit in ihrem Kindersitz fest, sprang hinters Steuer und verließ das Dorf in einem Tempo, das keine Rekorde brach, aber, wie ich hoffte, Tommy davon abhalten würde, frustriert auf das Armaturenbrett einzuschlagen. Er zeigte eine lobenswerte Selbstbeherrschung, obwohl ich beinahe hörte, wie er mit den Zähnen knirschte, als ich abbremste, um die scharfe Kurve vor Brees Haus zu passieren.

Ich hielt in der Einfahrt, stieg aus dem Rover und wollte gerade an den Rücksitz treten, doch ich änderte die Richtung, als ich sah, dass Tommy schon dort war. Da er wusste, dass ich Bess nicht länger als fünf Minuten allein im Auto lassen würde, trug er sie zur Haustür, wo ich auf ihn wartete.

»Es ist nicht abgeschlossen«, bemerkte er ungeduldig.

Er griff über mich hinweg, um den Türknauf zu drehen, und folgte mir über die Schwelle, durch die Diele und ins Wohnzimmer.

In dem Raum hatte sich sehr wenig verändert, seit Bree das Haus von ihren Urgroßtanten geerbt hatte. Um ihr Andenken zu ehren, hatte Bree das Zimmer fast vollständig so belassen, wie sie es zurückgelassen hatten. Hätte ich nicht gewusst, dass Ruth und Louise Pym tot und auf dem Kirchhof von St. George's begraben waren, hätte ich damit gerechnet, dass sie von ihrer Strickarbeit aufschauen würden, um mich zu begrüßen.

Die Schusterpalme gedieh immer noch auf ihrem kleinen Pflanzenständer aus Rosenholz vor dem Fenster; die fein gehäkelten Schoner schmückten wie früher die Rückenlehnen der zierlichen, identischen Lehnstühle am Kamin, und der Sekretär, den Ruth und Louise von ihrem Vater geerbt hatten, stand nach wie vor an der Rückwand und wirkte unter den grazilen Möbeln noch so fehl am Platz wie nur je.

Ich trat an den Kaminsims und griff in das Töpfchen aus Delfter Porzellan, wo Bree, wie ihre Urgroßtanten vor ihr, den Schlüssel zum Sekretär aufbewahrte. Ich schloss den Schreibtisch auf, schob den Rollladen hoch, rückte Brees Laptop beiseite und drückte einen kleinen Hebel, der sich hinten in einer der Ablagen versteckte. Rechts davon öffnete sich ein schmales Fach. Ich steckte die Hand in das enge Fach und atmete erleichtert auf, als meine Finger Brees Pass berührten.

»Und?«, fragte Tommy nervös. »Ist er da?«

»Ja.« Ich nahm den Pass aus dem Fach und zeigte ihn ihm. »Sie ist nicht nach Neuseeland durchgebrannt, Tommy. Sie ist noch in England.«

Er schwankte leicht, ließ Bess aber nicht fallen. Wenn überhaupt, hielt er sie fester, als könnten seine starken Gefühle nichts an seinem Beschützerinstinkt ändern. Er würde, so dachte ich bei mir, einen wunderbaren Vater abgeben.

»Wo ist sie?«, fragte er hilflos.

»Vielleicht verrät ihr Laptop uns das«, erklärte er, »aber wir sollten ihn mit zu mir nehmen. Bess muss zu Mittag essen, und du solltest anderswo sein als hier.« Ich nahm den Laptop, ließ den Pass wieder in sein Versteck gleiten, sicherte den Schreibtisch und ließ den Schlüssel zurück in den Topf fallen. Dann verließ ich das Wohnzimmer. »Vergiss nicht, auf dem Weg nach draußen die Tür abzuschließen«, rief ich über die Schulter.

Nachdem ich Bess gefüttert, ihr eine Geschichte vorgelesen und sie im Kinderzimmer hingelegt hatte, damit sie ihr Schläfchen machen konnte, kehrte ich ins Wohnzimmer zurück. Ich hatte Tommy auf dem Sofa sitzen gelassen. Auf dem Couchtisch standen ein Sandwich mit gebratenem Huhn und ein Glas Wasser, und er hatte Brees Laptop auf dem Schoß. Als ich sah, dass Stanley an dem unangerührten Sandwich schnüffelte, scheuchte ich den Kater weg, nahm den Teller und wedelte damit zwischen Tommys Gesicht und dem Bildschirm herum.

»Iss«, sagte ich. »Mit leerem Magen kann man nicht klar denken.«

»Doch, ich kann.«

»Tu mir den Gefallen«, beharrte ich.

Mit verschränkten Armen stand ich über ihm, während er das Sandwich mit vier Riesenbissen verschlang und es dann – zu schnell meiner Meinung nach – mit dem Wasser herunterspülte. Zufrieden setzte ich mich in Bills Sessel. Obwohl ich Stanley vertrieben hatte, sprang er auf meinen Schoß und rollte sich zufrieden schnurrend zusammen. Dieser Kater war nicht nachtragend.

»Hatte ich recht mit dem Laptop?«, erkundigte ich mich. »Verrät er uns, wohin Bree gefahren ist?«

»Ich glaube schon.« Tommy klappte den Laptop zu und legte ihn auf den Couchtisch. Er wirkte nicht so erfreut über das Ergebnis seiner Detektivarbeit, wie ich gedacht hatte. »Ich habe durch ihre neuesten Suchen gescrollt. Sie hat die kürzeste Route zu einem Marktflecken in Derbyshire recherchiert, einem Ort namens Bakewell.«

»Bakewell?« Ich zog die Augenbrauen hoch. »Wo die Törtchen erfunden worden sind? Kommt mir vor wie ein weiter Weg, um seinen Heißhunger auf Zucker zu stillen.«

»Es ist aber nicht die Rückseite des Mondes«, sagte Tommy. »Je nachdem, wie der Verkehr war, könnte Bree in etwas über zwei Stunden von ihrem Haus nach Bakewell gefahren sein. Und ich glaube nicht, dass sie hingefahren ist, um Gebäck zu probieren.«

»Und warum ist sie hingefahren?«

»Bakewell ist ein beliebtes Touristenziel«, erklärte er. »Da es im Nationalpark liegt, bietet es jede Menge Möglichkeiten für Outdoor-Aktivitäten – Wandern, Radfahren, Klettern, Höhlenforschung, Wassersportarten, so etwas.«

»Ich wette, in Finch kann man die besseren Kajaktouren unternehmen«, sagte ich, obwohl ich genau wusste, dass das nicht stimmte.

Tommy lächelte halbherzig und fuhr fort. »Ziemlich viele Läden in Bakewell sind auf Aktivurlauber ausgerichtet. Sie verkaufen Outdoor-Kleidung und -Ausrüstung und vermieten auch Equipment. Touristen finden dort so ziemlich alles für einen sportlichen Urlaub.«

»Und du glaubst, dass Bree das macht?«, fragte ich

zweifelnd. »Einen Aktivurlaub im Peak District genießen?«

»Sie hat sich insbesondere auf einen Laden konzentriert«, fügte Tommy hinzu. »*Bike Well Cycles.* Ein unabhängiger Fahrradladen, der einem Ehepaar gehört – Fred und Alice Taylor. Die Taylors vermieten, verkaufen und reparieren Fahrräder, doch sie bieten auch geführte Touren durch den Peak District an.«

»Ein vielbeschäftigtes Paar«, meinte ich.

»Zu ihren beliebtesten Touren gehört ein Besuch in Chatsworth House«, erklärte Tommy. »Es liegt ganz in der Nähe von Bakewell. Die Kunden fahren mit dem Rad hin, nehmen zu Fuß an einem Rundgang durch das Haus und den Park teil und radeln dann zurück. Warst du schon mal in Chatsworth?«

»Nein«, sagte ich, »aber es steht ziemlich weit oben auf meiner Liste von Herrenhäusern, die ich einmal besuchen will. Wie ich höre, ist es grandios.«

»Ich war einmal mit meiner Mutter und meinem Vater dort«, berichtete Tommy. »Damals war ich ungefähr zehn und hatte nicht viel mitzureden. Das Haus fand ich nicht so toll – zu viele Gegenstände, gegen die ein schlaksiger Junge rennen konnte –, aber der Park war spektakulär. Wie ein Jahrmarkt, nur grüner.«

Ich lachte. »Klingt nach einem Park, der einem Zehnjährigen gefallen würde.«

»Er ist nicht kitschig«, betonte Tommy. »Alles andere als das. Sogar ich sah, wie schön er war, doch er war definitiv nicht langweilig. Er hat einen Wasserfall, ein Labyrinth, einen Steingarten mit Felsblöcken so groß wie Autos und eine Fontäne, die einen Wasserstrahl über achtzig Meter in die Höhe schießt.« Er sah auf den Laptop hinunter. »Ich habe Bree von dem wunderbaren Park auf Chatsworth erzählt. Wir haben davon gesprochen, ihn uns gemeinsam anzusehen.« Er blickte zu mir auf. »Ich glaube, sie hat beschlossen, allein hinzufahren.«

»Das würde sie nicht tun«, protestierte ich.

»Warum nicht?«, fragte Tommy. »Sie könnte einen Tapetenwechsel gebrauchen, sie liebt Gärten, und sie fährt gern Rad. Eine solche Fahrradtour nach Chatsworth würde alle drei Punkte erfüllen.«

»Ist mir egal, und wenn es eine Trillion Punkte erfüllt«, gab ich zurück. »Bree würde nicht ohne dich nach Chatsworth fahren – nicht, wenn ihr darüber geredet habt, es gemeinsam anzusehen.«

»Vielleicht ist dir das noch nicht aufgefallen, Lori«, erklärte er mit resignierter Miene, »aber Bree und ich sind nicht mehr zusammen.«

»Vielleicht nicht offiziell«, wandte ich ein, »vielleicht nicht momentan, doch ihr kommt wieder zusammen, ich schwöre. Sie wird zu dir zurückkehren, Tommy. Sie muss sich nur über einiges schlüssig werden.«

»Was gibt es denn da zu überlegen?«, entgegnete er. »Sie weiß, wie sehr ich sie liebe; sie weiß, dass ich alles für sie tun würde, aber das scheint ihr nichts zu bedeuten.« Er ließ den Kopf hängen. »Ich scheine ihr nichts zu bedeuten.«

Er wirkte so jung und niedergeschmettert, dass ich nicht länger schweigen konnte. Ich überließ Stanley den Sessel, ging zum Sofa und setzte mich, ein Bein unter den Körper gezogen, neben Tommy. »Hat Bree mit dir je über ihre Kindheit gesprochen?«, wollte ich wissen.

»Nein«, antwortete er. »Sie hat mir einmal erzählt, sie beneide mich um meine normale Kindheit, doch als ich sie gefragt habe, was sie meint, hat sie erklärt, dass sie lieber in die Zukunft schauen möchte statt in die Vergangenheit. Ich habe gespürt, dass das ein Tabuthema war, daher habe ich es auf sich beruhen lassen.« Er runzelte die Stirn. »Wieso? Was hat Brees Kindheit damit zu tun, dass sie nach Chatsworth geflüchtet ist?«

»So gut wie alles.« Ich holte tief Luft, bat Bree im Stillen um Verzeihung und stürzte mich in die schwierige Aufgabe, Tommy von der alles andere als normalen Kindheit seiner Liebsten zu erzählen. »Bree war nicht viel älter als Bess heute, als die Ehe ihrer Eltern spektakulär scheiterte. Beide waren nicht dazu geeignet, ein Kind großzuziehen, daher wuchs sie bei ihren Großeltern väterlicherseits auf, bis aus heiterem Himmel ihr nutzloser Vater auftauchte und die Herrschaft über die Familie übernahm.

Brees Vater war ein Tyrann, ein Dieb, ein schäbiger Lügner, ein Betrüger, ein Spieler und ein Säufer. Er hat Brees Großmutter in einen frühen Tod getrieben und Brees Großvater terrorisiert. Bree lebte in Angst vor den Wutanfällen, die er im Suff bekam. Sie versuchte, ihren Großvater davor zu schützen, doch was konnte sie schon ausrichten? Sie war noch ein Kind.«

Tommys Kiefer verspannte sich Unheil verkündend, aber er sagte nichts.

»Als Brees Großvater starb, war sie achtzehn«, fuhr ich fort. »Sie sorgte dafür, dass er ein anständiges Begräbnis bekam, und machte sich dann auf die Suche nach ihrer Mutter. Bree spürte sie ohne große Probleme auf, doch es war kein glückliches Wiedersehen. Bei ihrer Mutter konnte sie nicht bleiben, und nach Hause zu ihrem Vater wollte sie nicht. Also ist sie davongelaufen und war auf der Flucht, angetrieben von Wut, Schuldgefühlen, Kummer und der unerschütterlichen Überzeugung, nicht nur ungeliebt, sondern auch nicht liebenswert zu sein.«

»Nicht liebenswert«, murmelte Tommy und schüttelte ungläubig den Kopf.

»Als ich nach Neuseeland kam, hatte Brees Vater sich schließlich zu Tode getrunken«, erklärte ich. »Ungefähr zehn Tage später habe ich sie dann gefunden. Als ich ihr die Nachricht überbrachte, hat sie keine einzige Träne vergossen.«

»Warum sollte sie auch?«, fragte Tommy erbittert.

»Ich habe sie in Queenstown gefunden, in einem Park am Ufer des Lake Wakatipu.« Die Erinnerungen stiegen wieder in mir auf, und ich unterbrach mich. »Ich habe ihr erzählt, zwei sehr alte Damen in einem winzigen englischen Dorf hätten mich zu ihr geschickt, weil sie den großen Wunsch hatten, sie kennenzulernen, bevor sie vor ihren Schöpfer traten. Ich habe sie mit nach Finch genommen und sie ihren Urgroßtanten vorgestellt, für die es Liebe auf den ersten Blick war. Am nächsten Tag sind die beiden gestorben.«

Tommy stöhnte leise.

»Als dein Onkel Bree unter seine Fittiche nahm«, fuhr ich fort, »wurde er für sie zum Ersatzvater – dem Vater, von dem sie wünschte, ihn gehabt zu haben. Sie hasst sich dafür, deinen Onkel enttäuscht zu haben, weil sie nur zu gut weiß, wie es sich anfühlt, hintergangen zu werden. Und wie könnte jemand, der einen so aufrechten Mann wie Mr. Barlow verraten hat, es wert sein, seinen Neffen zu heiraten?«

»Ungeliebt, unerwünscht, unwürdig«, murmelte Tommy. »Meine arme Bree.« Kurz schloss er die Augen und wandte sich dann mir zu. »Hat sie meinem Onkel von ihrer Kindheit erzählt?«

»Was glaubst du denn?«, fragte ich.

Tommy seufzte. »Ich glaube, er tappt genauso im Dunklen wie ich bis eben. Wenn er das von ihrem Vater gewusst hätte, hätte er sie nie so scharf angefahren. Wir dachten beide, Bree ist hart im Nehmen.«

»Hart im Nehmen ist sie schon«, sagte ich, »und widerstandsfähig und mutig und erstaunlich selbstsicher – meistens. Doch sie ist auch verwundbar, vor allem bei Vaterfiguren. Ein hartes Wort von Mr. Barlow hat für sie viel mehr Gewicht, als käme es von dir oder mir.«

»Ich habe nie ein hartes Wort an Bree gerichtet«, erklärte Tommy.

»Mr. Barlow auch nicht, bis sie seine Privatangelegenheiten in der Teestube breitgetreten hat«, rief ich ihm ins Gedächtnis. »Ich glaube nicht, dass er vorher schon einmal die Stimme gegen sie erhoben hat. Dein Onkel ist kein Ungeheuer, Tommy. Er hatte ein Recht, ihr böse zu sein.«

»Er hat aber auch ein Recht zu erfahren, warum seine Predigt über Privatangelegenheiten damit geendet hat, dass Bree, von der er dachte, sie sei hart im Nehmen, in Tränen ausgebrochen ist«, meinte Tommy. »Ich werde ihm alles erzählen. Dann will er sich bestimmt selbst treten, weil er ihr gegenüber die Beherrschung verloren hat.«

»Das sollte er nicht«, erwiderte ich. »Es ist nicht seine Schuld, dass sie sich nicht dazu überwinden konnte, ihm die Wahrheit über ihre Vergangenheit zu sagen.«

»Wahrscheinlich wollte sie nicht, dass er sie bemitleidet – oder ich«, überlegte Tommy laut.

»Sie wollte nicht, dass sie anderen leidtut«, erklärte ich, »und deswegen hat sie mich auch gebeten, über ihre Kindheit zu schweigen. Sie hat die Party genossen, die Grant und Charles ihr zum Trost veranstaltet haben, nachdem ihr abscheulicher australischer Verlobter mit ihr Schluss gemacht hatte, doch sie würde es hassen, wenn alle sie ständig bemitleiden würden.«

Tommy hob seine Beinprothese. »Niemand versteht besser als ich, wie zermürbend Mitleid sein kann.«

»Du darfst gern mich bemitleiden, wenn Bree herausfindet, was ich getan habe«, sagte ich düster. »Wahrscheinlich zerreißt sie mich in der Luft, weil ich hinter ihrem Rücken über sie geredet habe. Aber nachdem du wie ein trauriger Welpe dreingeschaut hast, Mr. Barlow sich auf den Daumen geschlagen und Tilly Henry angefaucht hat …«

»Tilly hat Henry angefahren?«, unterbrach Tommy mich ungläubig.

»Ihr habt sie in den Wahnsinn getrieben, du und dein Onkel!«, rief ich aus. »Ihr habt mir keine Wahl gelassen. Ich musste dir um aller willen, einschließlich Brees selbst, von ihrer Vergangenheit erzählen. Ich kann mir vorstellen, dass die ganze traurige Geschichte irgendwann herauskommt – Geheimnisse bleiben in Finch nicht lange verborgen –, doch bis dahin würde ich es zu schätzen wissen, wenn du nicht in der Teestube darüber plauderst.«

»Ich speichere die Information unter ›Kenntnis nur bei Bedarf‹ ab«, versprach Tommy, »und mein Onkel ist der Einzige, der das zu wissen braucht.« Er lächelte schief. »Man könnte behaupten, dass Bree genauso empfindlich bezüglich ihrer Privatsphäre ist wie mein Onkel. Kein Wunder, dass die beiden sich so gut verstehen.«

»Gleich und gleich gesellt sich gern.« Ich erwiderte sein Lächeln. »Wenn du nach Hause kommst, entschuldige dich bei deiner Tante, rede mit deinem Onkel und hab vor allem Geduld mit Bree. Sie ist ein kluges Mädchen. Sie wird es schon verstehen.«

»Wenn ein Tapetenwechsel ihr dabei hilft«, meinte Tommy, »dann macht es mir nichts aus, wenn sie ohne mich nach Chatsworth fährt. Sie kann mir ihre Lieblingsstellen zeigen, wenn wir zusammen dort sind.« Er nahm den Laptop und stand auf. »Ich sollte mich auf den Weg machen. Den Laptop lege ich dahin zurück, wo wir ihn gefunden haben.«

»Warum die Eile?«, fragte ich und klopfte auf das Sofa. »Bleib doch noch. Bess wird in ein paar Minuten wach, und dann können wir dich nach Hause fahren.«

»Danke, aber ich gehe zu Fuß zurück ins Dorf. Ich bin so verdammt wütend auf Brees Vater, dass ich auf eine Wand einschlagen könnte. Ich muss erst Dampf ablassen, bevor ich mit Onkel Bill rede.«

»Ein flotter Spaziergang klingt nach einer guten Idee«, meinte ich und sprang auf.

Ich brachte ihn zur Tür und öffnete sie. Bevor er nach draußen trat, beugte er sich vor, um mich zu drücken. Es war, als würde man von einem Berg umarmt.

»Danke, Lori«, sagte er und richtete sich auf. »Für das Sandwich, für die Wahrheit und dafür, dass du so eine gute Freundin bist.«

»Und was ist das Zauberwort bei Bree?«, fragte ich.

»Geduld«, gab er zurück und ging dann den mit Steinplatten belegten Weg entlang, der zur Straße führte.

Ich sah ihm nach und hatte das Gefühl, um Haaresbreite davongekommen zu sein. Ich hegte den dumpfen Verdacht, dass Brees Ausflug nach Derbyshire mit Mr. Windle zu tun hatte, doch ich hatte nicht die Absicht, Tommy von der seltsamen Begegnung in dem Wäldchen zu erzählen. Er hatte genug Offenbarungen für einen Tag hinter sich, und ich hatte genug von Brees Geheimnissen verraten. Ich würde es ihr überlassen, ihm von ihrer Freundschaft mit unserem neuen Nachbarn zu erzählen.

Ich hatte keine Lust, mich zweimal in der Luft zerreißen zu lassen.

Kapitel 19

In dem Bemühen, beim Abendessen meine Söhne zu beeindrucken, erzählte ich ihnen von dem Fuchs, den ich in dem Wäldchen gesehen hatte. Ich hätte es besser wissen müssen. Statt auf meine Wild-Sichtung mit einem zufriedenstellenden Grad an Ehrfurcht zu reagieren, erklärten sie mir lässig, sie hätten den Fuchs schon mindestens ein Dutzend Mal gesehen, wenn sie auf ihren Ponys an dem Wäldchen vorbeigeritten waren.

»Wir haben dort sogar *zwei* Füchse gesehen«, sagte Will.

»Wir glauben, einer ist ein Weibchen«, fügte Rob hinzu.

»Welchen hast du gesehen?«, fragte Will.

»Einen roten«, antwortete ich und wich Bills amüsiertem Blick aus.

Die Jungs ergriffen die Gelegenheit, ihre unwissende Mutter weiterzubilden, und erzählten mir Wissenswertes über Füchse, bis die Mahlzeit glücklicherweise vorbei war und ich einen triftigen Grund hatte, sie in ihr Zimmer zu schicken, um Hausaufgaben zu machen.

Selbst wenn Bill mich nicht den Rest des Abends »Fuchs-Frau« genannt hätte, wäre ich unten geblieben, nachdem er ins Bett gegangen war. Ich hatte Tante Dimity so viel zu erzählen, dass sich mir der Kopf drehte.

Ich wartete, bis es im Cottage still geworden war, ging dann ins Arbeitszimmer, knipste die Lampen auf dem Kaminsims an und kniete nieder, um Feuer zu machen. Es war nicht besonders kühl in dem Raum, aber ich fand den Anblick, das Knistern und den Duft eines Holzfeuers genauso beruhigend wie seine Wärme.

»Ich habe die Festung gestürmt«, erklärte ich Reginald und setzte mich auf die Fersen. »Genau gesagt ist Bess das gelungen, doch ich war dicht hinter ihr. Wer ein Kleinkind hat, braucht keinen Rammbock. Obwohl, wenn ich recht darüber nachdenke, unterscheidet Bess sich nicht besonders stark von einem kleinen Rammbock.«

Als ich aufstand, glitzerten Reginalds schwarze Knopfaugen im Feuerschein. Ich nahm das blaue Journal aus dem Regal und schmiegte mich in einen hohen, lederbezogenen Stuhl. Wenigstens Reginald hatte ich beeindruckt.

»Dimity?«, sagte ich und schlug das Buch auf. »Heute Morgen habe ich im Cottage Weidenkätzchen mit Mr. Windle Tee getrunken.«

Fast sofort erschien Tante Dimitys schöne, gestochene Handschrift auf der leeren Seite.

Gut gemacht, Lori! Wie ist dir dieser spektakuläre Erfolg gelungen, wo so viele vor dir gescheitert waren?

»Bess«, erklärte ich. »Meine kleine Barbarin ist in das Cottage gerannt, ohne eine Einladung abzuwarten. Ich bin ihr gefolgt, Mr. Windle ist uns nachgegangen, und ehe ich mich's versah, haben wir im Wohnzimmer Tee getrunken, während Bess mit Mr. Windles leeren Kartons gespielt hat. Ich hätte es nicht besser planen können, wenn ich es versucht hätte.«

Barbaren haben auch ihren Nutzen, besonders wenn sie so entzückend sind wie Bess.

»Mr. Windle wäre mit dir einer Meinung darüber, wie äußerst entzückend sie ist«, sagte ich. »Er konnte gar nicht aufhören, sie anzustrahlen. Er scheint sich mit Kindern ganz gut auszukennen. Besser als ich es von einem Junggesellen erwartet hätte.«

Vielleicht ist er ja Onkel oder Ersatzonkel. Ich hatte nie eigene Kinder, doch selbst ich wusste, wie man ein Kleinkind hütet. Erzähl mir von deinem Besuch. Hast du im Cottage Weidenkätzchen etwas Ungewöhnliches bemerkt?

»Mr. Windle ist noch dabei, sich zu organisieren«, sagte ich.

Daher die Pappkartons.

»Darin waren sicher weitere Bücher«, meinte ich, »weil die Bücherregale in seinem Wohnzimmer damit vollgestopft sind. Anscheinend hat er auch etwas für Karten übrig. Bevor er auf dem Couchtisch Platz für das Teetablett gemacht hat, habe ich dort mehrere gesehen. Er liest das Buch, das Tilly ihm gebracht hat, und auf seinem Sofa liegt Annabelle Cravens gequiltete Kniedecke, doch das Einzige, was auf seinem Kaminsims steht, ist Amelias Aquarell.«

Keine Fotos?

»Kein einziges«, antwortete ich. »Man sollte doch meinen, ein Onkel oder Ersatzonkel würde Fotos von Menschen aufstellen, die ihm lieb und teuer sind, und wenn nur, um schöne Erinnerungen zu pflegen.«

Vielleicht hat er sie noch nicht ausgepackt. Konntest du denn herausfinden, warum er von diesen Menschen weggezogen ist?

»Nein«, sagte ich, »aber ich kann alles bestätigen, was Marigold Edwards uns über ihn erzählt hat. Er ist nicht nur Single, sondern tatsächlich Professor im Ruhestand aus Derbyshire. Er hat an der Universität von Derby Geschichte des Industriezeitalters gelehrt. Ich glaube, er wünscht sich, er wäre wieder im Vorlesungssaal. Er hat das Unterrichten geliebt.«

Der Übergang in den Ruhestand kann schwierig sein, aber

er wird ihn besser überstehen, wenn er sich bemüht, neue Freunde zu finden.

»In St. George's wird er jedenfalls keine suchen«, sagte ich. »Er ist kein Kirchgänger.«

Sobald er erkennt, dass die Kirche das Herzstück von Finch ist – und der beste Platz, um den neuesten Klatsch zu hören –, überlegt er es sich vielleicht anders.

»Er hat mich gefragt, ob Finch einen Gemeindebrief hat«, sagte ich kichernd. »Ich habe ihm erklärt, dass wir mündliche Kommunikation bevorzugen. Ich habe ihm allerdings vom *Upper Deeping Dispatch* erzählt, für den Fall, dass er ein Konzert besuchen oder durch eine Kunstgalerie schlendern will. Ich bin mir sicher, dass Elspeth ihm gern die Sehenswürdigkeiten zeigen würde.«

Hat er Elspeth erwähnt?

»Er hat von ihren Bakewell-Törtchen gesprochen«, antwortete ich. »Er hat sie als ›den perfekten Abschluss einer unvollkommenen Mahlzeit‹ bezeichnet. Ich vermute, dass er kein besonders guter Koch ist. Elspeth dagegen ist ein Ass in der Küche.«

Du willst die beiden verkuppeln, Lori.

»Das bin nicht ich«, protestierte ich und schützte Unschuld vor. »Das ist die Magie des Hauses!«

Ah ja, das Cottage, das einen romantischen Zauber über jeden wirft, der dort lebt. Jedenfalls scheint es eine heilsame Wirkung auf Mr. Windle auszuüben. In vier kurzen Tagen hat er sich von einer abgehärmten leeren Hülle zu einem charmanten Gastgeber gewandelt. Worüber habt ihr euch sonst noch unterhalten?

»Ich habe Brees Namen in die Unterhaltung eingeflochten«, sagte ich, »doch er hat getan, als hätte er noch nie von ihr gehört. Vielleicht hat sie ihn ja gebeten, ihre

Treffen für sich zu behalten, obwohl ich keine Ahnung habe, warum sie das tun sollte.«

Wenn Mr. Windle zugibt, mit Bree befreundet zu sein, werden ihn die Dorfbewohner vielleicht ins Kreuzverhör nehmen, und das ist etwas, das Bree selbst angestrengt zu vermeiden versucht. Bree ist eine gutherzige junge Frau. Sie würde nicht wollen, dass er in ihr persönliches Drama hineingezogen wird. Hast du auch Pouter's Hill ins Gespräch eingeflochten?

»Ja, aber das war ein Schuss in den Ofen. Mr. Windle hat keinen Funken Interesse gezeigt. Als ich ihn gefragt habe, was für eine Art Wahrzeichen er sucht, hat er gescherzt, dass er vielleicht nach einem sucht, das nicht existiert. Also hat er möglicherweise aufgehört, danach Ausschau zu halten.«

Ich habe vielleicht noch einen Vorschlag für ihn, doch dazu kommen wir gleich. Hast du ihn gefragt, ob er einen Webstuhl besitzt?

»Das war nicht nötig«, erklärte ich. »Nachdem meine kleine Barbarin sein Esszimmer geentert hatte, habe ich den Webstuhl mit eigenen Augen gesehen.«

Ich hoffe, du hast sie davon ferngehalten.

»Sie hat ihn von meinem sicheren Arm aus betrachtet«, sagte ich. »Der Himmel weiß, was sie angestellt hätte, hätte ich sie auf die Garnvorräte losgelassen. Mr. Windles bunte Garnsammlung hätte eine Malerpalette stumpf aussehen lassen, aber er hat den Webstuhl mit schwarzem Garn bespannt. Kannst du das glauben?« Ich runzelte leicht die Stirn. »Ich hoffe, er webt kein Leichentuch.«

Leichentücher werden gewöhnlich aus ungebleichtem Leinen hergestellt.

»Gut zu wissen«, erwiderte ich. »Ich würde den Gedanken hassen, dass er jedes Mal, wenn er sich zum Weben setzt, an den Tod denkt.«

Warum hast du ihn nicht gefragt, was er webt?

»Das hätte ich vielleicht«, sagte ich, »aber ich hatte keine Chance. Wir wurden von Tommy Prescott unterbrochen, der wie ein Verrückter an die Haustür hämmerte und verlangte, unter vier Augen mit mir zu reden.«

Ach, du meine Güte. Was war denn mit Tommy los?

»Er dachte, Bree sei nach Neuseeland durchgebrannt«, sagte ich. Ich erzählte Tante Dimity alles: dass ihr Auto verschwunden war, dass ihre Reisetasche fehlte, dass sie keine Nachricht hinterlassen hatte, und davon, wie ungeheuer erleichtert Tommy und ich gewesen waren, als ich entdeckt hatte, dass ihr Pass noch da war. »Sie hatte auch ihren Laptop zurückgelassen, und sie wäre nie ohne ihren Computer nach Neuseeland geflogen.«

Weißt du denn, wohin sie gefahren ist?

»Ich habe Tommy auf ihrem Laptop nach Hinweisen suchen lassen«, erklärte ich. »Er ist sich zu neunundneunzig Prozent sicher, dass sie nach Bakewell gefahren ist.«

Dem Marktflecken in Derbyshire?

»Ja«, antwortete ich. »Es scheint nicht nur ein Mekka für Gebäckliebhaber zu sein, sondern auch für Outdoor-Sportler. Tommy glaubt, dass Bree hingefahren ist, um an einer Radtour teilzunehmen, die von einem dort lebenden Ehepaar organisiert wird. Sie haben einen Laden namens *Bike Well Cycles.* Zu der Radtour gehört auch eine Führung durch Chatsworth House. Bree und er hatten vorgehabt hinzufahren, um den Park zu besichtigen. Er war niedergeschmettert bei dem Gedanken, dass Bree ihn sich ohne ihn angesehen haben könnte. Für ihn war das der letzte Sargnagel für ihre Beziehung.«

Ach herrje. Sie sind doch erst seit ein paar Tagen getrennt. Bree hatte noch keine Zeit, einen richtigen Sarg zu bauen, ge-

schweige denn, den letzten Nagel darin einzuschlagen. Abgesehen davon weiß Tommy doch gar nicht, ob sie wirklich nach Chatsworth gefahren ist. Möglich, dass Bree über ihrem Laptop nur Tagträumen über die Reise nachgehangen hat, die die beiden geplant hatten.

Eine Pause trat ein, und als die Handschrift erneut erschien, zeigte die königsblaue Tinte einen dunkleren Ton, als wollte Tante Dimity ihre nächsten Worte betonen. *Tommy kann nicht klar denken, Lori, weil er nicht alle Fakten kennt.*

»Jetzt kann er«, erklärte ich, »weil ich ihm alle Fakten gegeben habe, bevor er gegangen ist.«

Du hast ihm von Brees Kindheit erzählt?

»Ja«, sagte ich. »Und er wird Mr. Barlow alles weitersagen. Wenn alles nach deinem Plan geht, werden sich in Brees Haus alle in den Armen liegen, sobald sie aus Derbyshire zurück ist.«

Falls sie denn nach Derbyshire gefahren ist, was ich bezweifle. Tut mir leid, Lori, doch ich finde es schwer zu glauben, dass Bree und ihr gebrochenes Herz froh und munter Fahrradurlaub im Peak District machen.

»Ich glaube nicht, dass sie froh und munter ist«, entgegnete ich. »Ich meine nur, dass sie vielleicht nach Derbyshire gefahren ist, weil sie dachte, Mr. Windle damit helfen zu können.«

Wie in aller Welt könnte eine Radtour hilfreich für Mr. Windle sein?

»Keine Ahnung, aber ich weiß, dass Bree sich nicht wie jemand verhalten hat, dem das Herz gebrochen worden ist, als ich die beiden in dem Wäldchen zusammen gesehen habe. Sie haben ihr Zusammensein genossen. Vielleicht haben sie einander aufgemuntert oder über vertrauliche Themen gesprochen.« Ich streckte meine Beine und beugte mich über das blaue Journal. »Denk doch darüber nach, Dimity. Bree freundet sich mit einem betrübten Mann an, der aus Derbyshire stammt, und am nächsten Tag fährt sie dorthin. Da muss eine Verbindung bestehen.«

Bree könnte erfahren haben, warum Mr. Windle so zu leiden schien, als Tommy und du ihn von der Brücke aus gesehen habt. Wenn, dann hätte sie nicht gezögert, ihre eigenen Probleme beiseitezuschieben, um seine zu lösen. Wie ich schon sagte, ist sie eine gutherzige junge Frau.

»Genau.« Ich lehnte mich auf dem Stuhl zurück. »Die Radtour verwirrt mich noch, doch man kann ja auch nicht erwarten, dass ich jede winzige Einzelheit auf einmal erklären kann, oder?«

Ich würde nie auf diese Idee kommen, meine Liebe. Dein Tag war voller brillanter Erfolge. Heute Abend solltest du dich auf deinen Lorbeeren ausruhen. Aber bevor du es dir zu gemütlich machst, würde ich gern noch einmal auf das Thema Landmarken zurückkommen.

»Reale oder nicht existente?«, fragte ich.

Die, die mir vorschwebt, hat ein wenig von beidem. Ich hatte es fast vergessen, doch dein Besuch in dem Wäldchen hat eine meiner verschwommenen Erinnerungen wieder klarer werden lassen.

Das Feuer knisterte, und eine unstete Brise bewegte den Efeu vor den Sprossenfenstern, während Tante Dimity ihre Gedanken ordnete. Als die Handschrift erneut erschien, floss sie langsam über die Seite, als erinnere sie sich an etwas, das lange zurücklag. Was stimmte, wie sich herausstellte.

Ich ging in die zweite Klasse der Dorfschule, als eine Schulkameradin mir zuflüsterte, in dem Wäldchen spuke es. Ihr Großvater hatte ihr erzählt, er habe in seiner Jugend geisterhafte Gestalten durch das Unterholz schweben sehen, und sie solle nicht in das Wäldchen gehen, damit die Geister ihr nicht nach Hause folgen würden.

Im Kamin verrutschte ein Scheit, sodass eine Funkenwolke aufstob, und ich erschreckte mich halb zu Tode.

»Tut mir leid«, murmelte ich und nahm das Journal wieder fest in die Hand.

Du brauchst dich nicht zu entschuldigen, meine Liebe. Mich hat es bei der Geschichte auch gegruselt, aber als ich nach der Schule mit ängstlich aufgerissenen Augen nach Hause rannte und etwas von Geistern stammelte, hat sich meine Mutter mit mir hingesetzt und mich wieder zur Vernunft gebracht. Sie hat mir erklärt, am Ende des Feldwegs, der auf der Straßenseite gegenüber dem Cottage beginnt, habe einst eine Mühle gestanden. Der Erbauer hatte diesen Platz gewählt, weil an dieser Stelle die Strömung des Flusses stark genug war, um zuverlässig ein Mühlrad anzutreiben.

Ich dachte an das Rauschen des Flusses zurück und nickte.

Dann erzählte mir meine Mutter, dass irgendwann, lange bevor sie geboren wurde, ein Geschäftsmann aus Upper Deeping die Mühle zu einer Textilfabrik umgebaut hatte. In der Gegend gab es so viele Schafe, dass er gute Bezugsquellen für Wolle hatte, und der Fluss lieferte unerschöpfliche Energie. Doch wie sich herausstellte, war die Mühle zu klein, um gewinnbringend zu sein, aber der Besitzer sparte an allen Ecken und Enden und setzte seine Arbeiter unter enormen Druck, bis das Unvermeidliche geschah. Eine nachlässig reparierte Maschine versagte, was zum Tod von vier Arbeitern führte.

»Die Geister!«, entfuhr es mir.

Ich wiederhole jetzt, was meine Mutter mir sagte, als ich die gleichen Worte aussprach: Haarsträubender Unsinn! Der Großvater meiner Freundin hat die geisterhaften Gestalten erfunden, um seine Enkelin davon abzuhalten, an einem gefährlichen Flussabschnitt zu spielen. Da ich ein intelligentes Mäd-

chen sei, sagte sie, brauche man mich nicht anzuflunkern, um mich zu schützen. Ich fühlte mich natürlich geschmeichelt und brannte darauf, meine Mutter in ihrer guten Meinung von mir zu bestätigen, also habe ich nie an den Stromschnellen gespielt.

»Deine Mutter war sehr klug«, bemerkte ich.

Tausendmal klüger als der Geschäftsmann aus Upper Deeping. Die Prozesse, die sich anschlossen, haben ihn in den Bankrott getrieben. Die Mühle wurde geschlossen, die Maschinen und das Wasserrad wurden versteigert, und das Gebäude ließ man verfallen.

»Kein Wunder, dass der Boden in dem Wäldchen so gefährlich ist«, meinte ich. »Die Büsche und Dornenhecken müssen die Reste des Gebäudes überwuchert haben. Stolperfallen auf Schritt und Tritt.«

Meine Mutter hat mir erzählt, die Dorfbewohner hätten die Mühle aus ihrem Gedächtnis streichen wollen. Sie waren entsetzt über die Tragödie und zutiefst beschämt, weil Finch in vielen Gerichtsakten als das Dorf genannt wurde, das am nächsten an der Mühle lag. Sie hatten das Gefühl, in einen Topf mit dem Fabrikbesitzer geworfen zu werden. Was mich zu Mr. Windle führt.

»Die Mühle kann aber nicht sein Wahrzeichen sein«, wandte ich ein, nachdem ich eins und eins zusammengezählt hatte. »Es ist kaum noch etwas von ihr übrig.«

Auf die unwahrscheinliche Chance hin, dass sie seine Landmarke ist, würde ich ihm an deiner Stelle zur Vorsicht raten. Seine neuen Nachbarn sind enorm stolz auf ihr Gemeinwesen. Sie werden es möglicherweise nicht schätzen, an ein schmerzliches Kapitel aus Finchs Geschichte erinnert zu werden.

»Ich kann ihn wohl kaum bitten, seine Untersuchungsergebnisse unter Verschluss zu halten.«

Du kannst ihm jedoch raten, sensibel mit seinen Forschungen umzugehen.

»Okay«, sagte ich. »Ich rede mit ihm, aber ...« Ich unterbrach mich, als mein Handy den Eingang einer Nachricht meldete. Ich warf einen Blick auf die vergoldete Uhr auf dem Kaminsims und sah, dass es kurz vor Mitternacht war. »Entschuldige, Dimity. Ich habe keine Ahnung, wer mich um diese Zeit anschreiben sollte.«

Du solltest es besser herausfinden. Es könnte ein Notfall in Fairworth House oder im Dorf sein.

Da Willis senior unter chronischen Herzproblemen litt, ließen mich Tante Dimitys Worte reagieren. Ich zog das Handy aus der Tasche, warf einen Blick auf den Bildschirm und musste zweimal hinsehen.

»Das glaube ich jetzt nicht«, sagte ich. »Es ist *Bree.* Sie fragt, ob ich noch wach bin, weil sie mir etwas Wichtiges zu erzählen hat.« Ich schaute auf das Journal hinunter. »Sie muss aus Bakewell zurück sein.«

Sag ihr, sie soll sofort kommen! Wir können morgen weiterreden.

Ich tippte auf dem Handy normalerweise nicht besonders schnell, doch selbst meine Söhne wären verblüfft darüber gewesen, in welchem Tempo ich Bree nun zurückschrieb.

Kapitel 20

Als Bree in die Einfahrt einbog, wartete ich auf der Türschwelle. Sie stieg aus dem Auto und kam den Steinplattenweg heraufgeflitzt. Ihr herzförmiges Gesicht leuchtete vor unterdrückter Aufregung.

»Ich bin froh, dass du noch auf bist, Lori«, sagte sie und versuchte, leise zu sprechen. »Ich habe dir eine Menge zu erzählen!«

»Komm in die Küche«, bat ich. »Ich habe schon Wasser aufgesetzt.«

Bree trug eine schwarze Jeans, schwarze Lederstiefel und einen eng anliegenden Pullover aus feinmaschigem Stoff, den ich noch nie an ihr gesehen hatte. Mir hätten die roten, orangen und dunkelvioletten diagonalen Streifen nicht gestanden, aber die bunten Farben und das gewagte Muster waren genau das Richtige für Bree. Als wir in die Küche traten, streckte sie mir die Arme entgegen.

»Fühl mal«, sagte sie. »Extrafeine Merinowolle aus Neuseeland. Es gibt keine bessere auf der Welt.«

»Er ist toll.« Ich strich über den flaumigen Ärmel. »Den hast du aber nicht in Neuseeland gekauft, oder?«

Sie errötete und ließ den Arm sinken. »Ich weiß, ich bin ein paar Tage in der Versenkung verschwunden, Lori, doch ich würde nie nach Neuseeland fliegen, ohne dir Bescheid zu sagen.«

Ich war versucht, sie zu fragen, ob Mr. Windle die Merinowolle für sie gewebt hatte, aber es war noch zu früh, um ihr zu gestehen, dass ich ihr zu dem Wäldchen gefolgt war. Ich schloss die Küchentür und wies mit einer Kopfbewegung auf den Teller mit Haferkeksen, die ich auf den Kieferntisch gestellt hatte. »Nimm dir einen Keks«, forderte ich sie auf. »Ich kümmere mich um den Tee.«

»Ein Festmahl um Mitternacht«, meinte Bree und griff nach einem Plätzchen, während sie sich auf einen Stuhl sinken ließ. »Lecker!«

Sobald ich den Tisch mit allem gedeckt hatte, was wir für unser Mitternachtsmahl brauchten, setzte ich mich ihr gegenüber und schenkte uns Tee ein. Nachdem ich innerlich mit mir debattiert hatte, beschloss ich, dass ich ihr ebenso gut selbst von unserem unerlaubten Besuch in ihrem Haus erzählen konnte, da Tommy es ihr zwangsläufig gestehen würde. Doch bevor ich mich in die Geschichte um den entwendeten Laptop stürzen konnte, galoppierte sie schon mit ihrer eigenen davon.

»Seit der Möbelwagen-Wache ist so viel passiert, dass ich gar nicht weiß, wo ich anfangen soll«, erklärte sie. »Es ist nicht so, als hätte ich nicht mit dir reden wollen, nachdem ich Mr. Barlows Haus verlassen hatte. Ich wollte mit *niemandem* reden.«

»Du brauchtest Zeit für dich«, sagte ich, als wäre ich kein Mensch, der auf allen vieren kriecht, um sicherzugehen, dass ein Auto noch in einer Garage steht. »Das verstehe ich.«

»Wahrscheinlich weißt du, was ich mit Tommys Brief gemacht habe«, meinte sie und spielte mit ihrem Teelöffel.

»Kann sein, dass er davon gesprochen hat«, räumte ich munter ein.

»Am Sonntag erschien es mir nur fair, einen glatten Schnitt zwischen uns zu machen«, erklärte sie ernst, »aber am Montag kamen mir schon Zweifel. Ich war zu aufgedreht, um zu Hause zu bleiben, doch ich wollte auch draußen niemandem begegnen. Also bin ich vom Dorf weggegangen und habe den Feldweg zu dem Wäldchen eingeschlagen. Niemand geht dahin, es ist zu unheimlich.«

»Es ist schon gruselig dort«, stimmte ich ihr zu und erinnerte mich an Tante Dimitys Geistergeschichte.

»Ich saß am Ufer und versuchte, über alles nachzudenken«, fuhr sie fort, »und dann erlebte ich die Überraschung meines Lebens.« Ihre Augen blitzten vor Vorfreude über ihre große Enthüllung. »Du wirst nie erraten, wer auf mich zukam.«

»Vielleicht schon«, sagte ich mehr oder weniger wahrheitsgemäß, »aber ich möchte es lieber von dir hören.«

»Es war Mr. Windle!«, rief Bree aus.

»Du meine Güte«, erwiderte ich so erstaunt, wie ich konnte.

»Hätte ich ihn kommen sehen, wäre ich im Wäldchen in Deckung gegangen«, gestand sie, doch du weißt ja, wie laut der Fluss an den Stromschnellen rauscht. Ich hatte keine Ahnung, dass Mr. Windle da war, bis er Guten Tag gesagt hat.« Sie legte die Arme auf den Tisch. »Jetzt bin ich froh, dass ich nicht weggelaufen bin. Mr. Windle mag ja im Ruhestand sein, aber er ist immer noch Professor, ein brillanter Professor. Ich habe alles Mögliche von ihm gelernt.«

»Was zum Beispiel?«

»Wusstest du, dass in dem Wäldchen einmal eine Textilfabrik stand?«, fragte Bree. »Ich nicht, doch Mr. Windle. Als er noch in Derbyshire lebte, ist er in einem obskuren akademischen Journal auf einen Verweis darauf gestoßen. Bei seinem Umzug hierher ging er davon aus, dass die Mühle eine Landmarke sein würde. Er konnte nicht begreifen, warum das nicht der Fall war.«

»Ich glaube, ich habe schon einmal von einer Mühle in der Nähe von Finch gehört«, gab ich unbestimmt zurück. Bree brauchte nicht zu wissen, dass mein Wissen darüber aus einem außerordentlich obskuren Journal stammte. »Ich hätte ihm aber nicht sagen können, wo die Mühle lag. Wie ist er darauf gekommen?«

»Logische Folgerung«, erklärte Bree. »Sie war auf keiner seiner Karten verzeichnet, doch das war Finch auf einigen davon auch nicht, also hat er ein paar begründete Vermutungen angestellt. Er hat den Verlauf des Flusses studiert und geschlossen, dass die Stromschnellen ein guter Platz für eine Wassermühle wären.«

»Da muss er aber niedergeschlagen gewesen sein, als er die Baumgruppe sah«, vermutete ich.

»Das sollte man meinen, nicht wahr?«, staunte Bree. »Doch die Bäume haben ihn überhaupt nicht gestört. Er hat den Boden gelesen wie ein Diagramm und mir die Mühle so genau beschrieben, dass ich sie beinahe sehen konnte.« Kurz wurde ihr Blick distanziert, als wäre sie zurück am Flussufer, verfolgte Mr. Windles schwungvolle Gesten und lauschte gespannte seinen Worten. »Den Kanal, der Wasser vom Fluss zum Mühlteich führt; die Rinne vom Mühlteich zum Rad, das vom Wasser angetrieben wird; den Ablaufkanal, durch den das Wasser wieder in den Fluss zurückläuft … All das hat er aus ein paar Vertiefungen im Boden geschlossen.«

Bree riss sich aus ihrem Tagtraum und lachte über sich selbst. »Das war fast schon unheimlich, Lori. Er hat die Dornenranken von ein paar Steinplatten und niedrigen Mauerresten weggeschoben und wusste genau, wo einmal die Mühle gestanden hatte.«

»Erstaunlich.«

»Er hat mir erzählt, dass er immer noch über die Geschichte der Mühle recherchiert«, sagte Bree, »und hat mir angeboten, mir am Dienstag mehr zu erzählen, falls er mich nicht jetzt schon zu Tode gelangweilt habe.«

»Es klingt nicht, als hättest du dich gelangweilt«, entgegnete ich.

»Mr. Windle ist der allerbeste Lehrer«, versicherte Bree. »Die Art, der man unbedingt zuhören *will.* Also habe ich eingewilligt, mich am Dienstag mit ihm zu treffen.« Sie schlug die Augen nieder und spielte wieder mit dem Teelöffel. »Ich habe ihn auch gebeten, niemandem zu verraten, dass er mich getroffen hat. Er hat keine Erklärung verlangt, sondern einfach nur ›okay‹ gesagt. Dann ist er zurück ins Dorf gegangen und ich nach Hause.«

Ich fragte mich, ob der Anblick der jungen Frau, die einsam und allein an einer düsteren Baumgruppe saß, bei Mr. Windle eine Saite angeschlagen hatte. Nachdem er freundlich, aber bestimmt einen stetigen Strom wohlmeinender Besucher abgewiesen hatte, hatte er vielleicht nachvollziehen können, dass Bree nicht den Wunsch verspürte, von den Dorfbewohnern unter die Lupe genommen zu werden, ob er den Grund kannte oder nicht. Ein guter Lehrer besitzt sehr viel Empathie, sagte ich mir, und nach Brees Einschätzung war Mr. Windle einer der besten. »Was ist dann am Dienstag passiert?«

»Wir haben einen Fuchs gesehen«, antwortete sie grinsend. »Er kam aus dem Farn und ist unter einem Brombeerbusch verschwunden. Ich glaube, dass er dort seinen Bau hat.«

Innerlich nahm ich mir vor, dem Fuchs für sein ausgezeichnetes Timing zu danken. Hätte er Bree und Mr. Windle nicht abgelenkt, hätten sie vielleicht mitbekommen, wie ich in den Schlamm gerutscht war.

»Am Dienstag haben wir uns wieder über die Mühle unterhalten«, fuhr Bree fort, »doch er hatte dem, was er am Montag erzählt hatte, nicht mehr viel hinzuzufügen. Er sagte, es müssten noch andere Gebäude in dem Wäldchen gestanden haben, aber dass er eine Machete bräuchte, um das zu beweisen.« Sie lächelte. »Er meinte, er sei froh, keine zu besitzen, weil der Tag zu schön für schweißtreibende Arbeit sei. Also haben wir am Ufer gesessen und einfach geredet.«

»Worüber?«, hakte ich nach.

»Größtenteils über uns selbst.« Ihr Lächeln verblasste. »Er ist Witwer, Lori«, erklärte sie ernst. »Seine Frau hieß Olivia.«

»Witwer?«, fragte ich stirnrunzelnd. »Marigold Edwards hat Sally Cook erzählt, er sei alleinstehend. Sie hat nie etwas davon gesagt, dass er Witwer ist.«

»Marigold hat niemals persönlich mit ihm gesprochen«, rief mir Bree ins Gedächtnis. »Als er beschloss, Derbyshire zu verlassen, hat er einen Makler beauftragt, der ein Cottage für ihn finden sollte. Ich kann mir vorstellen, dass er zu untröstlich war, um in einem Büro über Olivias Tod zu sprechen. Der Makler muss bemerkt haben, dass er keinen Ehering trug, und davon ausgegangen sein, dass er unverheiratet war.«

»Bills Vater hat seinen Ehering nach dem Tod seiner ersten Frau noch jahrelang getragen«, sagte ich. »Ich frage mich, was Mr. Windle mit seinem gemacht hat.«

»Er ist bei Olivia«, erklärte Bree, »in ihrem Grab. Sie hat ihn gebeten, ihn ihr mitzugeben. Sie wollte, dass er wieder heiratet, und hat befürchtet, ein Ehering würde es ihm schwerer machen, eine neue Ehefrau zu finden.«

»Sie muss eine bemerkenswerte Frau gewesen sein«, meinte ich. »Wie lange ist es her, seit sie gestorben ist?«

»Ein halbes Jahr«, gab Bree zurück, »doch sie war vor

ihrem Tod mehrere Jahre krank. Sie hatte eine Motoneuron-Krankheit. Mr. Windle ist vorzeitig in den Ruhestand gegangen, um sie rund um die Uhr zu pflegen, aber da die Krankheit unheilbar war, konnte er nicht viel tun, außer, es ihr so bequem wie möglich zu machen, während sie immer weniger wurde.«

Ich dachte zurück an die Seelenqual, die Mr. Windle wie eine dunkle Wolke umschwebt hatte, als Tommy und ich ihn von der Brücke aus gesehen hatten. Ich konnte mir nichts Schlimmeres vorstellen, als hilflos und ohne jede Hoffnung auf Genesung zuzusehen, wie ein Mensch, den ich liebte, litt. Das würde reichen, dachte ich bei mir, um jedermanns Glauben auf die Probe zu stellen.

»Er hat versucht, Olivia mit Kleinigkeiten glücklich zu machen«, erzählte Bree gerade. »Sie war eine ausgezeichnete Weberin. Als sie ihre Hände noch gebrauchen konnte, hatte sie ihm das Weben beigebracht. Dann, als sie bettlägerig wurde und nicht mehr sprechen konnte, hat er den Webstuhl in ihrem gemeinsamen Schlafzimmer aufgebaut, damit sie zusehen konnte, wie das Schiffchen hin- und herflitzte, und dem Klappern lauschen konnte.« Betrübt schüttelte Bree den Kopf. »Er hätte sofort mit ihr getauscht, Lori. Er hat Olivia von ganzem Herzen geliebt.«

»Und jetzt ist er allein«, bemerkte ich leise.

»Aber er ist gar nicht allein.« Bree beugte sich ruckartig vor. »Er hat eine Tochter. Ihr Name ist Alice. Sie und ihr Mann leben im Norden, in Derbyshire. Ich konnte es kaum glauben, als er von ihr gesprochen hat.«

Ich starrte sie an. »Wenn er eine Tochter in Derbyshire hat, warum ist er dann in die Cotswolds gezogen?«

»Für mich ergab das auch keinen Sinn«, meinte Bree.

»Ich hatte nicht den Eindruck, dass seine Tochter ihn hasst oder umgekehrt. Als er von ihr erzählte, leuchtete sein Gesicht wie ein Christbaum. Dann wurde er ganz still und wehmütig, als fehlte sie ihm unendlich.«

»Ich frage mich, ob sie weiß, wie sehr er sie vermisst«, murmelte ich.

»Das habe ich auch überlegt«, sagte Bree, »also bin ich nach Bakewell gefahren, um es ihr zu erzählen.«

»Bakewell?«, fragte ich aufgeschreckt. »Lebt Mr. Windles Tochter in Bakewell?«

»Ich wusste nicht, wo sie wohnt«, erklärte Bree, »aber Mr. Windle hat mir erzählt, dass sie in Bakewell einen Laden betreibt. Den Namen des Geschäfts hat er nicht erwähnt, doch das hätte jeder mit einem Laptop und zwei Gehirnzellen herausfinden können.«

»Und du besitzt beträchtlich mehr als zwei Gehirnzellen«, erwiderte ich.

»Das weiß ich nicht«, meinte Bree bescheiden, »aber ich habe es herausbekommen. Es gibt nur einen Laden in Bakewell, der einer Frau namens Alice gehört. Er heißt *Bike Well Cycles* und liegt am Stadtrand.«

Am liebsten hätte ich laut gejubelt. Ich konnte es kaum abwarten, Tante Dimity zu erzählen, dass ich die ganze Zeit recht gehabt hatte. Bree war nicht zu einem Radurlaub nach Bakewell gefahren. Sie hatte sich dort für ihren neuen Freund eingesetzt, genau wie ich vorhergesagt hatte.

»Ich war mir nicht sicher, wie lange ich brauchen würde, um mich durch den Verkehr zu kämpfen«, fuhr Bree fort, »also habe ich eine Tasche gepackt für den Fall, dass ich übernachten muss. Gegen zehn Uhr heute Morgen war ich in dem Laden.«

»War Alice da?«

Bree nickte. »Sie hat Regale eingeräumt. Ich habe sie sofort erkannt. Sie hat die Augen ihres Vaters.«

Ich nickte. »Wie alt ist sie?«

»Vielleicht Mitte dreißig. Sie ist groß, so wie er, und hat kurzes blondes Haar, sogar noch kürzer als meins.« Bree fuhr sich durch ihr Stachelhaar, das wieder seinen natürlichen dunklen Braunton angenommen hatte. »Sie ist superfit.«

»Das liegt sicher am vielen Radfahren«, vermutete ich.

»Zweifellos«, sagte Bree. »Als ich ihr erklärt habe, woher ich komme, hat sie einen Stapel Pullover fallen gelassen. Sie dachte schon, ihrem Vater sei etwas zugestoßen. Ich habe sie beruhigt und ihr geholfen, die Pullis aufzuheben, aber ich hatte ein so schlechtes Gewissen, weil ich sie so erschreckt hatte, dass ich einen gekauft habe.« Sie zupfte an ihrem Ärmel. »Die Wolle kommt aus Neuseeland, doch der Stoff ist in Derby gewebt.«

Dem Geburtsort der industriellen Revolution, dachte ich, beschloss jedoch freundlicherweise, Bree nicht mit meiner Belesenheit zu langweilen.

»Alice' Mann war mit einer Touristengruppe unterwegs«, fuhr Bree fort, »daher hat sie einen Verkäufer gebeten, den Laden zu hüten, und ist mit mir in ein Café nebenan gegangen, das voller Radfahrer war.« Bree zog eine Grimasse. »Manche Männer sollten kein Lycra tragen, Lori.«

»Nein«, pflichtete ich ihr aus tiefstem Herzen bei und dachte an die vielen bedauerlichen Beispiele, die ich schon durch Finch hatte radeln sehen.

»Alice hatte guten Grund, sich um ihren Vater zu sorgen«, sagte Bree und kehrte damit zum Hauptthema zurück. »Er hat sich mit Olivias Pflege vollkommen aufgerieben. Nach ihrem Tod wurde er sehr krank. Alice hat ein paar Monate gebraucht, um ihn wieder auf die Beine zu bringen, doch selbst da musste sie ihn im Auge behalten, um sicherzugehen, dass er aß und trank und genug schlief. Lange hatte er nicht einmal die Kraft, seine Enkelkinder hochzuheben.«

»Er hat Enkelkinder?« Ich verschluckte mich fast an einem Schluck Tee.

»Er hat *drei* Enkel«, gab Bree zurück. »Alice und ihr Mann haben zwei Söhne und eine Tochter.«

»Wie Bill und ich«, murmelte ich.

»Ihre Söhne sind keine Zwillinge«, erklärte Bree, »und sie sind jünger als Will und Rob, doch ihre Tochter ist ungefähr in Bess' Alter.«

»Guter Gott!«, sagte ich, als es mir aufging. »Deswegen hat Mr. Windle Bess gleich so ins Herz geschlossen. Sie muss ihn an seine Enkeltochter erinnern.« Ich schlug mir an die Stirn, als noch ein Groschen fiel. »Kein Wunder, dass er sich so gut mit kleinen Kindern auskennt. Bevor er nach Finch gezogen ist, hatte er ständig welche um sich.« Ich ließ die Hand sinken und warf Bree einen flehentlichen Blick zu. »Wie hat er es nur ertragen, sie zurückzulassen?«

»Das habe ich Alice auch gefragt«, meinte sie. »Sie war wie vom Donner gerührt, als er ihr von seinen Plänen erzählte. Sie und ihr Mann haben ihn angefleht, bei ihnen zu bleiben, ihm angeboten, zu ihnen zu ziehen, aber er wollte nichts davon hören. Er hat ihnen erklärt, sie hätten drei Kinder großzuziehen, einen Laden zu betreiben und mehr als genug zu tun, ohne dass er es ihnen noch schwerer machte.«

»Er hat Derbyshire verlassen, um seiner Familie nicht zur Last zu fallen«, sagte ich langsam. »Er musste die Gegend verlassen, um Alice daran zu hindern, sich ständig davon zu überzeugen, dass er aß, trank und schlief.«

»Genau. Er hatte sich bei der Pflege seiner Frau völlig verausgabt. Er muss befürchtet haben, dass seine Tochter sich durch die Sorge um ihn ebenfalls aufreiben würde. Er hat darauf bestanden, den beiden seine guten Möbel zu schenken. Für sich selbst hat er ein paar alte Teile behalten, die zuvor auf dem Dachboden standen.«

»Was erklärt, warum er so wenig besitzt«, stellte ich fest, »und warum alles, was er hat, so abgenutzt ist.«

Bree nickte. »Er hat ihnen auch sein Auto geschenkt und das behalten, das Olivia ein paar Monate, bevor sie krank wurde, gebraucht gekauft hatte.« Sie lächelte matt. »Du hattest also recht, Lori. Er fährt den alten Renault aus sentimentalen Gründen.«

»Aus den traurigsten aller sentimentalen Gründe«, murmelte ich und wünschte, ich hätte mich geirrt.

»Kann mir keinen traurigeren vorstellen«, pflichtete Bree mir bei.

Schweigend tranken wir unseren Tee. Ich war mir nicht sicher, was Bree durch den Kopf ging, doch ich konnte das gewaltige Ausmaß von Mr. Windles noblem, aber unnötigem Opfer kaum fassen. Wenn ich mir vorzustellen versuchte, wie meine Welt ohne Willis senior aussähe, hätte ich am liebsten geweint.

»Sie besuchen ihn aber, oder?«, fragte ich.

»Sie werden es versuchen«, antwortete Bree, »doch die Jungs gehen zur Schule, ihr Laden ist immer voll, und du weißt selbst, wie verzwickt es sein kann, mit einem Kleinkind auf Reisen zu gehen. Es wird ihnen nicht leichtfallen, sich freizumachen.«

»Wirst du ihm sagen, dass du nach Bakewell gefahren bist?«

»Wahrscheinlich hat Alice es ihm schon erzählt«, gab Bree zurück. »Sie ruft ihn jeden Tag an.«

»Sie tut ihr Bestes, um in Verbindung zu bleiben«,

meinte ich. »Was glaubst du, wie er auf deine Rettungsmission reagieren wird?«

»Er weiß, dass ich gern lerne«, antwortete Bree. »Da kann er sich nicht allzu sehr aufregen, wenn ich mehr über ihn erfahren will. Falls er Einwände erhebt, gebe ich Finch die Schuld daran, mich zur Weltklasse-Schnüfflerin gemacht zu haben.«

»Da wir gerade vom Schnüffeln reden ...« Ich räusperte mich. »Jetzt, wo du wieder da bist, sollte ich dir vielleicht ein oder zwei oder sogar drei Dinge sagen.«

»Hast du auch geschnüffelt?«

»Ich habe kaum etwas anderes getan, seit du die Schotten dicht gemacht hast«, gestand ich.

Um mich vorsichtig an eine möglicherweise gefährliche Reihe von Geständnissen heranzutasten, begann ich mit der Windle-Wache. Nachdem ich die bewegende Szene geschildert hatte, die Tommy und ich von der Brücke aus miterlebt hatten, verstand Bree problemlos, warum sich so viele von uns freiwillig als Mr. Windles Schutzengel gemeldet hatten. Sie hatte auch Verständnis für meine Gründe, ihr zu der Baumgruppe zu folgen. Doch als ich ihr von der Laptop-Episode erzählte, war sie entrüstet. Nicht, weil Tommy und ich in ihr Haus eingedrungen waren, sondern weil Tommy einen vollkommen abwegigen Schluss gezogen hatte.

»Ich würde nie ohne ihn nach Chatsworth fahren!«, protestierte sie. »Wie ist er bloß auf die Idee gekommen?«

»Ach, ich weiß nicht.« Ich zuckte lässig mit den Schultern. »Könnte etwas mit der gelösten Verlobung zu tun haben.«

»Richtig«, meinte Bree und regte sich ab.

»Richtig«, wiederholte ich energischer. »Als du tränenüberströmt aus Mr. Barlows Haus gerannt bist, hast du eine Spur der Verwüstung hinterlassen. Tommy wusste nicht, was los war, weil er keine Ahnung hatte, was passiert ist, bevor du nach Finch gekommen bist. Deswegen …« Ich sah ihr direkt in die Augen. »Ich habe es ihm erzählt. Alles. Wenn du mir jetzt auf die Nase hauen willst, nur zu, aber …«

»Du hattest mir versprochen, nie jemandem davon zu erzählen«, unterbrach Bree mich. Sie warf mir einen vorwurfsvollen Blick zu und sah dann in ihre Teetasse. »Doch wahrscheinlich habe ich dir eine ziemlich gute Ausrede dafür geliefert, es Tommy zu sagen, also kannst du dich entspannen – ich schlage dir nicht die Nase ein.« Sie lächelte mir verlegen zu. »Die Sache ist die, ich wollte es ihm selbst erzählen. Mr. Windle hat gemeint, ich soll es tun.«

»Was?«, fragte ich begriffsstutzig.

»Nachdem ich Mr. Windle von meinem Vater erzählt hatte …«, begann sie, doch ich fiel ihr ins Wort.

»Du hast Mr. Windle von deinem Vater erzählt?«, wollte ich aufrichtig verblüfft wissen.

»Ich habe mit ihm über meinen Vater, Mr. Barlow und Tommy und alles Mögliche geredet.« Befangen zog sie den Kopf ein. »Es war ganz ähnlich wie damals, als du mich in Queenstown gefunden hast. Ich wusste nicht, wer du warst oder was du dort wolltest, doch ich habe dir trotzdem mein Herz ausgeschüttet. Manchmal fällt es leichter, mit einem Fremden zu reden als mit einem Freund.«

»Ja«, räumte ich ein. »Manchmal ist das so.«

»Mr. Windle hat mir geraten, mit Tommy und Mr. Barlow über meinen Vater zu sprechen«, fuhr sie fort. »Er meinte, Geheimnisse zu bewahren, sei Zeitverschwendung, und Zeit sei zu kostbar dazu, besonders die, die wir mit den Menschen verbringen, die wir lieben.«

Ich spürte einen Kloß im Hals, als ich an die kostbare Zeit dachte, die Mr. Windle mit seiner verstorbenen Frau verbracht hatte, doch ich wollte nicht zulassen, dass unser Mitternachtsmahl in trauriger Stimmung endete.

»Da sein Rat praktisch mit meinem übereinstimmt«, sagte ich ein wenig unwirsch, »kann ich ihn nur für seine Weisheit loben.«

Bree grinste, schnappte sich eine Handvoll Kekse und stand auf. »Ich bin dann mal weg«, erklärte sie. »Tut mir leid, dich so lange wach gehalten zu haben. Aber ich musste dir einfach ... na ja ... alles erzählen.«

»Ich bin froh darüber.« Ich erhob mich ebenfalls. »Weißt du, ob Mr. Windle vorhat, einen Artikel über die alte Mühle zu schreiben oder einen Vortrag darüber zu halten?«, fragte ich, als wir zur Haustür gingen.

»Ich vermute, dass er beides tun wird«, antwortete Bree. »Vielleicht lädt er die Dorfbewohner sogar zu einem Ortstermin ins Wäldchen ein.«

»An seiner Stelle würde ich noch abwarten, bevor ich Führungen durch das Wäldchen veranstalte«, erwiderte ich. »Die Dorfbewohner werden vielleicht nichts davon halten, wenn ein Neuankömmling ihnen einen Vortrag über die eigene Geschichte hält.«

»Sei nicht dumm, Lori«, meinte Bree. »Für die Dorfbewohner ist Finch der beste Ort der Welt. Sie werden es lieben, noch eine Sehenswürdigkeit zu haben, mit der sie angeben können.« Sie umarmte mich. »Du hast mir gefehlt«, flüsterte sie.

»Du mir auch.« Ich drückte sie ebenfalls. »Geh nach Hause und schlaf dich aus. Du hast eine Party zu einer Neuverlobung zu planen.«

Sie lachte und sauste über den mit Steinplatten belegten Weg zu ihrem Auto. Als sie ins Dunkel davonfuhr, platzte mir nach so vielen Enthüllungen fast der Kopf. Am liebsten hätte ich sie mit Tante Dimity geteilt, doch als mir aufging, dass mich in wenigen Stunden ein anspruchsvolles Kleinkind wecken würde, beschloss ich, meinen eigenen Rat zu beherzigen und schlafen zu gehen.

Doch obwohl mein Hirn ratterte, stand mir ein Gedanke glasklar vor Augen, während ich nach oben ging. Nachdem ich die Jungs zur Schule gebracht hatte, würde ich nicht direkt in die Teestube fahren. Zuerst würde ich Fairworth House einen Besuch abstatten, damit meine Kleine mit ihrem Großvater zusammen sein konnte.

Kapitel 21

Willis senior war so entzückt über unseren Spontanbesuch am Donnerstagmorgen, dass er sich die Erlaubnis erbat, Bess den Rest des Tages bei sich zu behalten. Ich gab sie ihm gern, denn ich wusste, dass seine Haushälterin in der Nähe sein würde, um das Spieltreffen zu beaufsichtigen. Da Deirdres Sohn nicht viel älter war als Bess, vermutete ich, dass sie darauf bestehen würde, dass ihre insgesamt drei Schutzbefohlenen nach dem Mittagessen ein Nickerchen machten.

Das Erste, was mir auffiel, als ich die Buckelbrücke überquerte, war Brees Auto, das hinter Mr. Barlows Kastenwagen vor dessen Haus parkte. Es sah aus, als hätte Bree keine Zeit vergeudet und ihre liebsten Menschen zusammengetrommelt, um ein paar Geheimnisse zu lüften. Ich bezweifelte, dass jemand laut werden würde, während sie die Terrorherrschaft ihres Vaters schilderte, obwohl Mr. Barlow wahrscheinlich bestürzt darüber sein würde, wie er sie behandelt hatte.

Das Zweite, was mir auf dem Scheitelpunkt der Brücke auffiel, war, dass die Windle-Wache schon in vollem Gang war. Amelia und Lilian saßen am besten Tisch der Teestube, während Charles Bellingham und Annabelle Craven den Tisch neben ihnen mit Beschlag belegt hatten. Alle vier begrüßten mich herzlich, als ich die Teestube betrat und mich auf den Platz setzte, den Amelia und Lilian mir frei gehalten hatten.

Opal Taylor, Millicent Scroggins und Selena Buxton bereiteten mir einen kühleren Empfang. Obwohl sie an einem Tisch in einiger Entfernung vom Fenster an ihren Teetassen nippten, spürte ich ihre scharfen Blicke, sobald ich durch die Tür trat. Ich vermutete, dass sie entweder gesehen hatten, wie ich mir Zugang zum Cottage Weidenkätzchen verschafft hatte, oder davon gehört hatten und nicht besonders erfreut darüber waren, dass ich der Schmach entkommen war, die ihnen widerfahren war.

»Wo steckt denn unsere kleine Prinzessin?«, fragte Henry Cook, der an unseren Tisch trat, um meine Bestellung aufzunehmen. »Ist schon wieder Vater-Tochter-Tag?«

»Nein«, sagte ich. »Es ist Großvater-Enkelkind-Tag.«

»Bess ist in Fairworth?«, fragte Amelia lächelnd. »Da wird sich William aber freuen. Er sagte noch gestern Abend, dass er wünschte, er würde sein liebes Mädchen öfter sehen.«

»Sein Wunsch ist mir Befehl«, gab ich zurück. »Ich darf sie erst heute Abend wieder abholen.« Ich bestellte mir einen gebutterten Teekuchen und eine Kanne Frühstückstee, dann wandte ich mich an Charles. »Wo ist Grant? Hat er sich von der Windle-Wache zurückgezogen?«

»Auf keinen Fall«, sagte Charles. »Er steckt mitten in der Restaurierung einer Landschaftsmalerei aus dem achtzehnten Jahrhundert, die vor einer Woche hätte fertig sein sollen, aber er behält Crispin Windles Cottage von seinem Atelier aus im Auge.« Er wechselte einen vielsagenden Blick mit Lilian. »Doch viel wird er nicht zu sehen kriegen.«

»Warum nicht?«, fragte ich. »Geht Mr. Windle wieder am Fluss spazieren?«

»Dieses Mal ist er ausgefahren«, erklärte Lilian. »Ich war auf dem Weg zur Teestube, als er an mir vorbeifuhr.

Keine Ahnung, wohin er wollte, natürlich, aber er fuhr in Richtung Upper Deeping.«

Henry hatte gerade meinen Tee und den mit Butter bestrichenen Teekuchen auf den Tisch gestellt, als Elspeth Binney und Homer in der Teestube eintrafen. Elspeth musterte die Mägde von oben herab und nahm dann Charles' Einladung an, sich zu ihm und Mrs. Craven zu setzen. Homer leckte Mrs. Craven die ausgestreckte Hand und bezog dann wie gewohnt Stellung zu Elspeths Füßen.

»Ständig reden sie darüber, wie unfreundlich Mr. Windle ist«, sagte Elspeth so vertraulich leise, dass ich sie kaum verstand. »Ich bin ihr Genörgel leid.«

»Das wäre ich auch«, pflichtete Charles ihr bei. Mit einer Kopfbewegung wies er auf den Teller mit den Frucht-Scones, die er sich mit Mrs. Craven teilte. »Nehmen Sie sich einen Scone, meine Liebe.«

»Danke Charles.« Elspeth bediente sich, bat Henry, ihr eine Kanne Earl Grey zu bringen, und erklärte uns, dass sie früh aufgestanden sei, um etwas Gutes für unseren neuen Nachbarn zu kochen. »Es heißt ›Zappelkuchen‹, keine Ahnung, warum, aber das Gericht kommt aus Derbyshire, daher dachte ich, Mr. Windle würde es mögen.«

»Was ist denn in einem Zappelkuchen?«, wollte Charles wissen. »Springbohnen?«

»Sehr komisch«, gab Elspeth trocken zurück. »Die Hauptzutaten sind Kartoffeln, Zwiebeln, Äpfel, Sultaninen und Schinken. Er müsste sich wunderbar aufwärmen lassen, doch es war sinnlos, ihn heute Morgen Mr. Windle zu bringen; nicht, nachdem ich gesehen hatte, wie er davongefahren ist. Wissen wir, wohin er wollte?« Ihr Blick huschte von einem Gesicht zum anderen und hielt dann bei mir an. »Hat er vielleicht *dich* über seine Reisepläne informiert, Lori?«

Alle Gesichter in der Teestube, Henrys eingeschlossen, wandten sich mir zu. Ich hatte das Gefühl, dass Sally ihrem Mann strengen Befehl erteilt hatte, Informationen über meine erfolgreiche Mission zu sammeln. Nicht, dass er ihre Anweisung gebraucht hätte; Henry teilte Mr. Barlows Verachtung für Klatsch nicht.

»Nein, Elspeth«, erklärte ich energisch. »Mr. Windle hat seine Pläne mir gegenüber mit keinem Wort erwähnt.«

»Schade«, meinte Elspeth. »Trotzdem war es sehr nett von ihm, dich hereinzubitten.«

»Er hat mich nicht hereingebeten«, widersprach ich. »Meine marodierende Tochter hat die Festung gestürmt, bevor ich sie aufhalten konnte.«

»Hast du schon einmal überlegt, dir ein zappliges Kleinkind auszuleihen?«, wollte Charles von Elspeth wissen.

Sie bedachte ihn mit einem vernichtenden Blick, und er sackte in sich zusammen.

»Ich finde, wir sind uns alle einig darüber, dass Bess unwiderstehlich ist«, meinte Lilian. »In jedem Sinn des Wortes.«

Henry kam zurück und brachte Elspeths Tee und einen Wassernapf für Homer. Dann bezog er hinter der Theke Stellung und tat beschäftigt, während er meinem Bericht lauschte.

»Mr. Windle hätte nicht netter zu uns sein können«, erklärte ich und erzählte allen von den leeren Kartons, der Lerntasse und dem Tee. »Er liest das Buch, das Tilly ihm geschenkt hat, er hat dein Bild auf den Kaminsims gestellt, Amelia, und er hat Ihren Quilt über die Rückenlehne seiner Couch gelegt, Annabelle. Und was dich angeht, Elspeth«, sagte ich und hoffte, ihr den Tag zu versüßen, »hat er deine Bakewell-Törtchen als ›perfekten Abschluss einer unvollkommenen Mahlzeit‹ bezeichnet.« Ich senkte die Stimme. »Er hat es fertiggebracht, Opals Auflauf anbrennen zu lassen«, erklärte ich.

Elspeth warf Opal einen mitfühlenden Blick zu, dabei gab sie sich große Mühe, ihre Freude über das eigene Lob zu verbergen. Homer bellte leise und wedelte mit dem Stummelschwanz, als wollte er ihr Beifall zollen.

»Ich hätte ihn vorwarnen sollen, dass der Backofen sehr heiß wird«, sagte Amelia. »Ich habe zwei Laibe Vollkornbrot verbrannt, bis ich den Bogen raushatte.«

»Hat er dich auch über Landmarken ausgefragt?«, wollte Lilian wissen.

»Ja«, antwortete ich, »doch mit Pouter's Hill habe ich keinen Preis gewonnen. Ich kann allerdings bestätigen, dass er Professor im Ruhestand ist, obwohl ich fürchte, dass er auf die Geschichte des Industriezeitalters spezialisiert ist, nicht auf Lyrik.«

»Nicht das, was Grant sich vorgestellt hat«, murmelte Charles. »Ach, na ja. Man kann nicht alles haben.«

»Er ist auch kein Kirchgänger«, sagte ich zu Lilian.

»Ich hoffe, du hast ihm klargemacht, dass unsere Kirche offen für Menschen jeden Glaubens ist und für solche, die nicht gläubig sind«, erwiderte sie.

»Ich habe ihm von Mirandas Rolle beim Krippenspiel erzählt«, fügte ich hinzu. »Deutlicher hätte ich es nicht ausdrücken können, oder?«

»Klingt, als hätten Sie sich angenehm mit Mr. Windle unterhalten«, sagte Mrs. Craven ungeduldig, »und das freut mich sehr für Sie, aber ich hatte eigentlich gehofft, sie würden ihm die Frage stellen, die uns seit Montag alle umtreibt. Hat er nun einen Webstuhl oder nicht?«

»Er hat einen«, erklärte ich triumphierend.

»Ich wusste es!«, rief Amelia.

»Bravo, Lori«, lobte Lilian.

»Gut gemacht«, sagte Mrs. Craven.

Homer hob den Kopf und bellte.

»Der Hund ist auch stolz auf dich, Lori!«, rief Henry hinter der Kasse.

»Das ist hohes Lob«, meinte ich lachend.

»Hast du dich in Mr. Windles Esszimmer geschlichen, während er in der Küche Tee gemacht hat?«, fragte Charles.

»Das war nicht nötig«, antwortete ich. »Ich bin Bess nachgelaufen, nachdem sie in sein Esszimmer eingedrungen war, und da stand er in all seiner Pracht. Mr. Windle hat eine ganze Liste mit den Eigenschaften des Webstuhls heruntergerasselt, doch das Einzige, woran ich mich erinnere, ist, dass er ein verstellbares Weberblatt hat.«

»Eine äußerst nützliche Funktion«, meinte Mrs. Craven beifällig.

»Äußerst nützlich«, pflichtete Amelia ihr bei. »Mit einem verstellbaren Weberblatt kann er unterschiedlich hohe und breite Webkämme verwenden.«

»Er hat auch jede Menge Garn.« Ich klammerte mich stur an eine Sprache, die ich verstand, »in allen möglichen Farben.«

»Hat Mr. Windle dir den Webstuhl vorgeführt?«, fragte Elspeth.

»Er wollte«, sagte ich, »aber wir sind unterbrochen worden.«

»Von Tommy.« Amelia nickte. »Wir haben gesehen, wie er an Mr. Windles Tür gehämmert hat.«

»Er wirkte schrecklich aufgeregt«, meinte Lilian.

»Gerüchte wollen wissen«, bemerkte Charles, »dass Bree Pym gestern Morgen spurlos verschwunden ist.«

»Habt ihr deswegen Finch so eilig verlassen?«, fragte Amelia. »Habt ihr euch Sorgen um Bree gemacht, Tommy und du?«

»Ja«, gestand ich, »doch das war gar nicht nötig. Das Ganze war ein kolossales Missverständnis. Bree hat mir gestern Abend alles erklärt, nachdem sie zurück war.«

»Zurück?«, fragte Charles. »Zurück von wo? Sprich, Lori! Alle in Finch wollen unbedingt wissen, wo Bree gewesen ist.«

Ich hatte eingehend darüber nachgedacht, was ich über Brees Ausflug nach Derbyshire erzählen sollte, und beschlossen, gar nichts zu verraten. Bree konnte der Welt von Mr. Windle berichten, wenn sie wollte, oder Crispin Windle konnte der Welt von sich erzählen, aber in diesem speziellen Fall war ich voll und ganz auf Mr. Barlows Seite. Manche Themen waren einfach zu persönlich – und manche zu herzzerreißend –, um darüber zu klatschen.

»Ihr könnt Bree fragen«, sagte ich. »Meine Lippen sind versiegelt.«

»Wahrscheinlich gibt es für alles ein erstes Mal«, entgegnete Charles. »Doch du könntest sie wenigstens lange genug öffnen, um uns einen winzigen Hinweis zu geben. Wir wären dankbar für den kleinsten Krümel.«

»Hören Sie auf zu betteln, Charles«, schalt Mrs. Craven ihn. »Das ist unschicklich.«

»Ich bettle nicht«, protestierte er empört.

Die ganze Teestube brach in Gelächter aus.

»Das sagt ja wohl alles«, meinte Mrs. Craven.

»Eins kann ich dir über Brees Ausflug erzählen, Charles.« Lilian spähte durchs Fenster. »Er scheint sie aufgemuntert zu haben.«

Ich folgte ihrem Blick und sah Bree, Tommy, Mr. Barlow und Tilly, die über den Dorfanger auf die Teestube zukamen. Tommy hatte den Arm um Bree gelegt, und Mr. Barlow hielt mit der unverletzten Hand die von Tilly.

»Ihr Ausflug scheint sie alle aufgeheitert zu haben«, bemerkte Amelia. »Tilly und Mr. Barlow können gar nicht aufhören, einander anzulächeln.«

»Tommy wirkt nicht mehr ärgerlich«, stellte Lilian fest.

»Ganz im Gegenteil«, meinte Elspeth. »Er sieht aus wie ein Mann, dem sein Herzenswunsch erfüllt worden ist.«

»Wunderschön ausgedrückt«, sagte Charles. »Und so treffend.«

Nicht Brees Solo-Ausflug nach Derbyshire hatte die Brüche gekittet, die ihre Geheimnisse in der von ihr so heiß geliebten Familie hervorgerufen hatten, dachte ich. Sie hatte ihre liebsten Menschen mit auf eine Reise nach Neuseeland nehmen müssen, um ihnen begreiflich zu machen, wie viel sie ihr bedeuteten, und das war Bree gelungen, ohne Mr. Barlows Haus zu verlassen.

Henry schoss in die Küche, um Sally zu holen, als spürte er, dass in der Teestube gleich ein bedeutsames Ereignis stattfinden würde. Sie kamen zurück, als das Quartett eintraf. Als Bree durch die Tür trat, wurde es in der ganzen Teestube still, und alle saßen wie erstarrt da.

»Buh«, rief Bree, die von Tommy, Mr. Barlow und Tilly umgeben war.

Ich fuhr zusammen, Homer bellte, und ein paar Teelöffel fielen klappernd zu Boden.

»Nachdem ich jetzt eure Aufmerksamkeit habe«, erklärte Bree dann spitzbübisch grinsend, »würde ich gern bekannt geben, dass Tommy und ich wieder verlobt sind.« Sie streckte die linke Hand aus und wackelte mit den Fingern, um zu zeigen, dass der Ring, den Tommy ihr – zweimal – geschenkt hatte, wieder da steckte, wo er hingehörte.

»Wir möchten auch unser Hochzeitsdatum verkünden«, fügte Tommy hinzu, »aber darüber müssen wir zuerst mit dem Pfarrer reden.«

»Sucht euch ein Datum aus, egal, welches«, sagte Lilian sofort. »Ich verspreche euch, dass Teddy euch seinen Segen geben wird.«

»Ich brauche Zeit, um den Kuchen zu backen«, warnte Sally.

»Wie wär's mit morgen in einem Monat?«, fragte Tommy.

»Ziemlich kurzfristig.« Sally rieb sich das Kinn. »Normalerweise brauche ich mindestens drei Monate für eine richtige Hochzeitstorte – die Planung ist aufwendig, und die Böden müssen ablagern, versteht ihr? Aber das bekomme ich schon hin.«

»Das schaffst du doch immer«, meinte Henry und sah seine Frau bewundernd an.

»Eine Hochzeit im Juni!« Elspeth seufzte selig. »Das ist wie etwas aus deinen Romanen, Sally!«

»Es ist besser«, erwiderte sie und hakte Henry unter.

»Ich sorge für die Blumen«, erklärte Amelia.

»Ich stelle das Blumenmädchen«, fügte ich hinzu, »falls es euch nichts ausmacht, wenn sie auf dem Weg zum Altar Amok läuft.«

»Uns ist ziemlich egal, was bei der Trauung passiert« – Bree legte den Kopf in den Nacken, um Tommy in die Augen zu sehen –, »solange wir am Ende Mann und Frau sind.«

Ich rechnete schon damit, dass er sie nach hinten beugen und so leidenschaftlich küssen würde, dass man noch jahrelang davon reden würde. Doch den sanften Kuss, den er ihr gab, und die Zärtlichkeit, mit der er sie dann umfangen hielt, würde ich für immer in Erinnerung behalten.

Kapitel 22

»Dann fragte Mr. Barlow, ob man denn eine Chance hätte, eine Tasse Tee zu bekommen«, sagte ich, »und der Bann war gebrochen.«

Es macht durstig herauszufinden, dass man jemanden, über den man alles zu wissen glaubt, gar nicht kennt.

Im Arbeitszimmer war es ruhig, und die Stille wurde nicht vom Knistern eines Feuers gestört, weil ich zu müde gewesen war, um eines anzuzünden. Bill und die Kinder lagen im Bett und schliefen, aber ich hatte mich ins Arbeitszimmer geschleppt, um Tante Dimity einen etwas gekürzten Bericht über alles zu erstatten, was passiert war, seit ich Brees Nachricht bekommen hatte. Obwohl ich darauf brannte, ihr auch die kleinste Einzelheit zu erzählen, konnte ich nicht ohne schwere Folgen zweimal hintereinander bis nach Mitternacht aufbleiben.

»Alle sind auf Bree und Tommy zugestürzt, um ihnen zu gratulieren«, erklärte ich, »und Sally hat Henry zum Pub geschickt, um ein paar Flaschen Champagner zu besorgen, zu dem sie ihre Erdbeeren mit Schokoladenguss serviert hat. Die Nachricht hat sich allerdings wie ein Lauffeuer verbreitet, und immer mehr Leute kamen dazu, sodass sie ganze Bleche Teekuchen hervorgeholt hat. Als dem Pub der Champagner ausging, hat Dick Peacock eine Notfall-Fahrt nach Upper Deeping unternommen, um Nachschub zu holen. Das war die beste Wiederverlobungs-Party, die Finch je erlebt hat.«

Wenn ich mich nicht irre, ist es die einzige Wiederverlobungs-Party, die Finch je gesehen hat.

»Mr. Windle hat sie aber verpasst«, sagte ich. »Keine Ahnung, wann er zurückgekommen ist, woher auch immer, doch er war nicht rechtzeitig zurück, um sein Werk zu begutachten.«

Es wird ihn freuen zu wissen, dass sein kluger Rat ein so zufriedenstellendes Ergebnis hatte, ganz gleich, wann er davon hört. Ich frage mich, ob er genauso erfreut sein wird, wenn er von Brees Forschungsmission erfährt. Und, ja, Lori, ich gebe zum hundertsten Mal zu, dass du recht hattest und ich falschlag. Ich hätte stärker auf Brees gute Absichten vertrauen sollen.

»Ich kann nur hoffen, dass Mr. Windle klar ist, wie gut Brees Absichten waren«, meinte ich. »Ich bin mir sicher, dass seine Tochter sich für sie einsetzen wird. Ich glaube, Alice war erleichtert darüber, dass jemand in Finch ihren Vater so sehr schätzt, um sie aufzusuchen.«

Ich bin froh, dass Alice den Kontakt zu Mr. Windle hält. Wenn er das Mühlenprojekt weiterverfolgt, braucht er vielleicht ihre Unterstützung.

»Sie wird ihn unterstützen«, sagte ich. »Und Bree auch.«

Wird sie das? Bree ist fasziniert von der wunderbaren Anlage der Mühle, doch ich bin nicht überzeugt davon, dass sie das noch ist, wenn sie von den Menschenleben erfährt, die sie zerstört hat.

»Vielleicht geht Mr. Windle bei seinen Recherchen ja nicht tief genug, um herauszufinden, dass dort Menschen umgekommen sind«, meinte ich gähnend. »Vielleicht veröffentlicht er seine Ergebnisse ja in einer obskuren akademischen Zeitschrift.« Ich schmiegte den Kopf an die hohe Rückenlehne des Stuhls. »Normalerweise drucken solche Journale keine Anzeigen für Sonderangebote in Upper Deeping, daher bezweifle ich, dass sie in Finch viel gelesen werden.«

Zeit für dich, ins Bett zu gehen, Lori. Wenn du auf dem Stuhl einschläfst, hast du morgen früh einen steifen Nacken.

»Ich glaube, ich gehe nach oben, aber ich konnte doch nicht schlafen gehen, ohne dir von Brees Abenteuern zu erzählen – in Derbyshire und zu Hause.«

Das war ein bemerkenswerter Tag mit einem außerordentlich glücklichen Ende. Ich hoffe um deinetwillen, dass es morgen ein wenig langweilig wird.

Ich lächelte schläfrig. »Ich auch, Dimity, obwohl ich mich nicht darauf verlassen will. Finch mag ja ein verschlafenes Nest sein, aber langweilig wird es hier selten.«

Nie wurde ein wahreres Wort gesprochen, Lori. Schlaf gut.

Als Tante Dimitys Schrift auf der Seite nicht mehr zu sehen war, hievte ich mich vom Stuhl hoch, stellte das blaue Journal wieder ins Regal, tippte Reginald auf die Nase und löschte das Licht. Ich schaffte es, ins Bett zu krabbeln, bevor die vergoldete Kaminuhr Mitternacht schlug, und obwohl ich einen seltsamen Traum von zwei geisterhaften Gestalten hatte, die in dem Wäldchen getraut wurden, hatte ich am nächsten Morgen keinen steifen Hals.

Ich war angenehm überrascht, als der Freitag sich einigermaßen langweilig anließ.

Ich saß in der Küche und frühstückte mit meiner Familie, als Lilian anrief, um mich darüber zu informieren, dass sie die Windle-Wache ausgesetzt hatte, da der Gegenstand ihrer Observierung am Pfarrhaus vorbeigefahren war, nachdem der Pfarrer und sie ihr eigenes Frühstück beendet hatten.

»Falls Mr. Windle nach Hause zurückkehrt, bevor die Teestube schießt, gebe ich dir Bescheid«, sagte sie. »Viel Spaß an deinem freien Tag!«

Ich brauchte keine Aufforderung, um meinen freien Tag zu genießen. Zwar war ich nach wie vor der Meinung, dass es nicht schaden konnte, Mr. Windle im Auge zu behalten, doch ich fand es angenehm, zu einer vertrauten Routine zurückzukehren. Während Will und Rob in der Schule waren, wuschen Bess und ich Wäsche, backten Plätzchen mit Schokochips und spielten auf der Wiese hinter dem Cottage eine rudimentäre Version von Kricket. Anschließend sahen wir zu, wie ein Marienkäfer über eine Wilde Möhre kroch, zeichneten äußerst abstrakte Bilder von Enten und hielten ein gemeinsames Schläfchen.

Mein wunderbar langweiliger Tag wurde interessanter, als Lilian nach dem Abendessen noch einmal anrief.

»Ich habe mich mit Mr. Windle unterhalten«, erklärte sie.

»Du hast ihn aber nicht beim Abendessen gestört, oder?«

»Ich war nicht bei ihm«, sagte sie. »Mr. Windle ist ins Pfarrhaus gekommen.«

»Du lieber Himmel!«, rief ich aus. »Was für eine Ehre! Vielleicht müsst ihr ja eine Gedenktafel am Pfarrhaus anbringen, die es als das erste Privathaus in Finch ausweist, das Crispin Windle besucht hat. Das würde zwar nicht so ins Auge springen wie eine Tafel mit der Aufschrift *Die Queen hat hier genächtigt*, aber es wäre nicht übel.«

»Ich war genauso schockiert wie du«, gestand Lilian, »doch ich habe versucht, mir nichts anmerken zu lassen.«

»Mir wäre die Kinnlade bis auf den Boden heruntergeklappt«, sagte ich. »Was hat ihn an eure Tür geführt?«

»Er wollte wissen, ob er morgen im alten Schulhaus einen Vortrag halten kann«, antwortete sie. »Anscheinend hat Bree ihm erzählt, dass es uns inzwischen als Gemeindehaus dient und ich die Veranstaltungen betreue.«

Ein ungutes Gefühl beschlich mich.

»Es muss doch etwas für morgen geplant sein«, meinte ich und starrte trostlos auf das vollkommen leere Feld auf meinem Wandkalender.

»Nichts«, gab sie zurück. »Miranda Morrows Kurs im Besenbinden findet erst am nächsten Wochenende statt.«

»Worüber will Mr. Windle denn sprechen?«, fragte ich, als wüsste ich das nicht.

»Sein Vortrag heißt ›Finchs verborgene Geschichte‹«, erklärte Lilian. »Ein wunderbarer Titel, nicht wahr? Ich habe versucht, ihm ein paar Details zu entlocken, doch er sagte, er wolle sie lieber für sich behalten. Was vollkommen verständlich ist. Kein Vortragsredner, der auf sich hält, würde eine Präsentation verderben, indem er vorher zu viel darüber verrät. Er hat allerdings ein beliebtes Thema gewählt. Das sollte beim Publikum gut ankommen.«

»Sollte es«, meinte ich und fragte mich, ob es auch so kommen würde. »Wann fängt sein Vortrag denn an?«

»Um ein Uhr«, sagte sie. »Kann ich mich darauf verlassen, dass ihr früher kommt? Mit seinem wehen Daumen braucht Mr. Barlow vielleicht Hilfe beim Aufstellen der Stühle, und ich kann ihn nicht unterstützen, weil ich die Erfrischungen aufbaue.«

»Du kannst dich auf mich verlassen, Lilian«, versicherte ich ihr.

»Danke«, sagte sie. »Das ist alles ziemlich in letzter Minute, doch ich glaube, ich kann garantieren, dass die meisten Plätze besetzt sein werden. Ich habe vor, jedes einzelne Gemeindemitglied anzurufen.«

»Viel Glück«, erwiderte ich. »Bis morgen.«

Nachdem Lilian aufgelegt hatte, stiegen alle Sorgen, die ich verdrängt hatte, in mir auf und machten sich lautstark bemerkbar. Während es ermutigend war, dass Mr. Windle sich stark genug fühlte, um Lilian zu besuchen und einen sehr öffentlichen Auftritt vor seinen neuen Nachbarn zu absolvieren, war es beunruhigend, dass er sich möglicherweise seinen eigenen Rückschlag organisierte. Wenn er ein schändliches Kapitel in der verborgenen Geschichte des Dorfes aufrollte, hatte er gute Chancen, zum unbeliebtesten Mann in Finch zu avancieren.

Am Samstagmorgen war ich in solch einem Zustand, dass ich zum Cottage Weidenkätzchen gefahren wäre und Mr. Windle angefleht hätte, seinen Vortrag noch einmal zu überdenken, hätte Lilian mich nicht nach dem Frühstück angerufen, um mir Bescheid zu geben, dass er wieder ins Unbekannte aufgebrochen war. Ohne eine Möglichkeit, Kontakt zu ihm aufzunehmen, konnte ich nichts tun, als mit einem unguten Gefühl den Gewitterwolken entgegenzusehen, die sich vielleicht an seinem Horizont zusammenbrauten.

Ich bezweifelte nicht, dass sein Vortrag ein beachtliches Publikum anziehen würde, nicht zuletzt, da Mr. Windles Fehlen beim Sonntagsgottesdienst in St. George's viele meiner Nachbarn der Chance beraubt hatte, ihn von Nahem zu sehen. Um sicherzugehen, trafen meine Familie und ich eine ganze Stunde vor dem Beginn des Vortrags im Schulhaus ein.

Nachdem Bill das Rednerpult auf das Podium im vorderen Teil des Schulzimmers gehievt hatte, ging er mit Bess zur Buckelbrücke, um die hübschen Enten zu besuchen, und versprach, rechtzeitig zurückzukommen, um die Einführung des Pfarrers zu hören, und prompt wieder zu gehen, falls Bess drohte, seine Ansprache mit Quaken zu garnieren.

Meine makaber aufgelegten Söhne fragten Mr. Barlow in allen Einzelheiten über seinen verletzten Daumen aus, doch als sie ihn baten, ihn auszuwickeln, damit sie sich den Schaden genau ansehen konnten, erklärte er ihnen, er habe sich nicht zu ihrer Unterhaltung auf den Daumen geschlagen, und schickte sie an die Arbeit: Stühle aufstellen.

Lilian, Tilly und ich waren verantwortlich für das Teebüfett. Während Lilian sich mit der Teemaschine beschäftigte, reihten Tilly und ich schnurgerade ausgerichtet Tassen und Unterteller, Teelöffel, Milchkännchen, Zuckerschalen und Servietten auf dem weißen Tischtuch auf, das Lilian über den Tisch gebreitet hatte. Tilly erklärte uns, dass Bree und Tommy so beschäftigt damit waren, die verlorene Zeit aufzuholen, dass sie vielleicht gar nicht kommen würden. Weder Lilian noch ich fragten nach, auf welche Art sie die verlorene Zeit wettmachten, doch ihr Lächeln verriet mir, dass sie sich ebenfalls daran erinnerte, wie es war, jung und verliebt zu sein.

Wir hatten gerade eine Auswahl von Sally Cooks Keksen auf den Teetisch gestellt, als Charles Bellingham und Grant Tavistock eintrafen. Grant trug seinen weißen Leinenanzug und Charles einen doppelreihigen blauen Blazer, in dem er aussah, als wäre er auf seiner Jacht nach Finch gesegelt. Jeder schleppte eine mindestens einen Meter achtzig hohe Staffelei.

»Mr. Windle ist gestern Abend in unserem Cottage vorbeigekommen«, informierte Grant uns und stellte seine Staffelei auf den Boden.

»Als ich die Tür aufgemacht habe, bin ich fast in Ohnmacht gefallen«, sagte Charles. »Es war, als stünde plötzlich ein Yeti vor der Tür.« Er runzelte die Stirn. »Ich will damit nicht andeuten, dass Mr. Windle wie ein Yeti aussieht. Ich meinte nur, wie selten …«

»Wir verstehen«, unterbrach ihn Lilian. »Ihr wart erstaunt, als Mr. Windle vor eurer Tür stand.«

»Offensichtlich hat Bree ihm erzählt, was wir von Beruf sind«, fügte Grant hinzu. »Er hat dann vermutet, dass zwei Männer, die als Restauratoren und Kunstschätzer tätig sind, ein paar Staffeleien herumliegen hätten, und hat gefragt, ob er sich zwei der größeren ausleihen könne.«

»Bestimmt setzt er Schautafeln ein«, meinte Charles.

»Danke, Charles«, gab Lilian trocken zurück. »Ich glaube, darauf waren wir auch schon gekommen.« Während die beiden Männer die Staffeleien zu beiden Seiten des Rednerpults aufstellten, fuhr sie fort. »Ich bin erleichtert, dass Mr. Windles Schautafeln keinen Stromanschluss erfordern. Ich habe immer noch Albträume von dem Diavortrag, den Elspeths Nichte letztes Jahr gehalten hat.«

»Sie hat aber bei dem Brand nicht viele Dias verloren«, sagte ich tröstend, »und hatte Kopien davon zu Hause.«

Charles stieg vom Podium und belegte zwei Plätze in der ersten Reihe, die am Mittelgang lagen. Da er so groß wie die Staffeleien und um einiges breiter war, war das nicht besonders rücksichtsvoll, und Grant legte sein Veto ein und dirigierte ihn zum anderen Ende der Reihe, wo er denen, die hinter ihm saßen, nicht so sehr im Weg sein würde.

Hätte Mr. Windle Eintritt verlangt, hätte er vor einem ausverkauften Saal gesprochen. Mrs. Craven, Miranda Morrow, Sally Cook, Jasper Taxman, Christine Peacock, George Wetherhead und die Hobsons strömten früh ins

Schulhaus, ebenso wie die Mägde – aller vier, plus Homer.

Opal, Millicent und Selena waren offensichtlich übereingekommen, ihre Klagen über Mr. Windle für sich zu behalten, da Elspeth damit einverstanden war, mit ihnen zusammenzusitzen. Homer trottete im Mittelgang auf und ab, begrüßte seine zahlreichen Fans und rollte sich dann unter Elspeths Stuhl zusammen, um ein Nickerchen zu halten.

Bill und ich beschlossen, uns mit unserer Brut in die letzte Reihe zu setzen – teilweise, weil er dann einen schnellen Abgang hinlegen konnte, falls Bess zu quaken begann, aber auch, weil ich so meine Nachbarn beobachten konnte. Nachdem ich in der Kirche und bei Komitee-Sitzungen viele Jahre lang in der letzten Reihe gesessen hatte, verstand ich mich gut darauf, Kopfbewegungen zu deuten, die auf Aufmerksamkeit oder Schläfrigkeit – Letzteres kein ungewöhnlicher Anblick bei den Predigten des Pfarrers – oder auf Schock und Ablehnung schließen ließen. Ich hoffte auf Aufmerksamkeit und hätte mich mit Schläfrigkeit abgefunden, doch ich befürchtete, Schock und Ablehnung zu erleben.

Amelia und Willis senior gehörten zu den letzten, die eintrafen. Sobald sie die Plätze eingenommen hatten, die wir ihnen frei hielten, kletterte Bess vom Schoß ihres Vaters und tappte zu ihrem Großvater, um mit ihm zu plaudern.

Als spürte er, dass seine Nachbarn nicht in den Schulsaal gekommen waren, um ein Gespräch zwischen seiner Enkelin und ihm anzuhören, erklärte Willis senior, Bess und er würden auf den Kirchhof gehen und Dennis, den Marmorschäfer, besuchen. Amelia stellte ihre Handtasche auf seinen Platz, um ihn für den Fall frei zu halten, dass Bess und er zurückkamen, bevor der Vortrag vorbei war.

Um halb eins war jeder Platz bis auf den von Willis senior besetzt. Um zehn vor eins traf unser Redner ein.

Kapitel 23

Mr. Windle trug einen anthrazitfarbenen Anzug, ein weißes Hemd, eine schwarze Krawatte und schwarze Brogue-Schuhe. Der Anzug passte ihm genauso schlecht wie der Rest seiner Garderobe, aber ich interpretierte seine halbförmliche Kleidung als Zeichen des Respekts gegenüber seinem Publikum.

Linkisch betrat er den Raum, denn er hielt in der einen Hand ein Bündel Papiere, während er mit der anderen einen Stapel großer Plakatkartons stabilisierte, die unter seinem Arm klemmten.

»Die Schautafeln«, flüsterte ich Bill zu.

»Keine Stecker«, murmelte er zurück. »Wir sind sicher.«

Das freundliche Geplauder, das das Schulzimmer vor Mr. Windles Eintreffen erfüllt hatte, klang langsam ab, als er den Mittelgang entlangschritt, um sich mit dem Pfarrer zu beraten, der ihn auf dem Podium erwartete. Sie sprachen miteinander, und dann trat der Pfarrer beiseite, während Mr. Windle den Papierstapel auf das Rednerpult legte und eine, wie es aussah, gleich große Anzahl von Plakatkartons auf die beiden Staffeleien stellte. Die obersten Kartons waren zu meiner Enttäuschung leer. Unser Redner wollte offenbar seinen Vortrag nicht verderben, indem er vorher etwas preisgab.

Mr. Windle und der Pfarrer tauschten die Plätze, und der Pfarrer begann mit seiner Einführung. Seine Bitte, alle Handys auszuschalten, führte zu der üblichen hektischen Betriebsamkeit, und er wartete, bis sich der Tumult gelegt hatte, und fuhr dann fort.

»Es ist mir ein sehr großes Vergnügen, den heutigen Redner vorzustellen, Mr. Crispin Windle«, sagte er. »Vor seinem Ruhestand war Mr. Windle ein hochgeachteter Professor für moderne Geschichte an der Universität Derby. Mr. Windle hat mich inständig gebeten, auf das Privileg zu verzichten, seine vielen akademischen Ehrungen und Errungenschaften zu erwähnen, und ich werde seinem Wunsch natürlich entsprechen. Ich will nur sagen, dass wir uns wirklich glücklich schätzen können, einen so herausragenden Gelehrten unter uns zu haben, der zu uns über ein Thema sprechen wird, das für uns alle von enormem Interesse ist. Ladies und Gentlemen, Mr. Crispin Windle über Finchs verborgene Geschichte.«

Der Pfarrer applaudierte als Erster, als Mr. Windle seinen Platz hinter dem Rednerpult einnahm. Während der Pfarrer sich neben Lilian in die vordere Reihe setzte, ließ Mr. Windle den Blick über das Publikum schweifen.

»Dürfte ich um zwei Freiwillige bitten?«, fragte er. Bevor Elspeth die Hand heben konnte, wies er auf Will und Rob. »Vielleicht wären die beiden jungen Herren in der letzten Reihe so freundlich, mir zu assistieren?«

Da Will und Rob daran gewöhnt waren, bei Sportfesten vor weit größerem Publikum aufzutreten, litten sie nicht unter Lampenfieber. Ohne eine Sekunde zu zögern, sprangen sie auf und gingen zum Podium. Nachdem Mr. Windle leise mit ihnen gesprochen hatte, nahmen die Jungs ihre Positionen neben den Staffeleien ein und warteten auf seine Anweisungen. Obwohl ich mütterlichen Stolz auf meine Söhne empfand, konnte ich mich des Gedankens nicht erwehren, dass Mr. Windle sie einfach ausgesucht hatte, weil sie ihn an seine Enkelsöhne erinnerten.

Nervös holte Mr. Windle Luft und legte die Hände fest um das Rednerpult, doch als er zu sprechen begann, schien er sich zu entspannen, als wäre er in seinem Element. Obwohl er keine Gedichte rezitierte, würde seine klare, klangvolle Stimme Grant gefallen, dachte ich.

»Danke, Mr. Bunting. Ich hoffe, Sie haben mit Ihrer großzügigen Einführung nicht zu hohe Erwartungen geweckt.« Mit einer schwungvollen Handbewegung umfasste er das Schulhaus. »Es ist lange her, seit ich in einer akademischen Umgebung gesprochen habe. Möglich, dass ich ein wenig eingerostet bin.«

Im Raum kam nachsichtiges Kichern auf.

»So mangelhaft mein Vortrag auch sein mag«, fuhr er fort, »hoffe ich, dass Sie meine Präsentation als kleines Zeichen der Dankbarkeit für die Freundlichkeit akzeptieren, die Sie mir erwiesen haben, seit ich vor erst einer Woche nach Finch gekommen bin.« Sein Blick schweifte durch den Raum und verhielt nacheinander bei Lilian, dem Pfarrer, Amelia, Tilly, Mrs. Craven, Charles, Grant, Opal, Millicent, Selena, Elspeth und mir. »Als Neuankömmling rechnete ich damit, auf Abstand gehalten zu werden, aber Sie haben mich aufgenommen wie einen lange vermissten Freund. Ihr herzliches Willkommen hat mir viel bedeutet, und ich danke Ihnen aufrichtigst dafür.«

Drei der Mägde rutschten unbehaglich auf ihren Plätzen herum, und der Rest von uns lächelte bescheiden.

»Ich würde mir nicht anmaßen, Ihnen einen Vortrag über ein Thema zu halten, mit dem ich mich erst seit einer Woche beschäftige«, sagte er in einem neuen Tonfall, der darauf hinwies, dass er mit seiner Präsentation begonnen hatte. »Zum ersten Mal hat Finch vor etlichen

Monaten meine Aufmerksamkeit erweckt, als ich auf ein Rätsel stieß, das mich faszinierte: eine Landmarke in der Nähe des Dorfes, die erhalten sein müsste, stattdessen jedoch praktisch verschwunden war.

Wie konnte ein stabiles Bauwerk, das über ein Jahrhundert gestanden hatte, sich plötzlich fast in Luft auflösen? Warum war ein Gebäude, das jedem Bewohner des Dorfes vertraut sein sollte, vergessen worden? Um diese Fragen zu beantworten, müssen wir ein verborgenes Kapitel in Finchs Geschichte aufschlagen.

Bevor wir uns in diese Geschichte vertiefen«, setzte er als Nebenbemerkung hinzu, »nehmen Sie bitte zur Kenntnis, dass die Illustrationen, die ich geschaffen habe, um meinen Vortrag zu begleiten, annähernde Darstellungen sind, die auf langen Recherchen und Beobachtungen beruhen, da von den Gebäuden, die ich erwähnen werde, keine zeitgenössischen Abbildungen existieren.«

Er nickte Will zu, der die leere Pappe von seiner Staffelei wegnahm und eine wunderschön ausgeführte Tuschezeichnung enthüllte. Sie zeigte ein schmuckes, dreistöckiges Gebäude am Rand eines Weizenfeldes, dessen Wasserrad halb in einen rustikalen hölzernen Ablaufkanal getaucht war, der in einen Fluss führte.

»Im Jahr 1708 erbaute Elijah Bennett am Westufer des Little Deeping eine Wassermühle«, erklärte Mr. Windle. »Über hundert Jahre lang mahlte hier die Familie Bennet Getreide aus der Umgegend zu Mehl, aus dem Dorf- und Stadtbewohner gleichermaßen ihr tägliches Brot backten. Doch 1821 erlebte die Bennett-Mühle eine Veränderung.«

Er nickte Rob zu, der eine Zeichnung desselben Gebäudes aufdeckte, das um mindestens ein Drittel erweitert worden war und ein komplexes System aus Wehren und Abzugsgräben besaß, die es mit einem nahen Mühlteich verbanden, der sich in das Weizenfeld hinein erstreckte. Der Gegensatz zwischen dem ursprünglichen Gebäude und seinem Nachfolger war beeindruckend.

»1821«, fuhr Mr. Windle fort, »verkauften Elijah Bennetts Nachkommen die Mühle an Linus Johnson, einen Geschäftsmann aus Upper Deeping. Er baute sie zu einer Textilfabrik zum Kardieren, Spinnen und Weben von Wolle um. Linus Johnson hatte große Träume, doch er war sowohl unfähig als auch gierig. Nachdem er Geld, das ihm nicht gehörte, für einen schlampigen Umbau ausgegeben hatte, stattete er die Mühle mit veralteten Maschinen aus und sparte an der Wartung.«

Er nickte Will zu, der eine Querschnittzeichnung enthüllte, die eine kleine, wasserbetriebene Textilfabrik von innen zeigte. Es war, als blickte man ins Innere eines sehr komplizierten Uhrwerks. Ich konnte mir kaum vorstellen, wie viel Lärm, Staub und Hitze diese verwirrende Anordnung von Treibriemen und Achsen, Zahnrädern und Stangen und die dicht gedrängten Reihen von Maschinen erzeugt haben mussten.

»Eine Mühle war, auch wenn sie gut geführt wurde, ein gefährlicher Arbeitsplatz«, sagte Mr. Windle. »Aber wenn sie schlecht betrieben wurde, wie das oft der Fall war, wurde sie zur Todesfalle. 1823 kam es in Johnsons Mühle zu einem entsetzlichen Vorfall. Eine Achse an einem mechanischen Webstuhl brach, und vier Arbeiter starben dabei.«

Auf ein Nicken von Mr. Windle hin nahm Rob die Zeichnung vom Äußeren der Mühle von seiner Staffelei, sodass eine Art Porträt zutage kam. Es stelle einen dunkelhaarigen Jungen dar, der von einer metallenen Industrieversion von Mr. Windles Holzwebstuhl stand. Die Ärmel des viel zu großen weißen Hemdes des Jungen waren aufgekrempelt, damit er die Hände frei hatte, und seine zerlumpte Hose wurde von Hosenträgern gehalten. Er war barfuß und so klein, dass er auf einer Metallplatte am unteren Teil des Webstuhls stehen musste, um seine Arbeit zu verrichten.

Mein Herz krampfte sich zusammen, als ich die Zeichnung betrachtete. Der Knabe war jünger und viel kleiner als meine Söhne. Ich fragte mich flüchtig, ob Mr. Windle sie als Assistenten ausgewählt hatte, weil er gewusst hatte, dass auch andere diesen Vergleich ziehen würden. Wenn ja, dachte ich, waren Will und Rob seine besten Anschauungsobjekte. Während sie perfekte Gesundheit und die Zuversicht der Jugend ausstrahlten, richtete der Junge die glanzlosen Augen auf die Maschine, als könnte er sich kein anderes Leben vorstellen.

Mr. Windle wartete, bis seine Zuhörer die Einzelheiten der Zeichnung verdaut hatten. »Die Arbeiter, die an diesem tragischen Tag ums Leben kamen«, fuhr er dann fort, »waren Kinder. Linus Johnson hatte sie in einem Waisenhaus in Upper Deeping gekauft.«

»Gekauft?«, rief Mr. Barlow aus der dritten Reihe. »Wie kann man denn Kinder kaufen?«

»Er hat dem Leiter des Kinderheims eine kleine Gebühr gezahlt«, erklärte Mr. Windle ruhig, »und die Kinder als Lehrlinge aufgenommen.«

»Wenn sie Lehrlinge waren, hätte Mr. Johnson sie doch mit Nahrung, Kleidung und einer Unterkunft versorgen müssen, oder?«, fragte Lilian.

»Er hat ihnen Brot und Milch gegeben«, antwortete Mr. Windle. »Einmal im Jahr erhielten sie abgelegte Kleidung, und er hat sie auf Pritschen in einer Ecke in der Mühle schlafen lassen. Dafür hat er sie in einem Handwerk ausgebildet.«

»In einem Handwerk ausgebildet«, murrte Mr. Barlow voller Abscheu. »Das war doch Kindesmisshandlung, nichts anderes.«

»Linus Johnson war keine Ausnahme«, betonte Mr. Windle. »Noch bis weit ins neunzehnte Jahrhundert bildeten in Großbritannien Kinder einen bedeutenden Anteil der Arbeitskräfte. In vielerlei Hinsicht waren sie ideale Arbeitnehmer. Sie waren billig, leicht zu kontrollieren und so klein, dass sie sich in winzige Aussparungen quetschen konnten, um die Maschinen zu pflegen. Es war nicht ungewöhnlich, dass Kinder, die erst fünf waren, zwölf Stunden am Tag und sechs Tage die Woche für einen schäbigen Wochenlohn von vier Shilling arbeiteten. Waisenkinder waren besonders nützlich, weil sie niemanden hatten, der für sie eintrat oder sie vor einem grausamen Herrn beschützte.«

»Hört sich an wie etwas von Dickens«, bemerkte der Pfarrer und klang, als wäre ihm übel.

»Armut zwang Charles Dickens, mit zwölf in einer Fabrik zu arbeiten«, erklärte Mr. Windle. »Diese Erfahrung war der Ausgangspunkt seiner Romane und hat ihn zu einem leidenschaftlichen Vorkämpfer für die Abschaffung der Kinderarbeit in Großbritannien gemacht.«

»Ich war mir Mr. Dickens' schwieriger Kindheit bewusst«, sagte der Pfarrer, »aber ich hatte ja keine Ahnung, dass sich ein Grauen wie aus den Büchern von Dickens auch ganz in unserer Nähe abgespielt hat.«

»Wir neigen dazu, solche furchtbaren Zustände mit großen Städten in Verbindung zu bringen«, meinte Mr. Windle, »doch sie herrschten auch in Fabriken auf dem Land.«

»Wo war denn das Gesetz?«, verlangte Mr. Barlow zu wissen. »Warum wurde dieser Johnson nach dem Tod der Kinder nicht verhaftet?«

»Damals existierten keine Arbeitsschutzgesetze«, erklärte Mr. Windle, »und Arbeiter hatten keine Rechte. Wenn ein Fabrikarbeiter am Arbeitsplatz eine Hand verlor, wurde er entlassen. Fabrikbesitzer riefen oft auch die Polizei, um entlaufene Lehrlinge einzufangen und ihren Herren zurückzugeben.«

»Aber Johnsons sogenannte ›Lehrlinge‹ sind nicht weggelaufen«, beharrte Mr. Barlow. »Sie sind *gestorben.*«

»Arbeitsunfälle wurden als der Preis des Geschäfts betrachtet«, sagte Mr. Windle. »Linus Johnson wurde zwar nach dem Tod der Kinder vor Gericht gestellt, doch nicht, weil sein fahrlässiges Verhalten zu ihrem Tod geführt hatte. Ein Investor verklagte ihn wegen finanzieller Unregelmäßigkeiten und bekam eine hohe Abfindung zugesprochen. Um nicht bankrottzugehen, musste Johnson die Fabrik schließen und ihre Ausstattung, auch das Wasserrad, verkaufen.«

»Schätze, er ist buchstäblich mit Mord davongekommen«, meinte Mr. Barlow bitter.

»Ich glaube, Ihre Vorgänger sind zum selben Schluss gekommen«, erwiderte Mr. Windle. »Ich glaube, sie fühlten sich durch die Tragödie beschmutzt, oder sie schämten sich, weil sie nicht besser auf die Zustände in der Fabrik geachtet hatten.« Er legte eine Pause ein und stellte dann noch einmal seine Frage vom Beginn. »Wie konnte ein stabiles Gebäude, das über hundert Jahre gestanden hatte, plötzlich verschwinden und kaum eine Spur hinterlassen? Ich vermute, dass die Antwort auf meine Frage hier und da im Dorf zu finden ist, und sehr wahrscheinlich auf einigen Farmen in der Gegend.«

Opal Taylor schaute sich im Schulraum um, als rechnete sie damit, ein Wasserrad zu entdecken, das ihr bisher entgangen war.

»Ich hatte noch keine Zeit, meine Theorie zu überprüfen, aber ich überlasse Ihnen das Urteil darüber, wie stichhaltig sie ist.« Mr. Windle faltete auf dem Podium die Hände. »Die Mühle hatte Überschwemmungen, Stürme und einen zusammengeschusterten Umbau überstanden, doch die Schuldgefühle und den Zorn der Dorfbewohner sollte sie nicht überleben. Um das verhasste Gebäude loszuwerden, rissen sie es ab. Einen Teil des Materials haben sie vielleicht im Fluss versenkt, aber ich glaube, dass sie den größten Teil wiederverwertet und benutzt haben. Es würde mich nicht verwundern, wenn in einer niedrigen Mauer auf einem Hügel oder einem Garten bearbeitete Steine aus der Mühle verbaut wären.«

Grants und Charles' Blicke schweiften in die Ferne, als versuchten sie, sich ihren Gartenschuppen vorzustellen.

»Zweifelsfrei steht jedenfalls fest«, fuhr Mr. Windle fort, »dass der Farmer, dem das an Linus Johnsons Besitz angrenzende Feld gehörte, das Grundstück mit der Mühle gekauft hat. Er hat keine Anzeige erstattet, als die Mühle verschwand. Er hat das Land nie bestellt und es auch an keinen anderen Unternehmer verkauft. Er hat zugelassen, dass die Natur es sich zurückholte.«

Er nickte Will zu, der die Zeichnung vom Inneren der Mühle wegnahm und eine unheimliche Landschaft aus knorrigen Bäumen, wuchernden Ranken und dunklem, feuchtem Buschwerk enthüllte.

»Im Lauf der Zeit«, sagte Mr. Windle, »wurde der Standort von Linus Johnsons Fabrik zu einer etwas düsteren Baumgruppe, die seither als das ›Wäldchen‹ bekannt ist.«

Meine Nachbarn hatten viel zu verdauen. Sie hatten gehofft, eine Geschichte zu hören, mit der sie in den benachbarten Dörfern angeben konnten – Hinweise auf eine kürzlich entdeckte römische Villa vielleicht oder Beweise dafür, dass Charles II. seinen Feinden entkommen war, indem er sich in dem Zimmer über dem Pub versteckte. Stattdessen hatten sie eine erbärmliche Geschichte über Kindesmissbrauch, Vernachlässigung und Ausbeutung gehört, die sich in ihrem eigenen Hinterhof ereignet hatte. Ihr Unbehagen war mit Händen zu greifen.

Manche ließen die Köpfe hängen, andere starrten die Zeichnung des Jungen an, und wieder andere wandten die Gesichter ab, als könnten sie es nicht ertragen, sie anzusehen. Die Vorfreude, mit der sie Mr. Windle begrüßt hatten, war trübsinniger Nachdenklichkeit gewichen, in die sich Abscheu und ein leichter Hauch von Unmut mischten. Tante Dimity hat sich zu Recht Sorgen darum gemacht, wie sie auf Mr. Windles Vortrag reagieren würden, sagte ich mir. Er hatte ihnen ein Kapitel ihrer Geschichte vorgelegt, das sie nicht lesen wollten.

»Geschichte wird aus vielen Gründen verborgen«, erklärte Mr. Windle. »Ich glaube, die Geschichte, die ich entdeckt habe, ist aus dem kollektiven Gedächtnis verschwunden, weil die Dorfbewohner nicht stolz darauf waren. Sie glauben vielleicht, dass man solche Dinge besser vergisst, aber stimmt das? Erweisen wir den Kindern, die in Linus Johnsons Fabrik gestorben sind, damit nicht einen Bärendienst? Warum sollte er einen Namen haben, sie jedoch nicht?«

»Er sollte vergessen werden«, meinte Mr. Barlow, »aber so ist das nun einmal. Die Namen von aufgeblasenen Geschäftsleuten stehen in der Zeitung. Die von Kindern, die allen gleichgültig sind, nicht.«

»Manchmal aber doch«, sagte Mr. Windle. »Ich habe die letzten paar Tage damit verbracht, das Archiv des *Upper Deeping Dispatch* zu durchkämmen, doch erst heute Morgen habe ich einen kurzen Artikel – eigentlich nur einen Lückenfüller – über den Unfall in der Mühle entdeckt. Darin wurden die Opfer namentlich genannt.« Er konsultierte seine Notizen, hob dann den Kopf und sprach mit schallender Stimme weiter. »Timothy Welland, neun Jahre; Sarah Smith, sieben; Agnes Mayhew, elf, und Richard Shard, zehn. Sie liegen begraben …«

»Ich weiß, wo sie begraben sind«, unterbrach Lilian ihn. Sie wandte sich auf ihrem Stuhl um und sah Mr. Barlow an.

»Großer Gott«, sagte er leise. »Die Lämmchen!«

Kapitel 24

»Die Lämmchen?«, fragte Mr. Windle.

»So nennen Mrs. Bunting und ich die vier Kinder, die im hinteren Teil des Kirchhofs begraben liegen«, erklärte Mr. Barlow. Als unser Küster war er dafür verantwortlich, den Kirchhof in Ordnung zu halten und, wenn nötig, Gräber auszuheben. Er war zutiefst vertraut mit jedem Stein, jedem Ehrenmal und jedem Grab.

»Die Grabsteine sind ziemlich klein«, sagte Lilian, die den Kirchhof fast so gut kannte wie Mr. Barlow. »Jeder ist von einem in Stein gehauenen Lamm gekrönt. Auf Friedhöfen symbolisieren Lämmer meist Kinder.«

Mr. Windle beugte sich am Rednerpult nach vorn, unterbrach den Dialog aber nicht. Er lauschte aufmerksam, so wie alle anderen im Schulzimmer.

»Die Grabsteine sind so verwittert, dass wir Abreibungen herstellen mussten, um sie zu lesen«, berichtete Mr. Barlow. »Aber die Abreibungen haben uns nicht viel verraten. Keine Geburtsdaten und vier Mal das gleiche Todesdatum, der 13. Juli 1823.«

»Und vier Namen«, erklärte Lilian. »Timothy Welland, Sarah Smith, Agnes Mayhew und Richard Shard.«

»Oooh!« Als die Dorfbewohner begriffen, schienen sie alle zugleich den Atem auszustoßen.

»Laut Gesetz«, sagte Mr. Windle, »hätte man sie auf dem Kirchhof begraben, der dem Ort, an dem sie gestorben sind, am nächsten lag.«

»Ja, ich weiß«, antwortete Lilian, »doch wir hatten keine Ahnung, wo oder wie sie gestorben waren oder warum sie nebeneinander begraben sind. Die Sterbebücher waren nicht ergiebiger als die Grabsteine. Da ihre Familiennamen im Dorf nicht vorkommen, hatte ich vermutet, dass sie Kinder von umherziehenden Landarbeitern waren.«

»Wir dachten, vielleicht seien sie den Masern, der Grippe oder etwas Ähnlichem zum Opfer gefallen«, sagte Mr. Barlow. »In den schlechten alten Zeiten kam es in Finch, genau wie überall anders, zu solchen Ausbrüchen, und für gewöhnlich trafen sie Kinder und alte Menschen am stärksten.«

»Wenn sie an einer ansteckenden Krankheit gestorben wären«, bemerkte Lilian, »hätte man sie schnell begraben, um eine Ausbreitung der Krankheit zu verhindern. Ihre Familien hätten an dem Begräbnis teilgenommen, doch irgendwann wären sie zur nächsten Arbeitsstätte auf einem Hof in einer anderen Gegend weitergezogen.«

»Die Lämmchen haben mir immer ein wenig leidgetan«, meinte Mr. Barlow, »weil sie ganz allein dort liegen, ohne Großeltern oder Onkel und Tanten um sie herum.« Er seufzte. »Irgendwie ist es schlimmer zu wissen, dass sie Waisenkinder waren. Sie wurden von Fremden begraben, und niemand hat um sie getrauert.«

»Aber es trauerte doch jemand um sie«, widersprach Mr. Windle. »Sie wurden nicht in Armengräbern beigesetzt. Sie bekamen eine richtige Trauerfeier und geschmückte Grabsteine. Die Dorfbewohner konnten nicht dafür sorgen, dass junge Arbeiter in der Fabrik menschenwürdig behandelt wurden. Sie konnten jedoch Sarah, Agnes, Timothy und Richard so sorgsam und mitfühlend begraben, wie sie an ihren eigenen Kindern gehandelt hätten.«

»Eine kleine Barmherzigkeit«, räumte Lilian ein,

»aber trotzdem eine. Ich bin jedenfalls dankbar dafür, jetzt die Wahrheit zu kennen. Bisher waren die Lämmchen imaginäre Gestalten, die wir aus Vermutungen und Annahmen zusammengesetzt hatten. Nun, da ich weiß, wer sie wirklich waren, empfinde ich noch mehr Mitgefühl für sie. Ich werde die Sterbebücher ergänzen und die Informationen, die Sie, Mr. Windle, heute mit uns geteilt haben, einfließen lassen.«

»Ich habe bisher weder die gerichtsmedizinischen Aufzeichnungen konsultiert noch die Listen des Waisenhauses untersucht«, erklärte er. »Aus ihnen können Sie vielleicht mehr über die Kinder erfahren.«

»Ich werde mich damit beschäftigen«, sagte Lilian bestimmt. »Ich sorge dafür, dass die Mühlenkinder in Finch nicht wieder vergessen werden.«

Mit seinen nächsten Worten reagierte Mr. Windle auf Lilians Bemerkung, doch er sprach auch den ganzen Raum an.

»Es wird Sie vielleicht verwundern, dass die Mühlenkinder draußen in der Welt nie ganz vergessen waren. Ich habe ihre Namen zusammen mit vielen anderen in einem Bericht entdeckt, der von einer Parlamentskommission zusammengetragen wurde. Der Bericht führte zu umfassenden Reformen in den Gesetzen zur Kinderarbeit und schlussendlich zur Abschaffung der Kinderarbeit in Großbritannien.«

Er nickte Rob zu, der die letzte Tuschezeichnung aufdeckte. Darauf standen vier kleine Kinder – zwei Jungen und zwei Mädchen – rechts und links von einem Teleskop und sahen aus großen Augen zu den Sternen auf.

»Ich möchte mir gern vorstellen«, sagte Mr. Windle, »dass die vier Waisenkinder, die auf dem Kirchhof so liebevoll zur Ruhe gebettet wurden, stolz darauf wären, dass ihr tragischer Tod zukünftigen Generationen von Kindern ein besseres Leben beschert hat.«

Kurz herrschte Schweigen, während Mr. Windle seine Papiere zusammensuchte, Will und Rob die Hände schüttelte und seine Schautafeln nahm. Der Applaus setzte ein wenig lückenhaft ein und kam zunächst von den Mitgliedern der Windle-Wache und Mr. Barlow, schwoll aber rasch zu einem Crescendo an, und das gesamte Publikum brachte Mr. Windle stehende Ovationen dar, bevor sich alle auf das Teebüfett stürzten.

Lilian beschlagnahmte Mr. Windles Schautafeln und seine Papiere, legte sie auf das Klavier und zog ihn zum Büfett, wo er viele, viele Hände schütteln musste. Ich bezweifelte, dass die Dorfbewohner mit der Textilfabrik angeben würden, wenn sie mit Freunden aus benachbarten Dörfern plauderten, aber sie würden vielleicht vier Gräber auf dem Kirchhof besuchen, um ihnen die Ehre zu erweisen und über ein schmerzliches Kapitel in Finchs bis dato verborgener Geschichte nachzudenken.

Als Amelia ihr Handy wieder einschaltete, fand sie eine Nachricht von Willis senior vor, der sie darüber informierte, dass Bess und er sich nach Fairworth House zurückgezogen hatten. Als Bill sein Handy einschaltete, hatte er eine ähnliche Nachricht, ergänzt durch Willis seniors Bitte, Amelia nach Hause zu fahren, wenn sie das Schulhaus verlassen wolle.

»Wenn es euch nichts ausmacht, würde ich lieber laufen«, sagte sie. »Aber erst, nachdem wir aufgeräumt haben.«

Nachdem das Büfett auf zurückhaltende Art geplündert worden war, schrumpfte die Schar der Zuhörer rasch. Sally Cook, Christine Peacock und Jasper Taxman waren die Ersten, die gingen, um ihre jeweiligen Geschäfte allein zu betreiben; ihre Ehepartner ließen sie jedoch hier zurück. Grant und Charles sammelten ihre Staffeleien ein und nahmen Mrs. Craven zu einer richtigen Teestunde mit nach Hause. Opal, Millicent und Selena fuhren zum Einkaufen nach Upper Deeping, und Elspeth führte Homer am Fluss aus. Sie erklärte nicht ausdrücklich, dass sie bis zum Wäldchen gehen würden, doch ich hatte so meine Vermutungen. Sie interessierte sich ebenso stark für Geschichte wie für einen gewissen Historiker.

Da Miranda Morrow das Rednerpult für ihren Kurs im Besenbinden nicht brauchte, trug Bill es vom Podium zurück ins Hinterzimmer. Unter Mr. Barlows Aufsicht begannen er, Will und Rob dann, die Klappstühle zusammenzulegen, und stellten sie weg. Lilian, Amelia, Tilly und ich räumten das Tee-Büfett auf und spülten unter Mithilfe des Pfarrers das Geschirr. Tilly klagte, sie könne sich nicht vorstellen, wo Bree und Tommy geblieben seien.

»Nicht?«, gab Lilian unschuldig zurück und prustete unziemlich vor Lachen.

Mr. Windle erbot sich, allen bei allem zu helfen, doch Lilian ließ das nicht zu. Sie setzte ihn auf einen Stuhl, versorgte ihn mit einem Teller Zitronenschnitten, die sie im Hinterzimmer versteckt hatte, schenkte ihm eine frische Tasse Tee ein und erklärte ihm, als Ehrengast habe er nur die Aufgabe, sich zu entspannen.

Als die Ordnung im Schulzimmer wiederhergestellt war, bat Amelia Will und Rob, sie zu Fuß nach Fairworth House zu begleiten. Tilly ging mit Mr. Barlow nach Hause, um den Verband an seinem Daumen zu wechseln. Der Pfarrer kehrte ins Pfarrhaus zurück, um an seiner Predigt zu arbeiten, und Mr. Windle brachte eine Bitte vor, die Lilian ihm nicht abschlagen konnte.

»Ob Sie mich wohl den Lämmchen vorstellen würden?«, fragte er. »Ich habe den Kirchhof noch nicht erkundet, daher weiß ich nicht, wo die Gräber liegen.«

»Ich zeige sie Ihnen«, antwortete sie. »Ich kann sie sofort hinbringen, wenn Sie sich dem gewachsen fühlen.«

»Ich fühle mich besser als seit Langem«, erklärte er. Dann wandte er sich an Bill und mich. »Würden Sie uns begleiten?«

»Sehr gern«, sagte ich.

»Wir können den Kindern gemeinsam die Ehre erweisen«, meinte Bill.

Lilian knipste das Licht aus und ging voran. Sie gab sich nicht damit ab, hinter uns abzuschließen, denn anders als Brees Haus wurde das Schulhaus vierundzwanzig Stunden am Tag hinter Gardinen beobachtet.

Wir gingen zur Kirche, aber wir bombardierten Mr. Windle unterwegs weder mit Fragen, noch spielten wir uns als Fremdenführer auf. Ich glaube, wir waren des Redens überdrüssig, doch abgesehen davon war dies ein feierlicher Anlass, und wir schienen alle damit zufrieden zu sein, ihn schweigend zu begehen.

Wir traten durch das überdachte Tor und gingen auf dem ordentlich geharkten, kiesbestreuen Weg, der die Kirche umgab, zum hinteren Teil des Kirchhofs. Als Lilian von dem Pfad hinuntertrat, folgten wir ihr über ein kurz gehaltenes Rasenstück zu vier Gräbern, die an der rückwärtigen Mauer des Kirchhofs lagen.

Die steinernen Lämmer auf den Grabsteinen saßen mit unter den Körper gezogenen Beinen da, als ruhten sie ebenfalls aus. Ihre honiggoldene Farbe war mit der Zeit zu Grau verblasst, aber am Fuß eines jeden Grabes wuchsen bunte Stiefmütterchen.

»Mr. Barlow hat die Stiefmütterchen gepflanzt«, erklärte Lilian. »Er hatte schon immer eine Schwäche für die Lämmchen und dachte, die bunten Farben würden Kindern gefallen.«

»Sie sind perfekt«, meinte Mr. Windle. Über die niedrige Steinmauer sah er über die Auen hinaus, die zum Fluss führten. »Ich kann mir keine schönere und friedlichere Ruhestätte vorstellen. Auch sie wurde sorgfältig ausgewählt. Danke, dass Sie sie mir gezeigt haben, Mrs. Bunting.«

»Keine Ursache«, versicherte sie. »Sie können die Kinder gern besuchen, wann immer Sie wollen, Mr. Windle. Vielleicht komme ich ja heute Abend noch einmal« – sie wandte das Gesicht zum Himmel –, »und schaue zu den Sternen auf.«

Er nickte, um zu zeigen, dass er die Anspielung verstanden hatte, und erklärte dann, er wolle zurückgehen. Während wir auf dem Weg, auf dem wir gekommen waren, die Kirche umrundeten, ließ er sich zurückfallen und ging neben Bill und mir.

»Das ist vielleicht nicht die angemessene Zeit oder der richtige Ort, um Geschenke zu machen«, bemerkte er, »aber als ich gestern in Upper Deeping war, habe ich eine Kleinigkeit für Bess gefunden.«

Bill lächelte. »Meine Tochter würde Ihnen sagen, dass immer die richtige Zeit für ein Geschenk ist.«

»Ich hätte es ihr früher gegeben«, erklärte Mr. Windle, »doch ich habe befürchtet, es könne einige Zuhörer stören.«

Er griff in die Innentasche seines Anzugs und zog ein kleines Stofftier hervor. Es war eine Ente, aber nicht irgendeine. Nach ihrem grünen Kopf, dem gelben Schnabel und dem weißen Ring um den Hals zu urteilen, stellte es eine Stockente dar. Sie war nicht ganz so abstrakt wie Bess' Zeichnungen, aber sie war ganz schlicht gearbeitet: nichts, woran ein Kind ersticken könnte, und keine Flügel, die sie hätte abreißen können. Es war eine einfach entzückende kleine Stockente.

»Zum Andenken an unsere erste Begegnung«, meinte er und gab mir die Ente. »Als ich gehört habe, wie Bess mit Ihnen und Tommy auf der Brücke quakte, fühlte ich mich an ein anderes kleines Mädchen erinnert.« Er schlug die Augen nieder, als überwältige ihn der Gedanke an seine Enkelin, die er in Derbyshire zurückgelassen hatte.

Barbaren haben auch ihren Nutzen, dachte ich. Hätte Bess nach der Möbelwagen-Wache nicht einen solchen Krawall veranstaltet, wäre Mr. Windle nicht aus seinem Haus getreten, Tommy und ich hätten seine bekümmerten Tränen nicht gesehen, und die Windle-Wache wäre nie entstanden. Die Dankbarkeit, die er am Beginn seines Vortrags zum Ausdruck gebracht hatte, bedeutete, dass wir ein wenig dazu beigetragen hatten, den Schmerz zu lindern, den es ihm bereitete, die Menschen, die ihm lieb und teuer waren, in Derbyshire zurückgelassen zu haben. Und das verdankten wir alles meiner entenliebenden Tochter.

»Sie ist so niedlich, vielen Dank!«, sagte ich und strich der Stockente über den grünen Kopf. »Wie könnte ein so süßes kleines Entchen jemanden stören?«

»Ach ja«, gab Mr. Windle zurück, der seine Fassung wiedergewonnen hatte. »Ich vergaß zu erwähnen, dass sie einen versteckten Zauber besitzt.« Er streckte die Hand aus und drückte die Ente, die daraufhin eine Reihe bemerkenswert lebensechter Quak-Geräusche von sich gab.

»Bess wird überschnappen vor Freude, wenn sie sie quaken hört«, antwortete ich und lachte entzückt.

»Sie wird sie lieben«, meinte Bill kichernd. »Vielen Dank, Mr. Windle!«

»Sehr gern«, sagte er lächelnd.

Wieder senkte sich ein behagliches Schweigen über uns, während wir den Kirchhof verließen, doch es währte nicht lange. Wir hatten uns gerade am Pfarrhaus von Lilian verabschiedet, als Bree die Straße heraufgelaufen kam und aufgeregt nach uns rief. Tommy folgte ihr gemessener, ein breites Grinsen im Gesicht.

»Mr. Windle«, schrie Bree atemlos und kam vor uns schlitternd zum Halten.

»Bree!«, rief ich aus. »Wo habt ihr gesteckt? Ihr habt Mr. Windles Vortrag verpasst.«

Bree wedelte wegwerfend mit der Hand. »Er hat ihn Tommy und mir heute Morgen vorgelesen, nachdem er aus Upper Deeping zurück war.«

»Ihr wart im Cottage Weidenkätzchen?«, fragte ich ungläubig.

»Ja, ja, wir lernen weben, aber egal«, gab sie ungeduldig zurück. Sie warf Mr. Windle flehentliche Blicke zu. »Ich habe Sie überall gesucht! Kommen Sie! Schnell! Sie werden es nicht glauben! Sie werden es einfach nicht glauben!«

Bree ergriff seine Hand und hätte ihn hinter sich hergezogen, wenn Tommy nicht eingeschritten wäre.

»Immer mit der Ruhe, Schatz«, meinte er sanft. »Wenn du nicht aufpasst, brichst du ihm noch das Handgelenk.«

»Tut mir leid«, murmelte sie.

Bree ließ Mr. Windles Hand sinken und begann, rückwärts vor ihm herzuspringen, wobei sie ihm aufmunternd zuwinkte wie einem Baby, das kurz davorsteht, seinen ersten Schritt zu tun. Tommy ging mit ausgestrecktem Arm neben ihr her, bereit, sie aufzufangen, falls sie stolperte, während der Rest von uns ihre Possen amüsiert und verwirrt zugleich beobachtete.

Wir hatten die Teestube fast erreicht, als Mr. Windle an ihr vorbeisah und erstarrte. Ihm wich das Blut aus dem Gesicht, und er schwankte so besorgniserregend, dass Bill eine Hand unter seinen Arm legte, um ihn zu stützen.

Bree hörte auf zu tänzeln und trat beiseite, um ihm nicht die Sicht auf das Cottage Weidenkätzchen zu versperren. Vor dem Haus standen ein Mann, eine Frau und drei Kinder zwischen der Haustür und einem geparkten Geländewagen. Die beiden Jungen waren kleiner als Will und Rob, aber das Mädchen hatte ungefähr Bess' Alter. Die Frau war groß und durchtrainiert und trug das blonde Haar noch kürzer als Bree.

»Papa!«, jubelte die Frau und strahlte von einem Ohr zum anderen.

»Opa!«, riefen die Jungs.

Die Kleine sagte nichts. Sie rannte schnurstracks in Mr. Windles ausgestreckte Arme, und er hob sie hoch, als hätte sie kein Gewicht. Er vergrub das Gesicht in ihrem dunklen Haar und drückte sie so fest, dass sie zu zappeln begann.

»Runter!«, befahl sie gebieterisch.

Lachend und weinend zugleich gehorchte er, doch inzwischen hatten die Jungen ihn erreicht, und er umarmte sie stattdessen. Der Mann jagte dem kleinen Mädchen nach, das einen Ausflug in Richtung Dorfanger unternahm, und die Frau zog die Jungen und Mr. Windle in eine Gruppenumarmung, die so ansteckend wirkte, dass auch Bill und ich uns umschlangen.

»Das ist Alice!«, erklärte mir Bree für den Fall, dass ich das nicht erraten hätte. »Fred und sie haben den Laden Stefan überlassen und die weite Fahrt aus Bakewell hierher unternommen, um das Wochenende bei ihrem Vater zu verbringen.«

Ich hatte keine Ahnung, wer Stefan war, erinnerte mich nur vage, dass Alice' Mann Fred hieß, und kannte die Namen der Kinder nicht, doch ich brauchte keine Liste, um zu verstehen, was vor mir lag. Ich erkannte ein Familientreffen, wenn ich eins sah, und dieses Wiedersehen gehörte zu den freudigsten, die ich je erlebt hatte.

Vielleicht spielte mir ja die tief stehende Sonne des späten Nachmittags einen Streich, oder es war Wunschdenken von mir, aber das Cottage Weidenkätzchen schien einen goldenen Schein auszustrahlen, der über Mr. Windle und seine Familie fiel. Liebe kann viele Formen annehmen, dachte ich bei mir, und jede davon hat etwas Magisches.

Nachdem die erste Euphorie nachgelassen hatte, stellte Mr. Windle alle einander vor. Fred war tatsächlich mit Alice verheiratet, die Jungen hießen Crispin und Freddy und das Mädchen Olivia, obwohl sie Ollie gerufen wurde.

Tommy, Bree, Bill und ich halfen ihnen, das Auto auszuladen, was einige Zeit dauerte, da es bis unters Dach mit Schlafsäcken, Kissen, Spielzeug und allem, was ein Kleinkind brauchte, vollgestopft war – außerdem noch mit Kartons voller Haushaltsgeräte, von denen Alice annahm, dass ihr Vater sie gebrauchen konnte. Doch als Mr. Windle uns zu sich und seinen Lieben ins Cottage Weidenkätzchen einlud, lehnten wir ab. Sogar Bree begriff, dass wir sie in Ruhe lassen sollten – nachdem Tommy es ihr erklärt hatte. Sie war immer noch ein wenig überdreht.

»Ich liebe Happy Ends«, sagte sie, als Mr. Windle die Tür schloss.

»Ich auch«, stimmte ich zu, doch das hier ist kein Ende«, fügte ich hinzu und betrachtete das verzauberte Cottage liebevoll. »Es ist ein Neuanfang.«

Epilog

An einem wolkenlosen Sommertag Ende Juni wurden Bree Pym und Tommy Prescott in St. George's getraut. Bree trug ein hautenges, bodenlanges, mattweißes Kleid, das all ihre Tattoos – jedenfalls die, von denen ich wusste – zur Schau stellte. Von einem Schleier hatte sie nichts wissen wollen, aber sie hatte die spitzen Enden ihrer schimmernden braunen Haare mit Goldglitter gefärbt, was wie ein funkelnder Heiligenschein wirkte; ein Effekt, den ein Schleier zerstört hätte.

Als sie an Mr. Barlows Arm den Mittelgang entlangschritt, sah Tommy sie an, als wäre sie sein Engel. Zu mancher Leute Enttäuschung untersagte das militärische Reglement Tommy, seine Uniform zu tragen, doch die meisten von uns fanden, dass er in dem makellosen dreiteiligen schwarzen Anzug, den Willis seniors Schneider für ihn angefertigt hatte, noch flotter wirkte.

Amelia hatte die Kirche über und über mit duftenden Blumen aus ihrem Garten geschmückt, und Sallys dreistöckige Hochzeitstorte war ein Meisterwerk, obwohl die Zeit für ihre Zubereitung knapp gewesen war. Elspeths Binneys Nichte machte die Hochzeitsfotos, und Elspeth spielte auf der Orgel eine Reihe vertrauter und weniger vertrauter Musikstücke. Die weniger bekannten, die ziemlich laut und ziemlich rhythmisch klangen, hatte Bree ausgesucht.

Ich sorgte dafür, dass Bess auf dem richtigen Weg blieb, indem ich Homer am anderen Ende des Mittelgangs postierte. Die leuchtenden Augen und der wedelnde Schwanz des Hündchens fesselten sie viel stärker, als das jedes Bilderbuch gekonnt hätte. Da Bess und ihre Stockente – die sie aus mir unerfindlichen Gründen Greg genannt hatte – inzwischen unzertrennlich waren, trug sie sie in ihrem Körbchen mit Rosenblüten bei sich. Das Quaken in der letzten Reihe stört Peggy Taxman bei jedem normalen Gottesdienst, aber wenn ich sie auffordere, Greg doch zu beschlagnahmen, rudert sie hastig zurück. Nicht einmal die mächtige Peggy Taxman legt sich mit einer Zweijährigen an.

Bree und Tommy machten ihre Hochzeitsreise nach Derbyshire. Laut Tilly entschieden sie sich, ein abgelegenes Cottage auf dem Anwesen von Chatsworth zu mieten, »um niemanden mit ihrer lauten Musik zu stören«. Wenn sie sich nicht an ihrer Musik erfreuten, widmeten Bree und Tommy sich jedem Outdoor-Sport, den der Peak District zu bieten hatte: Sie wanderten, betrieben Parasailing, kletterten auf Klippen, krochen durch Höhlen, unternahmen mehrere Radtouren mit *Bike Well Cycles* und erkundeten gemeinsam den wundervollen Park von Chatsworth.

Nach ihrer Rückkehr aus Derbyshire zog Tommy in Brees Haus ein, doch sie verbrachten immer noch viel Zeit mit Mr. Barlow. Bree ist so begierig wie nur je, von ihrem Mentor neue Fertigkeiten zu lernen, und Tommy ist stolz darauf, mit seinem Onkel zusammenzuarbeiten. Dank Tillys fachkundiger Pflege heilte Mr. Barlows Daumen in Rekordzeit, und obwohl die Geschichte seiner wiederholten Heiratsanträge in der Klatschbörse die Runde machte, wurde sie mit Respekt aufgenommen und nicht ins Lächerliche gezogen. In Finch hält man Beharrlichkeit für eine Tugend.

Tommy und Bree besuchen auch Mr. Windle. Wie sich herausgestellt hat, hatte nicht Crispin Windle das schwarze Stück Stoff, das ich auf seinem Webstuhl gesehen hatte, gewebt, sondern Bree. Sie brauchte ungefähr zwei Wochen, um ihr erstes Projekt abzuschließen, einen schwarzen Schal mit einem weißen Silberfarn, einem Symbol für Neuseeland. Indem sie die Geheimnisse gelüftet hatte, die sie so lange mit sich herumgetragen hatte, schien sie die Freiheit gefunden zu haben, sich voll und ganz auf ihr Geburtsland einzulassen.

Abgesehen von Tommy und mir erzählte Bree niemandem, was sie über Mr. Windles Vergangenheit herausgefunden hatte, doch als die Dorfbewohner ihn besser kennenlernten, sprach sich die Geschichte nach und nach herum. Da viele von ihnen in seinem Alter waren, verstanden sie problemlos, warum er seiner Familie nicht hatte zur Last fallen wollen.

Seine Angehörigen betrachten ihn immer noch nicht als Bürde, aber sie haben den Versuch aufgegeben, ihn zu einer Rückkehr nach Bakewell zu überreden. Alice und Fred bringen ihm – sogar auf dem Höhepunkt der Feriensaison – einmal im Monat die Enkel und fühlen sich beruhigt bei dem Gedanken, dass er Freunde gefunden hat, die ihn fast genauso gern haben wie sie.

Mr. Windle und Lilian Bunting arbeiteten Hand in Hand, um einige Lücken in der Geschichte zu schließen, die er in der Schule vorgestellt hatte. Mr. Windle fand heraus, dass Linus Johnson eine ganze Reihe Investoren betrogen hatte. Obwohl Johnson Mr. Barlows Meinung nach mit seinen Morden davongekommen war, bezahlte er für seine finanziellen Verbrechen: Er wurde zu sieben Jahren Haft in einem Gefängnis verurteilt, das berüchtigt dafür war, wie schlecht seine Insassen behandelt wurden. Er verließ es als gebrochener Mann, wanderte nach Australien aus und wurde nie wieder in Upper Deeping gesehen.

Zu ihrer Bestürzung erfuhr Lilian, dass die Aufzeichnungen des Waisenhauses vernichtet worden waren, als das Gebäude, in dem sie aufbewahrt worden waren, vollständig abbrannte. Der Bericht des Gerichts allerdings schlummerte noch in den Akten eines verstaubten Gemeindearchivs und war zwar eine bedrückende Lektüre, enthielt jedoch die Geburtsdaten der Kinder, die sie in die Sterbebücher einfügte.

Sie war mehr als entsetzt darüber, dass der Bericht zu dem Schluss kam, ihr Tod sei ein einfaches Unglück und nicht das Ergebnis grober Fahrlässigkeit gewesen. Darin war auch verzeichnet, dass die Kinder wie so viele andere als Babys jener Zeit von Eltern verlassen worden waren, die zu arm gewesen waren, um sie großzuziehen.

An einem stürmischen Nachmittag Anfang August legten Mr. Windle und Lilian bei einer weiteren Zusammenkunft im Schulhaus ihre Ergebnisse vor. Ich schilderte sie am Abend Tante Dimity.

Der Sturm hatte nicht nachgelassen. Wenn überhaupt, war er schlimmer geworden. Regenböen klatschten an die Sprossenfenster über dem alten Eichenschreibtisch, und das schwach flackernde Feuer im Kamin erfüllte das Arbeitszimmer mit huschenden Schatten. Reginald wirkte ziemlich erleichtert darüber, dass er es in seiner besonderen Nische im Bücherregal warm und trocken hatte.

»Die Dorfbewohner haben mit finsterer Befriedigung vernommen, was aus Linus Johnson geworden war«, erklärte ich, »vor allem, als Mr. Windle die Einzelheiten seiner Haft dargestellt hat: wenig zu essen, eine dünne Matratze in einer abgeschlossenen Zelle und viele Stunden schwerer Arbeit.«

Man kann sich kaum eine angemessenere Strafe vorstellen.

»Sie haben ihm angetan, was er seinen Lehrlingen angetan hatte«, pflichtete ich ihr bei. Ich fasste Lilians Vortrag zusammen und gab dann ein paar Vorschläge wieder, die sie an seinem Ende unterbreitet hatte. »Alle waren dafür, den Mühlenkindern eine Gedenktafel in der Kirche zu widmen.«

Man sollte ihr Gedenken würdigen. Sie und Kinder wie sie sind die unbesungenen Helden der industriellen Revolution. In unserer Geschichte haben sie eine wichtigere Rolle gespielt als viele der Lords und Ladies, deren Namen in unseren Gotteshäusern verewigt sind.

»Wir haben auch diskutiert, ob die ursprünglichen Grabsteine restauriert oder durch neue ersetzt werden sollen«, fuhr ich fort, »doch Lilian hat eine Alternative vorgeschlagen. Sie hat angeregt, die ursprünglichen zu belassen, wie sie sind, aber hinter den Gräbern an der Kirchhofmauer eine Tafel anzubringen, die zusätzliche Informationen über die Kinder liefert.«

Haben die Dorfbewohner ihren Vorschlag unterstützt?

»Einstimmig«, sagte ich. »Sie, Mr. Barlow und Mr. Windle arbeiten an einem Entwurf. Sobald die Tafel hängt, wird der Pfarrer an den Gräbern einen Gottesdienst abhalten, bei dem sie enthüllt wird.«

Ich bin mir sicher, die Veranstaltung wird sehr gut besucht sein. Wenn Mr. Windle die Dorfbewohner eines gelehrt hat, dann, dass man seiner Vergangenheit – und zwar jedem Teil davon – ins Gesicht sehen muss. Wenn wir die schwierigen Teile ignorieren, versagen wir denen, deren Opfer geehrt werden sollte, unsere Anerkennung.

»Warum hat deine Mutter dir nicht erzählt, dass die Arbeiter, die in der Mühle umgekommen sind, Kinder waren?«, fragte ich.

Vielleicht hat sie es nicht gewusst. Als die Geschichte sie erreichte, war sie durch bewusstes Vergessen schon stark gefiltert.

»Will und Rob haben Bill und mir alle möglichen Fragen über Kinderarbeit gestellt«, erklärte ich. »Sie haben auch ihre Lehrer danach ausgequetscht. Sie waren wie vor den Kopf geschlagen, als sie erfuhren, dass noch heute in vielen Ländern Kinder in ihrem Alter arbeiten, statt zur Schule zu gehen.«

Bedauerst du, sie diesen Tatsachen ausgesetzt zu haben?

»Nein«, antwortete ich. »Ich glaube, ich ziehe da zwei Aktivisten groß, vor denen Charles Dickens den Hut ziehen würde.«

Ist wegen des Wäldchens etwas entschieden worden?

»Ja. Wir haben beschlossen, es so zu lassen, wie es ist. Die Mühle ist zu stark zerstört, um sie zu restaurieren, doch selbst wenn wir das Geld hätten, sie wieder aufzubauen, würden wir es nicht tun. Ihre Abtragung ist ein wichtiger Teil der Geschichte, die wir an die nächsten Generationen weitergeben werden.« Ich lehnte mich auf meinem Stuhl zurück. »Wir haben auch ein verlorenes Kapitel in der Geschichte des Flusses zurückgeholt.«

Die Kraft des Little Deeping wurde gezähmt, um die Maschinen einer Textilfabrik anzutreiben, deren Besitzer ein skrupelloser, verachtenswerter Mann war.

»Da sind mir Römer, Wikinger und mittelalterliche Packesel-Karawanen lieber«, meinte ich, »aber ich werde auch die Rolle nicht vergessen, die der Fluss für die dunkle Seite der industriellen Revolution gespielt hat. Niemand von uns wird das.«

Vielleicht könnte Lilian eine erklärende Tafel entwerfen und sie im Wäldchen aufhängen.

»Ich werde ihr den Vorschlag unterbreiten«, versprach ich. »Doch wenn es nach mir ginge, würde ich dort eine Tafel zur Erinnerung an den Tag aufhängen, an dem Bree Pym Crispin Windle getroffen hat. Sie hatte unglaubliches Glück, ihm zu begegnen.«

Er hatte ebenfalls Glück. Mr. Windle war ein Professor, der eine Schülerin brauchte, und hat sie in Bree gefunden. Ihre Beziehung hat ihm einen neuen Lebenssinn geschenkt – oder einen alten wiederbelebt. Sie war ihm genauso eine Hilfe wie er ihr.

»Er ist jedenfalls ein ganz anderer Mensch geworden als der Mann, den Tommy und ich von der Buckelbrücke aus erblickt hatten.«

Als ihr ihn von der Brücke aus gesehen habt, Tommy und du, da war er einsam und allein, aber du und Bree und alle anderen, die über ihn gewacht haben, haben dazu beigetragen, ihn erkennen zu lassen, dass er weder das eine noch das andere zu sein braucht.

»Der Fremde an unserem Tisch ist unser Freund geworden«, meinte ich, »und Finch ist jetzt sein Vorlesungssaal. Wenn Lilian eine Lücke in ihrem Veranstaltungskalender hat, kann sie sich darauf verlassen, dass Crispin Windle sie mit einer Führung durch das Wäldchen, einem Vortrag im Schulhaus, einer Lektion im Tuschezeichnen oder einer Webstuhl-Vorführung füllt. Zum Glück für Elspeth kann er aber immer noch nicht kochen.«

Sie kennt den Weg zum Herzen eines Mannes.

»Sie hat auch das verzauberte Cottage auf ihrer Seite«, meinte ich. »Vielleicht wirkt es bei Mr. Windle ja noch seine Magie.«

Es war der größte Wunsch seiner Frau, dass er wieder heiratet. Sie wollte nicht, dass er für den Rest seines Lebens um sie trauert.

»Eine wahrlich bemerkenswerte Frau«, erwiderte ich. »Ich bin mir sicher, sie wäre mit Elspeth einverstanden.«

Das ist sie.

»Hoffen wir, dass sie Mr. Windle einen Schubs in die richtige Richtung gibt.« Ich streckte meine Beine auf der

Ottomane aus und seufzte zufrieden. »Ich würde gern erleben, dass Grant die Wette gewinnt, die er nach Sallys Vorhersage mit Charles abgeschlossen hat. Grant glaubt daran, dass Märchen wahr werden können« – ich lächelte auf das Journal hinunter –, »und ich habe einen sehr guten Grund, ebenfalls daran zu glauben.«

Elspeth Binneys Bakewell-Törtchen

Ergibt 12 Törtchen

Zutaten

Für den Boden:

- 12 ungebackene Tortelett-Böden
- ¼ Tasse* Himbeermarmelade

Für die Füllung:

- ¼ Tasse weiche Butter
- ¼ Tasse Zucker
- 1 Ei (Größe L)
- 5 Teelöffel gemahlene Mandeln
- 1 Teelöffel Backpulver
- 1 Teelöffel Mandelextrakt

Für den Guss:

- 5 Teelöffel Puderzucker
- 1 Esslöffel kochendes Wasser

Zubereitung

- Den Backofen auf 230 Grad vorheizen. Die Tortelett-Böden auf ein Backblech setzen.
- Die Torteletts bei 230 Grad sechs Minuten backen. Aus dem Ofen nehmen und abkühlen lassen.
- Die Ofentemperatur auf 190 Grad reduzieren.
- Einen Teelöffel Himbeermarmelade auf den Boden jedes Torteletts geben.
- Die Butter und den Zucker in einer Schüssel mit einem

elektrischen Mixer schaumig rühren. Ei, Mehl, gemahlene Mandeln, Backpulver und Mandelextrakt hinzugeben und gut vermischen.

- Je einen Teelöffel der Buttermischung auf die Himbeerkonfitüre-Schicht in den Torteletts geben.
- Die Törtchen bei 190 Grad backen, bis die Füllung Blasen wirft, etwa 25 bis 30 Minuten.
- Den Puderzucker und das kochende Wasser in einer Schüssel rühren, bis der Guss glatt ist. Über die warmen Törtchen träufeln. Abkühlen lassen und die süße Leckerei genießen!

Anmerkung der Übersetzerin: In vielen englischsprachigen Rezepten findet man die Mengenangabe »Cup«. Eine solche »Tasse« fasst knapp 250 ml. Wer es ganz genau nehmen will, kann heutzutage auch Messbehälter für »Cups« über das Internet beziehen.

Leseprobe

Aufregung in Hummelstich

Das große Rübenfest steht vor der Tür! Die liebevoll gepflegte Tradition verspricht auch in diesem Jahr ein ganz besonderes Ereignis zu werden. Bauer Gunnar macht sich Hoffnungen, zum fünften Mal in Folge den Preis für die dickste Rübe zu erhalten – und er kündigt die Enthüllung eines schockierenden Geheimnisses an. Doch dann liegt er tot zwischen seinen Rüben. Kommissar Pfeiffer vermutet einen Unfall, aber Bea ist sich sicher: Es war Mord!

1. Der Bauer mit der dicksten Rübe

Es war ein warmer, sonniger Tag im Oktober. Hummelstich, die kleine Gemeinde am Fuße des Kyffhäusergebirges, erstrahlte in einem so schönen goldenen Licht, wie es nur der Herbst hervorzubringen vermochte. Das Laub der vielen Bäume und Sträucher strotzte vor Energie und wartete mit einem Farbspektakel auf, das seinesgleichen suchte. Die Blätter der Birken leuchteten in einem kräftigen Gelbton, Ahorn und Buchen färbten sich kupfer- bis dunkelrot, und das Laub der alten Eichen- und Kastanienbäume präsentierte sich in einem satten Orange.

Der ganze Ort war erfüllt von einem gewaltigen Farbrausch, an dem man sich nicht sattsehen konnte. Hier und da lösten sich die ersten Blätter und trudelten gemächlich zu Boden oder wurden von einem sanften Wind auf die Dächer der niedlichen kleinen Häuser getragen. Über allem thronte, einer majestätischen Erscheinung gleich, die Sonne und schickte ihre warmen, Leben spendenden Strahlen zur Erde herab.

Auch die Hummelstichler – zumindest die meisten von ihnen – waren voller positiver Energie. Bis auf wenige Ausnahmen waren sie stets freundlich und fröhlich, denn sie lebten, wie sie sagten, am schönsten Ort der Welt. Ihr Schaffen und Streben galt sowohl den nützlichen und schönen Dingen als auch dem Drang, sich von den Bewohnern angrenzender Ortschaften zu unterscheiden. In ihrer Vorstellung war Hummelstich der Nabel der Welt – der Mittelpunkt, um den sich alles andere drehte.

Zudem verfügten die Hummelstichler über einen ausgeprägten Gemeinschaftssinn. Man kümmerte sich, gab aufeinander acht und stand sich bei in der Not. *Geben und nehmen* war einer ihrer eisernen Grundsätze, genauso wie *Leben und leben lassen.* Wer diese Regeln missachtete, verlor nicht nur sein Ansehen, sondern auch den Schutz, den die Gemeinschaft und ein Leben in Harmonie mit sich brachten.

Eigenbrötler und Streithähne waren nicht gern gesehen. Dafür standen wiederkehrende Feste und Feierlichkeiten hoch im Kurs.

An diesem warmen, sonnigen Oktobertag zum Beispiel bereiteten sich die Hummelstichler auf das kommende Rübenfest vor. Diese heiß geliebte Tradition, bei der es sich um eine Mischung aus Halloween, Kirmes und Erntedankfest handelte, war einer der Höhepunkte im Kalender.

Leidenschaftlich werkelten sie auf diesen Festtag hin. Die Bauern kümmerten sich bereits seit Monaten hingebungsvoll um ihre Rüben. Von der Aussaat bis zur Ernte hegten und pflegten sie die Pflanzen, als wären es ihre leiblichen Kinder. Natürlich hoffte jeder von ihnen, in diesem Jahr das größte Exemplar vorzeigen und damit den Hauptwettbewerb gewinnen zu können. Nichts schien ihnen erstrebenswerter, als ein Mal der Bauer mit der größten und dicksten Rübe zu sein.

Die Landfrauen hingegen wetteiferten um das schmackhafteste Rübengebäck. Sie feilten an ihren Rezepten, verkosteten hin und wieder ihren selbst gemachten Rübenlikör und fabrizierten herrlich duftende Backwerke am laufenden Band.

Die Kinder bastelten schaurig-schöne Dekorationen aus Moosgummi und Pappmaschee oder stellten drollige Rübengeister her. Dazu höhlten sie Rüben aus und schnitzten lustige Gesichter oder auch freche Fratzen hinein. Mit einer brennenden Kerze im Inneren ließen sich damit im Dunkeln die unheimlichsten Schatten erzeugen.

So hatte ein jeder in Hummelstich bis zum großen Tag seine Aufgaben zu verrichten.

Auch Gunnar Huflattich war mit den Vorbereitungen für das Rübenfest beschäftigt. Der neunundvierzigjährige Landwirt besaß eines der größten Rübenfelder, dazu einen stattlichen Hof, den er zusammen mit seiner Frau Isabella bewirtschaftete. Das Paar hatte weder Haus- noch Nutztiere und zum Glück – wie Gunnar nicht müde wurde zu betonen – auch keine Kinder.

Wenn er über seine Rüben gebeugt war und den Pflanzen eine Extraportion Pflege angedeihen ließ, hätte man ihn fast für einen netten und umgänglichen Menschen halten können. Doch sobald er sich seinesgleichen zuwandte, zeigte er sich von einer völlig anderen Seite.

„Was treibst du dich schon wieder hier herum?", knurrte er seinen Bruder Gisbert an, der gerade vorbeigelaufen kam. „Hast du kein eigenes Feld, über das du trampeln kannst?"

Gisbert blieb stehen und betrachtete ihn mit einem kühlen Blick. „Wollte nur mal schauen, ob hier alles okay ist. Man munkelt, dass es im Dorf einen Dieb geben soll."

Gleichgültig wandte Gunnar sich ab.

„Einen Rübendieb", fügte Gisbert hinzu.

Sein Bruder wischte sich mit dem Ärmel seines Arbeitshemdes über die Stirn. „Pah, der soll nur kommen! Bei mir kassiert der Mistkerl eine Tracht Prügel, die er so schnell nicht wieder vergessen wird." Er nickte in Richtung einer Schubkarre, die ein paar Meter entfernt stand und an die eine Mistgabel gelehnt war. „Und zur Not habe ich auch noch die Forke da."

Gisbert verschränkte die Arme vor der Brust. „Es reicht, wenn du die Augen offen hältst. Man kann einen Konflikt auch ohne brutale Gewalt lösen."

„Sag du mir nicht, was ich zu tun und zu lassen habe!", giftete Gunnar. Er grinste verächtlich. „Kein Wunder, dass du es mit deiner verweichlichten Einstellung bisher zu nichts gebracht hast."

Auf Gisberts Wangen zeichneten sich rote Flecken ab. „Du bist noch immer der gleiche alte Stinkstiefel wie früher. Du änderst dich nie." Er machte auf dem Absatz kehrt und marschierte raschen Schrittes davon.

„Ach, rutsch mir doch den Buckel runter!", rief sein Bruder ihm hinterher.

Am Nachmittag drehte Gunnar seine tägliche Runde durchs Dorf. Er hatte es sich seit einiger Zeit zur Gewohnheit gemacht, seine Mitmenschen zu bespitzeln, um über deren Belange auf dem Laufenden zu sein. Schließlich konnte man nie wissen, welchen Nutzen man aus den dadurch gewonnenen Informationen noch würde ziehen können. Auf seinen eigenen Vorteil bedacht, spähte er über Hecken und Zäune, belauschte Gespräche oder linste ganz ungeniert durch Fenster in fremde Häuser hinein. Auch die Konkurrenz im Rübenwettstreit hatte er stets im Blick. Nicht, dass ihm noch jemand den Sieg wegschnappte!

Bauer Cornelius Völz beispielsweise, der ausschließlich Bio-Rüben zog, war bei dem anstehenden Wettbewerb ein ernst zu nehmender Gegner. Umso mehr musste er ihn in die Schranken weisen. „Psychologische Kriegsführung" nannte Gunnar das.

„Denkst du wirklich, dass du mit den mickrigen Dingern irgendwelche Chancen hast?", rief er Cornelius zu, der am Rande seines Rübenackers stand und mit einer Mistgabel altes Stroh und Rinderdung auf das Feld aufbrachte.

Cornelius sah auf und hielt kurz inne. „Lass das mal meine Sorge sein." Er trieb die Zinken der Mistgabel kraftvoll in die Erde und stützte sich auf dem Stiel ab. „Kümmer dich lieber um deinen eigenen Kram."

Ein überlegener Ausdruck trat in Gunnars Gesicht. „Ich habe den Wettbewerb schon viermal gewonnen, und ich werde auch in diesem Jahr wieder siegen. Darauf kannst du Gift nehmen!"

„Jede Glückssträhne hat einmal ein Ende", entgegnete Cornelius lächelnd. „Auch deine."

Gunnar echauffierte sich. „Mein Erfolg hat nichts mit Glück zu tun. Nur mit purem Können und Fleiß – nichts, was du und die anderen Trottel in diesem Dorf vorweisen könnten." Er lachte gehässig.

Mit einem Ruck zog Cornelius die Mistgabel aus der Erde. „Besser, du verziehst dich jetzt."

„Sonst was?", fragte Gunnar.

Cornelius hob die Forke an, und für einen Moment sah es so aus, als wollte er sie gegen seinen Konkurrenten richten. Dann jedoch drehte er Gunnar den Rücken zu und widmete sich wieder dem Mist in der Schubkarre. „Sonst freut sich mein Hund auf dich."

„Die alte Töle?", rief Gunnar und wieherte wie ein Zirkuspferd. „Ich lach mich schief!"

„Verschwinde!", fauchte Cornelius, ohne sich umzudrehen.

Gunnar steckte zufrieden die Hände in die Hosentaschen. „Man sieht sich." Er stapfte davon.

Nachdem er eine Weile den Feldweg entlanggelaufen war, bog er in die gewundene Hauptstraße ein und erblickte in einiger Entfernung die Pastorin Frederike Neuhaus, die, als sie seiner gewahr wurde, abrupt die Straßenseite wechselte. Gerade wollte er ebenfalls die Straße überqueren, da vernahm er hinter sich eilige Schritte. Er drehte sich um. Die Ortsvorsteherin Gisela Maibach kam auf ihn zu.

„Huflattich! Auf ein Wort!"

„Keine Zeit!", knurrte Gunnar.

Gisela Maibach packte ihn beharrlich am Arm. „Ich fürchte, Sie werden sich die Zeit nehmen müssen."

Gunnar entzog sich augenblicklich ihrem Griff und bedachte die resolute Ortsvorsteherin mit einem grimmigen Blick. „Machen Sie's kurz, ja?"

Gisela Maibach stemmte die Arme in die Hüften. Ihr strenger Gesichtsausdruck verriet ihre Anspannung. „Sie hatten mir für die herbstliche Ausgestaltung des Dorfangers drei Strohrollen zugesagt."

„Das habe ich ganz bestimmt nicht", rief Gunnar und schüttelte vehement den Kopf. „Meine Frau war das."

Ungeduldig runzelte Gisela Maibach die Stirn. „Wann können wir also damit rechnen?"

„Gar nicht", sagte Gunnar. „Ich bin doch nicht die Wohlfahrt."

Die Ortsvorsteherin nickte verdrossen. „Das habe ich mir fast gedacht."

„War das alles?", fragte Gunnar betont gelangweilt. Er wollte schon weitergehen, doch Gisela Maibach schnitt ihm den Weg ab.

„Auch bei unserem Gemeinschaftsprojekt zum Schutz von Bienen und Hummeln haben Sie bislang keinerlei Einsatz gezeigt."

Gunnar schnaubte. „Was soll ich mich mit diesem unbedeutenden Kleinkram herumschlagen? Ich habe Wichtigeres zu tun!"

Gisela Maibach hob mahnend den Zeigefinger. „Ihre

mangelnde Bereitschaft, zum Gemeinwohl beizutragen und sich wie ein sozialverträglicher Mensch zu benehmen, wird eines Tages noch böse Folgen haben."

Ein kaltes Lachen drang aus Gunnars Mund. „Soll das etwa eine Drohung sein?"

„Nein, nur eine Weissagung", sagte die Ortsvorsteherin.

Gunnar zog die Augenbrauen hoch. „Ich mache mir ins Hemd vor Angst."

Gisela Maibach musterte ihn kühl. „Ihr Egoismus bricht Ihnen irgendwann das Genick, Huflattich. Auch Sie bekommen eines Tages die Quittung präsentiert. Das prophezeie ich Ihnen!" Damit kehrte sie ihm den Rücken zu und ging davon.

Unbeirrt setzte Gunnar seinen Weg fort. Die Worte der Ortsvorsteherin hatte er längst schon wieder vergessen. Stattdessen dachte er darüber nach, welches Kapital er aus dem Wissen über seine Mitmenschen schlagen konnte und was der Tag wohl noch für ihn bereithalten mochte.

Neben dem Bespitzeln mischte er sich zum Beispiel auch gern in fremde Unterredungen ein – besonders dann, wenn er mit seinen arroganten Bemerkungen jemanden demütigen oder vor den Kopf stoßen konnte. So hatte er sich im Laufe der Zeit hier im Dorf zahlreiche Feinde gemacht. Er hatte sein Ansehen und den Schutz der Gemeinschaft verloren, was ihn jedoch nicht im Mindesten störte.

Noch ahnte er nicht, dass sein fieser Charakter ihm schon bald selbst zum Verhängnis werden würde.